CARMELA TRUJILLO

Martina

Cualquier forma de reproducción, distribución, comunicación pública o transformación de esta obra solo puede ser realizada con la autorización de sus titulares, salvo excepción prevista por la ley.
Diríjase a CEDRO si necesita reproducir algún fragmento de esta obra.
www.conlicencia.com - Tels.: 91 702 19 70 / 93 272 04 47

Editado por Harlequin Ibérica.
Una división de HarperCollins Ibérica, S.A.
Núñez de Balboa, 56
28001 Madrid

© 2019 Carmela Trujillo
© 2019 Harlequin Ibérica, una división de HarperCollins Ibérica, S.A.
Martina, n.º 190 - 5.6.19

Todos los derechos están reservados incluidos los de reproducción, total o parcial. Esta edición ha sido publicada con autorización de Harlequin Books S.A.
Esta es una obra de ficción. Nombres, caracteres, lugares, y situaciones son producto de la imaginación del autor o son utilizados ficticiamente, y cualquier parecido con personas, vivas o muertas, establecimientos de negocios (comerciales), hechos o situaciones son pura coincidencia.
® Harlequin, HQN y logotipo Harlequin son marcas registradas por Harlequin Enterprises Limited.
® y ™ son marcas registradas por Harlequin Enterprises Limited y sus filiales, utilizadas con licencia. Las marcas que lleven ® están registradas en la Oficina Española de Patentes y Marcas y en otros países.
Imagen de cubierta utilizada con permiso de Shutterstock.

I.S.B.N.: 978-84-1307-796-3
Depósito legal: M-8076-2019

A mis padres

Capítulo 1

Hay una frase que me gusta mucho y que parece ser que la dijo Oscar Wilde: «Como si no fuera suficiente su desgracia, se enamoró». Pues eso me pasó cuando Martina llegó al pueblo. Fue verla y, antes de saber que sería la nueva maestra, antes de que supiera su nombre, antes de que ella me mirara fijamente durante más de un minuto, yo ya me había enamorado. Perdidamente enamorado.

Aún no eran las diez y yo llevaba el rebaño a pastorear, como cada día, porque tengo que salir con las ovejas sí o sí. Cada día, haga sol o llueva. No tengo ni vacaciones. Pues eso, yo estaba llamando a los perros, que comenzaban a ladrar, y vi llegar la polvareda que levantaba un coche desconocido que fue frenando poco a poco hasta ponerse casi a mi lado en el camino. «Se habrá perdido», eso pensé mientras me quitaba los auriculares. Y es que por esa vereda no se va al pueblo ni a ningún lado desde hace cincuenta años, eso lo sabe todo el mundo, desde que cayeron aquellas rocas que partieron el camino en dos y allí se quedaron, como gigantes descansando. Hoy en día solo van por allí los enamorados, y de noche. Bueno, ya pocos enamorados van allí *(risas)*. El pueblo se está quedando sin jóvenes.

Desde el asiento del copiloto del coche de Martina me miraba un chaval muy delgado, con enormes ojeras, con la cara muy triste. Pensé que sería su hijo. Un hijo muerto. Me dio pena por ella. Por él. Pensé que tal vez ella no lo sabía, no sabía que llevaba un espíritu a su lado, porque nadie sabe nunca cuándo va acompañado de un muerto, pero me callé. En verdad, a nadie le gusta saber esas cosas. Por mucho que luego te den la lata para que les cuentes más, en verdad no quieren saber que los muertos nos observan. Que quieren algo de nosotros. O no, que no quieren nada y piden que les dejemos en paz.

Recuerdo que en ese momento mandé a los perros a vigilar a las ovejas, que continuaban andando, rumbo al río, a beber su primera agua del día. Entonces, Martina abrió la puerta del Ibiza y vi salir de él su melena pelirroja, suelta, ondulada, apartándosela de la cara porque hacía viento; su cara blanquísima repleta de pecas, como su escote, como sus brazos. Y me dije «escocesa. Una escocesa en este monte». Me saludó y ya está, ya me enamoré. Tal cual lo cuento.

Parece ser que me preguntó cómo llegar al pueblo, parece ser que yo le indiqué que diera la vuelta y que entrara por el sitio correcto. Sí, eso fue lo que pasó, pero yo no me acuerdo de nada más, es como si algo en mí hubiera dado un chispazo y borrara todo lo demás: el día, si era luminoso o había nubes; si volaban por allí los verdecillos; si la temperatura comenzó a subir entonces o tardó algunas horas más... Pero de lo que sí me acuerdo es de su sonrisa abierta, su acento suave, su amabilidad. La mirada. Cómo miraba de verdad, fijándose en mí, no llevando sus ojos a todas partes, como hacen muchos. Me acuerdo, sobre todo, de su cabello de fuego y de que me preguntó mi nombre para pronunciarlo después, cuando se despidió. Dijo «gracias, Ricardo». O «hasta luego, Ricardo». O «ya nos veremos, Ricardo». Sí, mi nombre pronunciado por ella... *(Suspiro)*. Pero ya digo: enamorarme, lo que se dice enamorarme, lo hice nada más verla salir del Ibiza blanco con el parabrisas repleto de mosquitos aplastados.

Y luego, cuando vi alejarse el coche y la polvareda que levantaron sus ruedas, caí en la cuenta de que me había dicho que se quedaría a vivir en Atalaya de don Pelayo y que era la nueva maestra. Me pasé todo el día en Babia, en serio, escuchando y cantando a pleno grito, una y otra vez, la canción de Ed Sheeran, *Thinking Out Loud*, y repitiendo su nombre, Martina, cada dos por tres, saboreándolo. Hasta los perros me llamaban la atención para que dejara de hacer el ganso. *(Risas, de nuevo)*.

Capítulo 2

¿De Ricardo? De Ricardo me llamaron la atención sus gafas polarizadas estilo aviador de los años ochenta. En verde, parpadeaban cuando el sol le daba de pleno. Qué se le va a hacer, pero me caen mal los que llevan estas gafas. Ellos o ellas, da igual, pero a muy pocos les sienta bien llevarlas. Las vi, las gafas, brillando a lo lejos, mientras me acercaba con el coche por ese camino polvoriento a preguntarle cómo llegar al pueblo. Yo no me explicaba cómo pude saltarme la indicación en la carretera, pero sucedió, y ni tan siquiera la tía del GPS me alertó de la posible salida. O entrada.

Ricardo me pareció el único ser vivo de esos parajes, por ese campo llano, repleto de matorrales (en aquel entonces yo no distinguía la retama del tomillo, por ejemplo, ni las malas hierbas de la lavanda o el lino). Él me esperó, expectante, con sus gafas, esas gafas que me dan repelús; su indumentaria de montañero (las botas marrones, las bermudas de mil bolsillos, una camiseta negra de los Rolling, con la enorme boca y la lengua fuera); los auriculares en las orejas; su gorra de color rojo con un canguro blanco en el frontal; su barba larga, recortada; la mochila a la espalda... En ningún momento deduje que era el pastor de todas las ovejas que había mucho más allá, acercándose al río. Un excursionista, es lo que pensé al verle, y lo único que recuerdo de ese primer encuentro con Ricardo fueron esas dos cosas: sus gafas, brillando al sol, y ese aire de policía de Nueva York vestido de paisano (o chulito de playa, daba igual). Lejos de sentirme rendida a sus pies por una visión semejante, sentí rechazo hacia él. Fue visceral. Instintivo. Por la supuesta prepotencia. Supuesta. Solo supuesta.

Sin embargo, cuando se quitó la gorra y las gafas de sol para responder a mi pregunta, solo por ese gesto (no soporto a los que hablan con ellas puestas, porque no se les ven los ojos. Es una falta de respeto, eso creo), cuando se las quitó, me pareció un chico interesante. Bueno, puedo decir interesante lo mismo que encantador o fascinante. Un ser atípico, eso pensé. Y más joven que yo, de eso también me di cuenta. Diez años más joven, me imaginé. Le calculé unos treinta y pocos. Y luego estaba esa especie de tranquilidad que no solo le envolvía de la cabeza a los pies, sino que irradiaba a todo lo que le rodeaba. A mí me rodeó, sin más, y a los dos perros pastores, que vinieron a ver qué ocurría y que se quedaron a observarme, moviendo la cola, dejando a todas las ovejas a su rollo, a lo lejos. Menudos ayudantes, me dije.

Le pregunté su nombre cuando le di las gracias y le dije que iba a ser la nueva maestra del pueblo. Fue la primera persona que conocí en Atalaya de don Pelayo, pero jamás se me pasó por la cabeza que se establecería un vínculo especial entre nosotros. Fue un ejemplo más de que, lo que pides a la vida, no solo puede tardar veinte años en llegar, después de haber pasado mil y una pruebas, sino que puede aparecer en el lugar más insospechado, a cientos de kilómetros de Zaragoza, casi en la montaña. Puede aparecer en un lugar casi rodeado de invisibilidad y de la mano de alguien que está fuera de cualquier círculo en los que nos solemos mover.

Pero eso nunca se sabe.

¿Quién puede saberlo?

Nadie.

Capítulo 3

El amor de su vida. Eso decía Martina de Felipe. Se conocieron trece años atrás y siempre, siempre, incluso cuando Felipe ya la abandonó (porque fue un abandono, porque fue por pura cobardía, eso también decía Martina), ella continuó diciendo y creyendo (creyéndose) que era el amor de su vida. Le gustaba todo de él. ¡Todo! Era muy, muy atractivo y la hacía reír. Tal vez por su acento argentino, tal vez porque sabía contar los chistes y todo tipo de anécdotas, a saber por qué. Pero nunca, jamás había sentido por otro hombre lo que sentía por Felipe.

Durante un breve período de tiempo convivieron en un apartamento de Londres, adonde él fue para cubrir una vacante como corresponsal de la cadena televisiva en la que trabajaba. La primera de sus rupturas comenzó allí, por una conversación sobre las listas, sobre hacer listas de cosas. Felipe era partidario de hacerlas. Ella, no. Martina era más dada a la improvisación, lo cual exasperaba a Felipe. Por eso él le regaló una Moleskine negra, clásica, para que apuntara cosas en ella.

Un día, mientras Felipe preparaba algo de cena, Martina miraba las estanterías del piso, abría cajones, observaba su contenido desde arriba y luego los cerraba. O no, los abría, metía una mano, removía ese contenido y sacaba algún objeto al que daba vueltas, examinándolo; alguna libreta que decidía hojear; algún papel suelto... Felipe la observaba desde la obertura que unía el salón y la cocina. No soportaba eso de ella. Que fisgara. Que hiciera de detective, como si fuera su mujer. Eso le dijo, intentando simular una broma:

—¡Hey, que pareces mi mujer! —Se oyó su frase entre el chisporroteo del aceite de la sartén.

Martina alzó los ojos y le enseñó su descubrimiento:

—Al dueño del piso le encanta hacer listas. Mira. —Y se fue hacia Felipe con varios folios en una mano, moviéndolos como si en verdad fuera la mujer de Felipe (bueno, la exmujer de Felipe) y hubiera encontrado la prueba que le incriminaba de algo.

—¡Son mías! —Y sin mirar esas hojas de todos los tamaños, Felipe se las quitó de la mano, las dobló y las guardó en el cajón de los cubiertos.

—¿Son tuyas? —Martina no se lo podía creer—. ¿Haces listas? ¿Listas de cosas?

—¡Claro! —Felipe sacó el huevo frito de la sartén. Cascó otro y lo echó al aceite para que se friera.

—¿Listas de «Las diez mujeres que valen la pena», «Los diez libros que hay que leer antes de los treinta, de los cuarenta, de los cincuenta», «Los diez capullos de los que hay que alejarse», «Los diez hoteles en los que se folla mejor», «Las diez playas a las que no hay que ir»?

—Pero, ¿qué te pasa? —Él sacó el otro huevo de la sartén y lo colocó en un plato. Apagó el fuego, se limpió las manos. Se cruzó de brazos y se quedó frente a ella, muy serio—. Esas listas son personales. Oye, princesa, ¿a ti tu madre no te enseñó que no hay que hacer eso de mirar las cosas ajenas? —Intentó que sonara a chiste. Lo hacía muy bien, eso de ser gracioso, sobre todo por su acento argentino.

A Martina le gustaba, precisamente, por ese acento y por esos chistes que le hacían reír. Le gustaba, también, que la llamara princesa. A sus treinta años, nunca nadie, salvo él, la había llamado así.

—¡Pero, Felipe, es que no me lo puedo creer! ¿Los diez capullos de los que hay que apartarse? —Soltó mientras se sentaba a la mesa, no queriendo darse cuenta de que Felipe estaba molesto, y mucho. Su primera pelea como pareja, eso pensó ella.

—¿Esa es la única lista que te ha llamado la atención? —Él aliñó una ensalada y la puso encima de la mesa, junto con los huevos fritos y una bolsa de pan de molde, dos vasos, el agua embotellada y un plato con queso francés. No era la primera vez que caía en la cuenta de que Martina se escaqueaba, siempre, de toda tarea doméstica—. ¿No la lista de «Las cinco óperas más bellas», «Los diez inventos que han mejorado mi vida como ser humano», «Los quince mejores álbumes de la historia», «Los...»?

—Pero, cariño, ¿los diez capullos?

Felipe se sentía herido. Miraba a Martina como a un monstruo. Un monstruo de cabello rojo y de piel blanquísima plagada de pecas. La incluiría en una nueva lista: «Las diez mujeres que me amargaron la vida». Martina sería la número siete.

—Eso solo significa —continuaba ella, mientras se llenaba la boca con un poco de pan untado en la yema de huevo frito— que hay rencor en tu vida, cielo. ¿Cómo puedes hacer una lista así? ¿No te das cuenta de que nunca borrarás a esas personas de tu vida? ¿No ves que ese rencor no desaparecerá nunca y que lo volverás a revivir todo, una y otra vez, cada vez que leas esa lista?

—Ah, ¿ahora eres psicóloga? —Y antes de que Martina contestara, le preguntó—: ¿Acaso tú no haces listas?

—Sí, hago listas —contestó Martina e hizo ver que no estaba dolida. No iba a comportarse como la bruja de su mujer, claro. Pinchó con el tenedor varias hojas de lechuga—. Hago la del súper y siempre se me olvidan cosas.

Ambos sonrieron. La tensión disminuía.

—¿No apuntas nada en la libreta que llevas en el bolso?

—¿Y para eso me la regalaste? —Levantó las cejas de color naranja—. ¿Para que hiciera listas?

—¡No, claro que no! Me dijiste que habías soñado que serías escritora y pensé, ¡coño!, todo escritor debería llevar una Moleskine en su bolsillo. ¡Que eres periodista, princesa! ¡No es normal que tomes notas en cualquier cosa, en lo primero que pillas, joder!

Martina le miraba con los ojos como platos. Ojos de color marrón, sorprendidos.

—Recuerda que eres una mujer que aún no sabe que en el futuro será una escritora de éxito —le guiñó un ojo—. Y todo porque lo ha soñado y sus sueños son sagrados...

En el aire quedaron flotando un par de dudas: ¿se estaba burlando de ella? (se preguntaba Martina) ¿La cabeza le funcionaba bien? (quería saber Felipe).

—Vale, a veces apunto algo en la libreta que me regalaste.

Martina no quiso captar la ironía con la que había hablado Felipe. Era algo que no le gustaba de la gente, en general: consideraba que, tras la ironía, se escondía una gran falta de respeto. Como los que terminan una parrafada ofensiva con la exclamación «¡es broma!», pero en el fondo han buscado herir al otro, claro. Que el otro se entere, si tiene oídos para oír. Martina siempre pensaba de ellos, de los irónicos, que eran unos cobardes que se escondían tras esas supuestas bromas o sarcasmos. Su madre era de esas personas. Una gran bromista, irónica, sarcástica. La odiaba.

—Apunto algo que me ha llamado la atención —continuó Martina tras romper el tenso silencio—, un anuncio en la prensa, por ejemplo, o un comentario oído en el *Tube*, pero nada más.

Y apuntaría, dos horas más tarde, esa conversación.

—James Joyce —continuó Felipe—, en uno de los últimos capítulos de *Ulises,* utiliza una gran lista, la de todas las cosas que se podían encontrar en el cajón de la cocina de... de... ¿cómo se llamaba ese personaje? —Se frotó la frente, tenía el nombre ahí mismo, casi podía tocarlo—. ¡Leopold! ¡Leopold Bloom! Los utensilios que había en el cajón de la cocina de Leopold Bloom.

—¿Y? —Martina sabía que llegaba alguna de las erudiciones y saberes de Felipe. Eso es lo que más le atraía de él, pero justo en ese momento comenzó a crecer en ella la bacteria del hartazgo. Pero no lo sabía, claro, quién puede saber cuándo comienza el primer paso que aboca al fracaso.

—Que uno de los grandes, un escritor de los grandes, utiliza las listas para su creación —al observar la cara inexpresiva de Martina, se atreve a preguntar—: ¿No has leído *Ulises?*

—No. —Martina se limpia la boca y bebe agua. Se pregunta si por esa razón, por imitar a Joyce, a él le da por hacer esas listas. Al fin y al cabo, ese también era su sueño: ser escritor. Le avalaban los pequeños premios literarios que había ganado hasta la fecha—. Me resultó inaguantable el primer capítulo y lo dejé. Hablaba de un hígado, ¿no? Ya no me acuerdo. En verdad, me extraña mucho que este autor esté dentro de alguna lista como... no sé... la lista de Los diez libros imprescindibles.

—¡Pero qué dices! ¡Es Joyce!

—¿Y qué? Me parece que la gran mayoría de los que afirman que se han leído su famoso libro mienten. Tú, no. Pero eres la excepción, cariño. —Y puso su mano encima de la de él.

Ardía. La mano de Felipe quemaba. Retiró la suya, por si acaso.

—¿Y la *Ilíada* de Homero? —tanteó Felipe.
—¿Qué pasa con ella?
—¿Tampoco te la has leído?
—A trozos.

Él alzó sus cejas y se levantó a buscar el postre, un par de yogures. Cuando cerró la nevera, le preguntó:

—¿A trozos? ¿Qué significa eso?
—Sí, párrafos, escenas... vamos, sé de qué va la historia, por ejemplo, sé quién es Penélope, una tía bastante pava, por cierto, espera que te espera a su marido mientras él se lo pasa bomba con las putas sirenas. Ah, y también sale un crío, Telémaco...

A Felipe le gustaba Martina, sí. Le hacía sonreír, sobre todo cuando no sabía si hablaba en serio o en broma.

—¡Viste la serie de dibujos animados! —exclamó divertido—. Vale, pues Homero enumera en la *Ilíada* todas las naves griegas que combaten con los troyanos. Es uno de los inventarios más célebres de la literatura. Y si tú —aquí la señaló con la cucharilla del yogur— quieres ser escritora, deberías leer más literatura clásica.

Martina le miró a los ojos, desconcertada. «Deberías leer», le había dicho, y ella se lo tomó como una exigencia. Porque, vamos a ver, ¿quién era él para exigirle nada a ella?

Durante el fin de semana, allá en Londres, Felipe mostraba un aspecto desaliñado: despeinado, sin afeitar, con una camisa vieja o un jersey raído o repleto de bolitas. Nadie diría que era la misma persona que, de lunes a viernes, se movía por el despacho y las calles londinenses con un buen traje y con camisas de Armani que valían ciento sesenta euros cada una. Martina se preguntaba de dónde sacaba esa ropa ajada. ¿Tal vez del mercadillo de Portobello? ¿Y por qué dejaba de mostrarse impecable cuando se encontraba con ella en casa? Por comodidad, claro, le respondía su voz interior, pero la otra, la otra voz, le preguntaba a su vez si ella formaba parte de esa comodidad y si esa era la razón de que no mereciera más que esa ropa de falso indigente.

—Tú también quieres ser escritor. ¿Por eso haces listas?

—Por eso. —Felipe comenzó a tamborilear los dedos encima del mantel.

—Pero, ¿una lista de los diez capullos de los que hay que apartarse?

Estallaron en risas. Auténticas las de Martina. Fingidas las de Felipe (definitivamente, pensó él, había sido un error dejar que ella se quedara a vivir en ese piso. Tendría que abrir una nueva lista: «Las diez personas con las que no hay que convivir». Martina sería el número dos. La primera, su mujer. Bueno, ex).

Dentro de doce años, Martina ya tendrá nueve libros publicados, la mayoría en importantes editoriales españolas. Felipe, dos, en la misma editorial independiente. Pero eso será dentro de doce años. Cuántas cosas pueden ocurrir en ese paréntesis de vida.

Capítulo 4

La primera noche que pasé en el pueblo no solo llovió, y mucho (una de esas tormentas que rompen el cielo con los cañonazos del trueno), sino que, cuando conseguí dormirme, soñé con Felipe. Mis sueños son proféticos, eso me aseguró un día un amigo, uno de esos amigos especiales. Por especial me refiero a que tenía sexo con él. Nos llevábamos bien. Mucho. Qué gran complicidad había entre nosotros. Y lo del sexo era esporádico y consentido: yo pasaba temporadas en su piso de Cádiz y por las noches dormíamos juntos. Ya está. Ese amigo fue una de mis muchas relaciones fallidas y por fallidas me refiero a que normalmente, en mis relaciones amorosas, uno de los dos nunca está enamorado. Pocas veces, por no decir ninguna, hemos coincidido los dos (los dos miembros de la relación amorosa) en eso de estar mutuamente enamorados, en eso de sentir admiración por el otro, o gustarnos... Por lo general o se enamoran locamente de mí, pero en mí no surge esa locura, o es al revés y la loca soy yo y acabo perdiendo los papeles.

Pues este amigo me dijo lo de mis sueños proféticos. Me habló de mi don. Surgió el tema cuando le conté que la noche anterior había soñado con él, que estaba cocinando y que se quemaba el brazo, que yo buscaba hielo en la nevera y no lo encontraba. Unas horas después ocurrió tal cual: me llamó desde la cocina cuando le había salpicado el aceite al freír unas croquetas y yo vacié el congelador buscando hielo, que no había, y acabé poniéndole un táper repleto de albóndigas. No dejó de repetirme lo asombrado que estaba por lo que había ocurrido. Se asombraba de que, si yo ya se lo había contado, si él había tomado precauciones para que no ocurriera el accidente por mí soñado, cómo es que acabó sucediendo. El caso es que fue este amigo el que me dijo que yo tenía sueños proféticos. Y lo dijo con una admiración genuina, casi infantil. Como si acabara de descubrir algo grande.

Como si yo no lo supiera.

Pero me gustó que otra persona lo corroborara. Que otra persona lo descubriera por sí misma.

Lo más gracioso, y por gracioso me refiero a solo una forma de hablar, porque a mí no me hizo ni pizca de gracia, es que en uno de esos sueños proféticos me enteré de que nuestra relación dejaba de ser especial porque llegaba una nueva amiga a su vida, la cual me destronó y se lo quedó para ella solita. Pero bueno, son cosas que solían ocurrirme.

Que otra se quedara con mi chico.

Que ese chico, nunca, jamás, quisiera quedarse conmigo para siempre.

La primera noche en la casa cueva del pueblo, soñé con Felipe. Estábamos en la cama y había alguien más, alguien que estaba leyendo, ajeno a todo. Eso me extrañó, no que hubiera alguien más (deduje que podía tratarse de nuestro hijo, de Marcos), sino que estuviéramos allí juntos Felipe y yo, riéndonos, como si nuestra vida continuara siendo la de antes, la que ya no existía. Felipe me dijo, en el sueño, que los amigos hacían eso, que cogían un avión y se presentaban en otra ciudad solo para ver a alguien. Que eso era la auténtica amistad, me recordaba. Y yo le daba la razón, porque muchas veces había hecho eso de ir a ver a amigos a cientos de kilómetros solo para celebrar su cumpleaños o para tomar unas copas. O para visitar a alguien en el hospital, por ejemplo. Y no me importaba coger el coche, un tren o un avión para poder hacerlo. Porque a mí me hubiera gustado que un amigo, o cualquiera de mis amigas, hiciera lo mismo por mí. Venir a verme. Darme esa sorpresa. Quedarse en mi cama, acompañándome, como estaba sucediendo en ese sueño.

Y en ese sueño, al otro lado de la pared, estaba Ricardo, el pastor. Sentado, esperando, con la espalda vencida. Yo diría que estaba triste. Evitaba mirarle. No quería que me preguntara si sentía aún algo por Felipe, porque no podría mentirle. Justo ahí me desperté, sin entender qué pintaba ese pastor en mi sueño, si yo no le conocía de nada, si solo le había visto unas horas antes y apenas habíamos hablado de nada.

Eran las dos de la madrugada. Los truenos continuaban fuera y el agua golpeaba la fachada de la casa. Regueros de agua se oían por todas partes, como si estuviera dentro de un barco o tal vez oculta tras una cascada. Me levanté a prepararme una infusión, pero antes abrí todas las cajas que había traído como equipaje, buscando mi bata afelpada, la que me ponía en pleno invierno. Qué frío hacía en la casa. Y fue entonces, al notar el incipiente dolor de cabeza, cuando me di cuenta de que un espíritu andaba cerca, revoloteando alrededor. Di un gran suspiro, de derrota, porque hacía años que ninguno había vuelto a molestarme. Ni tan siquiera el espíritu de mi hijo Marcos, y eso que yo lo deseaba con todas mis fuerzas.

Me puse la bata y me dirigí al comedor. Al entrar lo vi, sentado en el butacón floreado. Allí estaba una imagen nebulosa de colores azulados y verdosos que cada vez se volvía más definida. Una imagen que me mostró a un hombre delgado, de cabello lacio y moreno, de grandes cejas, de labios carnosos. Solo me atreví a cruzarme de brazos y a preguntarle, con cierto fastidio:

—¿Vivías aquí?

Y él solo acertó a preguntarme si realmente estaba muerto. Si yo sabía si estaba muerto o qué. Que le dijera algo, lo que fuera.

Jesús, ningún espíritu está al corriente sobre ese tema. Es algo que nunca he entendido: lo colgados que pueden quedarse tras la muerte. Me esperaba una larga noche de conversaciones y puesta al día.

Capítulo 5

Hacía una docena de años, Felipe alquiló el piso de un amigo cuando aceptó un trabajo de corresponsal en Londres. En verdad, en la redacción se corrió la voz de que necesitaban corresponsal urgentemente y justo entonces Felipe recibió un correo electrónico de ese amigo que le contaba que alquilaba su apartamento, por si sabía de alguien que estuviera interesado. Y unió, por sí mismo, esos dos puntos, porque así funcionaba la mente de Martina (ella hilvanaba las señales o las lucecitas que creía ver en la cotidianidad), y Felipe se sorprendió de estar actuando tal y como lo haría ella, presentándose, sin más, en el despacho del director y ofreciéndose, tal cual, para el puesto.

Llamó a Martina en cuanto salió del despacho para darle la buena noticia. No, a su mujer no la llamó, porque entonces estaban ya en el absurdo y odioso proceso de separación. Llamó a Martina, la primera persona que le vino a la cabeza. Eran amigos de correos electrónicos y de llamadas telefónicas. Amigos de noches de hotel cuando él iba a Zaragoza, cuando ella venía a Madrid. Le gustaba hablar con esa chica. En verdad le gustaba ella, en general: su trabajo perfeccionista, su desparpajo, su inteligencia, su dulzura, su cabello anaranjado... oh, sí, eso le volvía loco. Sus ojos de color avellana y una mirada atenta, captando todo el interés, sintiendo auténtico interés por lo que él le contaba, frente a frente, cuando hablaban en persona. Una mirada que él imaginaba igual de profunda cuando hablaban por teléfono. Le gustaba su altura, sus largas piernas, su cintura estrecha. Doce años atrás, Martina era perfecta para él. El tipo de mujer con la que podía tontear a gusto y no liarse demasiado. Eso decía a sus amigos. Llegó a creérselo, incluso.

Martina era, también, una mujer con una intuición prodigiosa, uniendo coordenadas, señales, como si en realidad existiera un mapa o una representación de lo que cada uno venía a experimentar en la Tierra. Eso decía ella. ¡Y se lo creía a pies juntillas! Estaba bien loca, eso pensaba Felipe. Una loca con el cabello a lo Geena Davis.

Por esa razón, cuando le aceptaron como corresponsal en Londres, la llamó por teléfono para darle la buena noticia y hablarle de sus dudas sobre si había sido una buena o mala elección. Fue ella la que le dijo que sí, que había sido una elección perfecta, que no le diera más vueltas, porque casualmente esa noche había soñado que alguien la llamaba por teléfono y que le preguntaba algo así: que si aceptaba o no un trabajo. Y que ella, en ese sueño, se lo aconsejaba porque sabía que su vida iba a dar un cambio bien grande. Un cambio positivo. Enormemente positivo.

Felipe creía que podía parecer inadmisible tomar una decisión tan importante solo haciendo esa llamada a Martina y aceptando esa explicación, pero con ella las cosas funcionaban así. Quizá su magnetismo, su seguridad, su... no sabía qué, pero no era la primera vez que se dejaba guiar por su explicación sobre el destino, las señales y todas esas cosas que parecían un sinsentido si las contaba él, pero no si las contaba ella. En verdad, Felipe iba a aceptar ese trabajo sí o sí: necesitaba alejarse de su matrimonio, ya en vías de extinción.

Tres meses después de que Felipe se trasladara a Londres, Martina se presentó en esa ciudad diciendo que había sentido una corazonada. Justo ahí, Felipe pensó que ella estaba como una cabra, que nadie en su sano juicio dejaría un trabajo para irse a otro país, sin más, como quien sale a comprar el pan. No sabía cómo, pero Martina llegó como si eso fuera lo que debería hacer, sin pedirle permiso ni nada. ¡Ni le preguntó si salía con otras mujeres allá en Londres, capital de su nueva soltería! Solo le llamó por teléfono en cuanto bajó del avión y le preguntó si tenía una habitación libre. O que no necesitaba una habitación, que en su cama estaría la mar de bien.

—¡Eso me dijo! —le contó al dueño del piso, poco después, para que supiera que a partir de entonces serían dos los hospedados—. La tía ha dado por supuesto que ella es la mejor opción para mi vida y a mí no me ha hecho ni puta gracia, para qué voy a mentirte, porque yo creí, en todo momento, que era una broma, que solo era una visita sorpresa, no un quedarse conmigo para lo bueno y lo malo. ¡Joder!

Así pues, Martina se instaló en su apartamento y lo hizo suyo. Ahí comenzó su relación de pareja y, a la vez, se terminó. Felipe descubriría a los pocos días que había una parcela en la personalidad de ella que incluía ser absorbente y mandona.

—Dios, que absorbente y mandona llega a ser... —le contó a su amigo—. Como su madre. ¿Sabes quién es Carmen Grande, no? Sí, hombre, la radiofónica. Pues esa es su madre. Y son igualitas. Las dos.

En aquellos meses que vivieron juntos, Felipe amó y odió a Martina a partes iguales. Cortaron su relación, ella volvió a España y se reencontraron tres meses después en Zaragoza, porque a él le habían ofrecido un puesto en el *Heraldo de Aragón*. Qué casualidad, pensó él. También lo pensó ella, aunque ya sabía que eso iba a ocurrir. Cosas de sus sueños.

Fue entonces, en ese reencuentro que parecía hecho adrede por el azar y una cohorte celestial, cuando ella le dijo que estaba embarazada, a pesar de que Felipe, siempre, siempre, le había dicho que no quería tener hijos. Nunca. Jamás. Eso le repitió, de malos modos, en la cafetería del reencuentro. Y ella se tragó su indignación, porque si le hubiera preguntado por el tema, si Felipe se hubiera interesado por su opinión al respecto, le hubiera dicho que ese embarazo, a ella, le suponía un portazo a todo lo que tenía abierto en ese momento: la libertad de la que disfrutaba, los viajes que quería realizar, la gente que iba a conocer, los proyectos locos que se le pasaban por esa mente tan creativa que siempre iba a su rollo, exaltada con miles de conexiones... Pero parece ser que su útero también iba a su rollo, exaltado precisamente con aquello que había entrado cuando dejó abiertas las puertas del sexo. Y lo que entró pertenecía a Felipe.

Así pues, Martina fue una de esas mujeres de cada cien que se queda embarazada a pesar de que toma la píldora cada día. Incluso llegó a pensar que, de haber tenido las trompas ligadas, también hubiera formado parte de ese uno por ciento al que no le hace efecto ese sistema anticonceptivo que consiste en hacer un nudo o cortar para que no pase lo que no debería pasar. Incluso antes de nacer, ya en la misma génesis, su hijo Marcos demostraba lo especial que era. A esa conclusión llegó Martina años más tarde.

Así pues, tras esa noticia embarazosa, Felipe y Martina volvieron a intentar la convivencia. Esta vez en Zaragoza, en un piso de las afueras, en una urbanización con piscina, pista de pádel, parque infantil... Y en esos meses de embarazo, Martina escribió una novela basada en Londres cuyos protagonistas eran un par de jóvenes muy enamorados. El libro, que rezumaba almíbar, buen humor y algo de ñoñería (quizá porque por las venas de ella corrían, alegres, las hormonas que se activan con la concepción), consiguió uno de esos premios de novela romántica que por entonces estaban muy bien pagados y permitió que Martina estuviera un par de años viviendo de esos ingresos y de todo lo que se generó alrededor (charlas, entrevistas y un contrato con derechos de autor anticipado que no estaba nada mal).

Capítulo 6

Recuerdo que era viernes por la tarde y que podía decir, con satisfacción, que la primera semana como maestra de primaria en Atalaya de don Pelayo no solo había sido positiva, sino que había trascurrido placenteramente. A un ritmo mínimo, casi de gotero. Sí, era algo así, como si la vida en el pueblo se me administrara como una medicación intravenosa: cayendo gota a gota a través de un catéter venoso central y un puerto (así se llama, «puerto»), porque ya se sabe que los catéteres se utilizan cuando se necesita tratamiento médico durante un largo periodo de tiempo. Y yo necesitaba una curación a todos los niveles y con un tratamiento largo, que no indefinido, pues estaría en Atalaya de don Pelayo solo lo que durara el curso escolar.

Era viernes por la tarde y estaba acabando de arreglar la casa cueva excesivamente fresca que había alquilado a Berta, la del bar. Me daban ganas de encender la chimenea, pero aún era septiembre y no me parecía lo más adecuado. Además, no sabía cómo se hacía eso de colocar la leña, si había que poner mucha o poca, si se necesitaban unas hojas de periódico debajo, por ejemplo, para que prendiera, o bien carbón de las barbacoas o qué, qué porras se requería para encender la maldita chimenea. Si tenía que limpiarla antes, eso tampoco lo sabía. Ni por qué estaba tan llena de ceniza y de troncos a medio quemar si, teóricamente, Berta me había ofrecido la casa ya limpia, para entrar a vivir, me dijo. Con esa acumulación de ceniza parecía una chimenea *vintage*. Lo que yo sí sabía era que no tenía que preguntárselo a ella porque estaba excesivamente atenta a mi bienestar («¿te falta algo», «te llevo algo», «te...»?) y me resultaba cargante, siempre tan solícita.

Solícita y aprovechada, porque gracias a esa cercanía, no dejaba de contarme su vida, la buena vida que llevó con su marido en esta casa adentrada en la montaña, las obras que realizaron, lo maravilloso que era ese marido que solo le duró unos años. Un marido que no es el padre de su hijo, pues este nació muchos años después de su muerte (¡quince, quince años después!). Lo único que ella me ha contado, sin que yo le haya preguntado nada, es que sus ganas de ser madre se truncaron (eso me dijo, «se truncaron», como si fuera la protagonista de una telenovela) cuando murió su marido. Pero cuatro años atrás conoció a alguien que estaba dispuesto a hacerle un hijo (eso dijo, «hacerme un hijo», como si los hijos se hicieran como las magdalenas, amasando y tal).

El caso es que Berta la del bar gestó y tuvo el niño de ojos azules, rubito y risueño que ahora es alumno mío y fue entonces, tras el nacimiento de su hijo, cuando Berta decidió teñirse el cabello de rubio para que hubiera entre ella y él un vínculo físico, porque su difunto marido era totalmente opuesto (y yo lo sé, sé que era moreno y circunspecto, sin que tenga que enseñarme ninguna foto, porque su espíritu no deja de darme sustos y enormes dolores de cabeza cada vez que se aparece en la casa. Y como yo no le hago ni puñetero caso, se queda sentado en la butaca de al lado de la ventana, resignado. Eso sí, da unos suspiros enormes que me recuerdan a los de mi abuela. Nunca me gustó eso de ella).

Estaba ordenando mis cosas en la casa cueva. Tenía frío y por esa razón llevaba puesta, sobre la ropa veraniega, mi bata afelpada y mullida, recién encontrada en una de las cajas que me había traído de Zaragoza. Me la puse con manos ateridas, a pesar de que afuera, en la calle, los veinticinco grados aún seguían correteando como si tal cosa. Y ya, abrigada, me dispuse a colocar mi arsenal de lectura. Libros aún por leer (novedades y recomendaciones que había ido a buscar a mi librería favorita, la París, para hacer buen acopio en mis días solitarios de montaña), novelas y libros de autores que no había leído aún (Félix de Azúa, Mario Levrero, Samanta Schweblin, Toni Morrison) y novelas que estaban en mi piso y que ya había leído dos y tres veces, todas pertenecientes a Anne Tyler, Anna Gavalda, Elvira Lindo o Lorrie Moore, mis favoritas.

Solo mujeres. Solo escritoras. Qué curioso. No había caído hasta ese momento.

El caso es que, enseguida, llené las pocas baldas disponibles en la estantería del comedor y no supe dónde colocar el resto. Fue en esos momentos cuando comencé a notar cómo me sacaba de quicio tanta decoración superflua en esta casa que me alquiló su dueña como si me hiciera entrega de las llaves de la suite presidencial de un hotel de cinco estrellas. Era odio lo que sentí en esos momentos, odio a tantas figuras y mesitas de cristal (me imaginaba que, si me daba un mareo y me caía encima de ellas, se romperían en mil cuchillos que me rasgarían la piel, la carne, y sus puntas afiladas irían penetrando en cualquiera de mis órganos vitales, por los que saldría toda mi sangre. Eso me imaginaba).

Suspiré mirando al techo y me encontré con la lámpara de metacrilato que colgaba de él. Oh, sí, también odiaba todas y cada una de las lámparas de metacrilato que había en todas las estancias. El metacrilato de las mesitas, también había metacrilato ahí. Había metacrilato por un tubo. Además, la animadversión de esos momentos abrazó también a todo lo dorado que recubría esas lámparas y esas mesitas y también a los grifos del baño de losetas rosadas y sanitarios del mismo color y los pomos de todas las puertas, los barrotes de la cama, los marcos de los espejos, los cuadros que colgaban en las paredes. Todo parecía de oro, como si Berta o su marido se hubieran convertido, un buen día, en el rey Midas.

Como iba diciendo, era viernes, y notaba que la ira me iba a estallar de un momento a otro, porque no tenía espacio para guardar mis libros y porque notaba la casa como un campo minado (te movías mal o apoyabas mal un pie y te podía explotar una figurita de cristal o una de cerámica, porque también había todo un regimiento de figuritas de cerámica, apostadas en todo tipo de lugares estratégicos. Figuritas con formas humana, animal o vegetal, cubiertas de polvo, esperando que alguien les prestara algo de atención). Justo cuando decidí coger una de mis cajas vacías para llenarla con esa decoración pasada de moda, oí mi nombre mientras se abría la puerta de la calle:

—¡Martina! ¡Es viernes por la tarde!

Me quedé con la estatua de un cisne en una mano y en la otra, una hoja de papel de periódico para envolverla. La boca, abierta.

—Soy Ricardo, el pastor —se presentó poniéndose una mano abierta a la altura de su corazón. Quizá para protegérselo—. ¡El pastor de ovejas! ¿Te acuerdas de que me preguntaste, allá en el campo, por dónde se iba al pueblo?

Continué callada. Me resultaba imposible reaccionar a esa intromisión. Me repitió que era viernes, que todo el mundo ya estaba en el bar de Berta porque era día de karaoke, que me diera prisa, que...

—¿Y tú entras siempre sin llamar? —le pregunté fría, disparándole con mis ojos, con mi ceño fruncido, con mi respiración agitada. Las sienes a punto de estallarme, que a mí las jaquecas me llegan cada vez que aparece un fantasma y esta vez lo tenía sentadito en la butaca de al lado de la ventana, no perdiéndose detalle—. ¿Abres una puerta y ya está?

Cómo no fijarme en la mirada azul de Ricardo, puesta en mí, cayendo, segundos después, en la butaca donde estaba sentado ese espíritu de color amarillo desvaído; cómo no fijarme en ese gesto de Ricardo de echarse hacia atrás el flequillo; cómo no tener en cuenta sus vapores olorosos, ese aroma de alguien recién duchado que se va de fiesta. Pero sobre todo, sobre todo, la inmensidad de ese cuerpo que tapaba la puerta por completo, como una cortina, como un telón. Un cuerpo metido dentro de una camiseta de manga corta de color negro con la ilustración de *La gran ola* de Kanagawa. El amplio tórax de Ricardo dotaba de movimiento a esa gran ola.

—Eh... sí, sí. —Y echó un pie para atrás. Una de sus manos se apoyó en el marco de la puerta, esperando el siguiente asalto—. Siempre entro así, sin llamar. —Esto último lo dijo en un susurro inaudible.

—Yo no he venido aquí para hacer amigos —le dije, traspasándole con mi mirada.

Pero pareció no oírme y me miró fijamente, sin sorpresa, pura calma. Y su inmensa sonrisa, bajo su barba espesa, larga y bien recortada, no disminuyó nada de nada.

—Vaya, como la canción de Loquillo y los Trogloditas.

—¿Disculpa?

Pero ¿de qué estaba hablando?

—Que Loquillo tiene una canción que precisamente dice eso, «no he venido aquí para hacer amigos, pero sabes que siempre puedes contar conmigo».

Recordé mis múltiples sesiones de terapia para volver a ser una persona civilizada. La psicóloga me decía continuamente: «Razona y medita las consecuencias de tus actos ante los demás. Saber comportarte es la llave de todo ese asunto».

Al final, dije, con cierta resignación:

—Vale, voy.

—Diré que pongan esa canción, la de Loquillo. Ya verás, ya... —dijo mientras salía fuera, a la calle.

Y él me esperó en la acera mientras yo me quitaba la bata, mientras me ponía los zapatos de tacón alto y unos pendientes largos de Swarovski, mientras me pintaba los labios con un rojo muy subido en el espejo del recibidor y cogía mi bolso, las llaves y una americana de *tweed* por si refrescaba luego. Ricardo me esperaba al sol de la tarde, en la acera de enfrente, con las manos dentro de sus anchos pantalones repletos de bolsillos, con los pies en las enormes botas de montañero, y pude comprobar que fuera, en la calle, aún era verano y que se oía el silencio repleto de sonidos (chicharras, pájaros, árboles con ramas cantarinas...). Justo ahí supe que el tratamiento intravenoso que estaba recibiendo comenzaba a sanarme.

—¿Llevas Brumel? —le pregunté cuando comenzamos a bajar la calle.

—Sí. —Me miró de reojo.

—¿Pero aún existe? Quiero decir, ¿aún se fabrica?

—¡Claro! Además, en internet se consigue de todo. —Y sonrió a lo grande, otra vez. Con barba y a lo grande.

—Lo que son las cosas: ¡mi primer novio usaba esa colonia! —Y ahí me tomé la libertad de cogerme de su brazo. La calle empedrada y mis zapatos de salón no se llevaban nada bien y necesitaba un punto de apoyo. También necesitaba olerle, revisar mis archivos sensoriales.

—¿Y no te trae buenos recuerdos mi olor? O sea, su olor, el olor de ese novio, ¿no te trae buenos recuerdos?

Y parece ser que en ese momento él pensó que, si yo le contestaba que a mí no me gustaba, dejaría de utilizarla inmediatamente. Que guardaría por los siglos de los siglos los cuatro frascos que le habían llegado en el último pedido. Eso me dijo un par de meses después, metido en mi cama.

—Oh, sí, muy buenos recuerdos. —Me reí—. Me fugué con él a los quince años. ¡En moto! Y nos pilló la Guardia Civil enseguida. No le volví a ver más.

—Creí que eras una buena chica —comentó mientras me miraba con ojos entrecerrados y justo cuando habíamos llegado al bar y ya estaba abriendo la puerta. El bullicio, la música y las voces nos rodearon.

Y no supe qué contestar. Era la primera confidencia que le hacía a ese pastor que en verdad era un total desconocido. Pero era esa sensación que todo el mundo ha tenido alguna vez, esa de estar con alguien extraño pero al que parece que conoces de toda la vida. No solo eso, sino que crees que ha sido agradable y dichosa la vida junto a esa persona. Como si ya hubieras vivido con ella. Como si no hubieras dejado de hacerlo nunca.

Capítulo 7

—¿Cuándo comenzaste a ver espíritus? —me pregunta Martina.

Estamos en lo alto del monte. El día es cálido, diez grados al sol. Es sábado y me ha acompañado a pastorear. Solo le he tenido que insistir un poco. Solo un poco y ha accedido a conocer mi mundo, este de la naturaleza y de los balidos.

Sabe que veo a Satur. Sabe que me comunico con su hijo. Es un descanso enorme poder hablar con alguien de carne y hueso de este tema tabú.

Le respondo que todo comenzó cuando regresé al pueblo poco antes de que muriera mi padre. La vecina que solía pasar por casa a cuidarle me dejó a solas después de darme un abrazo y decirme «lo siento, hijo». Mi padre estaba en la cama, respirando con la boca abierta, roncando de manera leve. Fue entonces cuando me fijé en una silueta difusa que había en la butaca que había pertenecido a mi madre. Era ella, sin ninguna duda. Me quedé sin aliento, fue un tremendo golpe verla, ver su espíritu, tejiendo, como si tal cosa. Aún continuaba sin la zapatilla que se le cayó aquel horrible día. Aún tenía aquella marca en el cuello... Me dijo que estaba aguardando mi llegada. «Esperando que se muera ese», añadió con un gesto de la cabeza hacia la habitación de mi padre. No quise volver a mirar su cuello. No quería mirar hacia ningún lado. Solo cerré los ojos, tomé aire y me dije que se trataba del cansancio, de los nervios, de la vuelta de todos los recuerdos vividos en esa casa. Pero no, porque cuando los abrí todo continuaba igual: la imagen de mi madre, tejiendo y esperando. El sonido cortante de la respiración de mi padre, en su cama.

Como no quería ver su desagradable marca azulada le dije «por Dios, mamá, tápate el cuello». Y ella se colocó alrededor la prenda que estaba tricotando. Me dejó una sonrisa en los labios.

No, mi padre no me llamó para contarme lo de su cáncer. De eso me enteré por mis amigos, sobre todo por Berta. Ella fue la que me comentó que estaba en las últimas. En ningún momento mi padre se sometió a terapia. No quiso saber nunca nada de los médicos. Murió igual que vivió: dando por saco. Y sin embargo, los vecinos no se lo tenían en cuenta e iban a verle. Berta le llevaba comida, las vecinas le lavaban la ropa y los dos pastores del pueblo se repartieron su rebaño para que a sus ovejas no les faltara de nada, ni salidas ni forraje. Qué buena gente hay por todas partes. Y aquí, en el pueblo, mucho más. Solidaridad, lo llaman en otros sitios.

En Atalaya de don Pelayo es algo normal. Nos conocemos de siempre. Todos. Más o menos.

Mi padre tardó una semana en morir. Se aferraba a la vida con rabia. Mi madre, su espíritu, me decía que estaba viendo cosas horribles, que por eso no quería irse. Pero lo decía sin inmutarse, como si estuviera diciendo que llovía, que hacía sol, o qué sé yo, y continuaba tricotando. Entonces era cuando yo le administraba a mi padre su dosis de calmantes. En todo ese tiempo, en esa semana, no nos dijimos nada. No me comentó que me había echado de menos. No le dije que le había echado de menos yo. No me pidió perdón por el daño que nos había hecho, a mi madre y a mí. No sentíamos nada el uno por el otro. Siete horas antes de morir, sí. Sí nos hablamos. Sí hubo ese perdón mutuo. Eran las once de la noche, él dormía con la boca abierta, los labios los tenía muy resecos, y me acerqué para preguntarle si quería un poco de agua. Se lo dije al oído. Abrió los ojos, sonrió, me cogió de la mano. La apretó. Yo hice lo mismo. Me dijo que sí, que quería agua, y sin soltarnos, le ofrecí el vaso y dio un par de tragos. Que qué rica estaba, me dijo. Luego, cerró los ojos y volvió a dormirse.

—Ha dejado de respirar —me dijo mi madre, y yo abrí los ojos. Me había quedado dormido y no sabía si estaba soñando. No sabía ni dónde estaba.

En el comedor dormitaban los hermanos Alcorta, mis amigos. Por la noche venían a hacerme compañía, pero ellos no oyeron la voz de mi madre, claro. No se despertaron.

—Ha dejado de respirar —volvió a repetir ella cuando vio que me costaba moverme.

Miré mi reloj, eran las siete de la mañana. Y yo me levanté de un salto, para comprobarlo.

Sí. Así murió.

Justo en ese instante, el espíritu de mi madre desapareció. El siguiente que vi, años después, fue el de mi amigo Satur, que sigue dando vueltas alrededor de su mujer, Berta. Pero salvo ese y el de mi madre, no se me ha aparecido ninguno más. En todos estos años, ninguno más. A ver, son cosas que pasan y que no tienen ninguna explicación. Cosas del estrés, ¿no? Sí, tal vez sea eso. O un tumor en el cerebro *(risas)*. No, no se lo he contado a nadie, claro.

El caso es que no volví a ver ningún espíritu hasta que Martina vino meses atrás al pueblo acompañada de su hijo. Un hijo muerto que iba sentado en el asiento del copiloto. Ya no sé qué pensar. Debería ir al médico. Que me hicieran un escáner. Que me aseguraran que estoy bien de la cabeza.

Capítulo 8

El piso de Zaragoza en el que vivían Felipe y Martina estaba en una urbanización con piscina, parque infantil y pista de pádel. Para residentes. A su libre disposición. Qué maravilla, se dijo ella, a punto de parir, imaginándose la vida allí con Felipe, con el bebé que nacería poco después. Los padres de Martina se encargaron de decorarles el piso (mejor dicho, pagarles la decoración), ya que la pareja no consintió ninguna boda ni ninguna celebración al respecto. Y eso de no casarse, para la madre de Martina, la locutora Carmen Grande, fue una afrenta. Para ella, lo de «sentar la cabeza» incluía algún tipo de contrato, algo que atara con un doble lazo una unión que tenía más de economía y finanzas que de amor y dicha. Eso opinaba. Y en eso se basaba su propio matrimonio, por supuesto.

Así pues, llegó a la conclusión de que si Martina había tomado esa decisión era solo para martirizarla, como tantas y tantas veces, a pesar de que su hija ya tenía treinta años. Eso decía a todo el mundo, con una compunción fingida. Incluso en uno de sus programas radiofónicos trató sobre esa nueva vía de vivir en pareja, sin ningún tipo de documento oficial que acreditara dicha unión. Llamaron por teléfono tantos radioyentes a favor de ello, de no celebrar nada, que Carmen dejó de hablar del tema como por arte de magia.

—Se ve feliz a la niña —dijo Pablo, el padre de Martina.

—¿Qué niña? —respondió Carmen, malhumorada.

Se echó el pelo hacia atrás, tomó aire y miró al resto de comensales en ese restaurante. No conocía a nadie. Y nadie parecía percatarse de su presencia. Eran otros tiempos. Veinte años atrás hubiera firmado autógrafos. Le habrían pedido posar con ellos en sus fotografías.

—Como madre de esa desaprensiva —continuó Carmen—, esa egoísta que solo piensa en ella y no en lo que pueda decir la gente, deja que ponga en duda su supuesta felicidad.

Y Pablo, chasqueando la lengua, miró más allá, al jardín por el que paseaban Felipe y Martina con las manos entrelazadas. Ella con un vestido de tirantes, uno vaporoso con flores marrones y amarillas que el viento, cuando venía de frente, le ceñía al cuerpo, provocando la extraordinaria curva de su abdomen gestante. Un viento que alborotaba, también, su fabulosa cabellera pelirroja, dándole un aspecto de cuento, de algo infantil. Al menos, a Pablo le vinieron, en esos momentos de contemplación, recuerdos de la infancia de Martina. Nunca había visto una niña tan alegre y, a la vez, tan abstraída como ella. Tan pendiente de las cosas, a pesar de su corta edad. Parecía que veía más allá de todo. Siempre le pareció extraordinaria. De pequeña. De adulta. Pensó en decírselo en cuanto surgiera la ocasión, a la hora del café, por ejemplo. Pero cambió de opinión en el acto. Demasiado tarde, concluyó. Cobarde, diría su hija si lo supiera.

Se fijó en que su futuro yerno, Felipe, tenía los labios muy finos. Ese tipo de labios que a él, a Pablo, le indicaban que estaba ante una persona enérgica, tal vez mandona, tal vez crítica, tal vez... No le gustaban ese tipo de personas, no. Se fijó en que Felipe ya estaba bronceado en ese mes de mayo, y llevaba una ropa que parecía cogida al tuntún del armario pero que no, en verdad no era eso. Era ropa que estaba muy estudiada para conjuntar (los náuticos azules, los chinos color tierra, la camisa de cuadros diminutos y con cuello mao, las pulseritas tibetanas, el colgante con un colmillo de a saber qué animal). Un yerno, Felipe, con el caminar característico (la espalda recta, el cuello erguido) que suelen llevar los que se sienten dotados de algo grandioso (riqueza. Labia. Carisma. Un pene extraordinario, tal vez).

La joven pareja paseaba tras los postres («Necesito estirar las piernas», dijo Martina, y Felipe tardó unos segundos en comprender que él también debería ir a estirar las piernas con ella). Paseaban por los jardines del restaurante en el que se habían reunido para comentar a los padres de Martina que se iban a vivir juntos, que ellos iban a ser abuelos.

Que Martina iba a tener un hijo. La noticia no fue dada en ese orden, claro, porque el impacto visual habló por sí solo.

—¡Es que un poco más y nos llaman desde la maternidad! —Carmen estaba realmente indignada.

Algo normal en ella, eso de la indignación, opinaba su marido. Decidió no hacerle caso, como siempre. Llevaba décadas sin hacer caso a esos arrebatos descontrolados. Sobre todo si esos arrebatos incluían a su hija mayor.

Los hombres ociosos de la comunidad vecinal eran los que más utilizaban la pista de pádel. Sus paletazos, con gemidos desgarradores que a Martina le parecían obscenos, la agobiaban tanto que acababa cerrando las ventanas y conectando el aire acondicionado, si era verano. Pero incluso con las ventanas cerradas oía el golpeteo de las raquetas. También oía los chillidos en la piscina y en el parque infantil (un tobogán, un columpio doble, tres balancines, todo de madera, todo sobre una superficie de caucho que amortigüe caídas y rozaduras, claro), se escuchaba incluso el jaleo del recreo escolar de un colegio cercano. Y todo ello frenaba la concentración de Martina a la hora de escribir. Embotaba su mente. La desatascaba con una cerveza. Con una copa de vino. Con un *bourbon* con hielo. Acababa emborrachando a sus personajes, metiéndoles en una sauna, en una piscina de hidromasaje, copulando unos con otros en total frenesí. Martina se concentraba en ello y escribía diálogos surrealistas y escenas sexuales que le hacían ruborizar.

Era lo malo de tener todas las ventanas con vistas a ese gran patio comunitario con pista, piscina, parque. Eso comentaba Felipe cada vez que ella se quejaba. Luego, él añadía que no era para tanto, que era un lugar repleto de vida, de alegría, muy adecuado para ella y para Marcos. Y Martina acababa fulminándole con la mirada. Claro, se decía malhumorada (pero no a él, a él no le decía nada, no fuera a enfadarse, no fuera a encerrarse en su estudio con un portazo, no fuera a hacer algo que no la incluyera), claro, él trabajaba fuera, en un despacho personal, sin chapoteos ni pelotazos. Un despacho en pleno centro de Zaragoza, en el paseo de la Independencia, con gente normal con la que hablar, con compañeros de profesión, sin ningún niño al que cuidar. Ningún niño que llorara. Y entonces miraba a Marcos, sentado en la trona, que observaba a sus padres con sus ojos oscuros, tristes y bellos a la vez. Martina daba otro sorbo a su bebida. Un refresco de cola esta vez, para disimular delante de Felipe. No fuera a pensar que...

Si los hombres ociosos eran los que más utilizaban la pista de pádel, las mujeres ociosas eran las que solían llenar la piscina, casi siempre acompañadas de sus hijos, todos menores de diez años. Uno o dos. Con los primeros rayos de sol ardiente, a mediados de mayo, ya comenzaban a despojarse de sus vestiduras para tomar el sol en el césped primorosamente cuidado. Cuerpos normales y corrientes de mujeres de treinta, de cuarenta años, alguna abuela, todas convertidas en lagartijas al sol. Martina observaba, complacida, que entre ellas no existía la malicia que podía palparse en un gimnasio, por ejemplo, cuando solapadamente se comparaban trajes de baño o bikinis o prendas deportivas de cualquier clase. Las zapatillas. La cinta para el pelo. El pulsómetro adherido en un brazo para controlar corazones sanos. El iPhone en el otro, con auriculares para aislar del mundo y ofrecer una banda sonora exclusiva.

No, todos los vecinos, ellas y ellos, eran como un clan, un clan guay, eso comentaba Martina a Felipe, sin que él le preguntara nada, porque él nunca mostró interés por cómo le había ido el día, qué había hecho, qué… Y ella necesitaba hablar, mantener una conversación. Un monólogo, casi siempre. Contar que los vecinos no solo se llevaban bien entre ellos, sino que incluso a finales de junio, cuando los niños habían acabado el colegio y no tenían que madrugar al día siguiente, se quedaban en el césped hasta bien entrada la tarde, con meriendas improvisadas, con bebidas que repartían en vasos de plástico, de fiesta infantil. La excusa eran los hijos, pero lo que realmente importaba era el encuentro entre esos padres y madres jóvenes (bueno, alguno de ellos ya era abuelo, casado en segundas o terceras nupcias con una mujer más joven con la que tenía un par de niños que se llevaban treinta años con sus hijos mayores, eso le contó a Martina uno de ellos, a punto de jubilarse), de profesiones variopintas que permitían costearse viviendas tan privilegiadas como las suyas, a solo veinte kilómetros de Zaragoza.

Un par de temporadas estuvieron, Felipe y ella, formando parte de ese estado de bienestar o supuesta concordia familiar. Antes de que llegara el tercer verano, Felipe se fue de casa. A otra urbanización, a otra vida, más cerca —eso le dijo— de los estudios de televisión madrileños en los que había comenzado a trabajar meses atrás. Cambió de vida, de comunidad (vecinal, autónoma), de hábitos, de…

—Vendré los fines de semana para veros —aseguró. Mintió.

Y ninguno de esos vecinos, ninguno con los que habían compartido charlas banales sobre infancia y educación, o partidas de pádel, o agua clorada, ninguno de ellos preguntó nada cuando fue pasando el tiempo y Martina comenzó a bajar sola, con Marcos, que aún se arrastraba por la toalla a pesar de tener ya tres años.

Nadie osó preguntar nada. Las fotos de Felipe acompañado por un bella modelo en un evento marbellí, unas fotos que salieron en una revista del corazón, acalló cualquier pregunta que pudieran formularle sobre él. Martina fue la última en enterarse. De esas fotos. De ese idilio. Dejó de bajar a la piscina, al parque. Dejó de hablar con todos ellos. Se convirtió en una anacoreta malhumorada.

Capítulo 9

Esta noche he soñado que Felipe me llamaba por teléfono y me decía «Martina, voy a ir a verte». O que quería verme y que por eso venía. El lunes. Me dijo que vendría el lunes y a mí, en el sueño, me costaba una barbaridad pensar en qué día vivía. Ahí supe que era un sueño. Y quise despertar, como tantas veces me ha ocurrido, porque tengo esa capacidad para saber si estoy dormida o no, si estoy o no dentro de un sueño. La capacidad de despertarme, de volver a mi habitación.

A veces funciona.

Otras, la mayoría, no. Y me quedo dentro de una historia en la que en ocasiones conozco a las personas con las que comparto espacio onírico. Pero en otras ocasiones no sé quiénes son ni por qué me cuentan lo que me cuentan.

Igual, igual, que cuando veo espíritus, que son la parte más descarada de un sueño, porque eso de que se me aparezcan mientras desayuno o mientras estoy conduciendo, por ejemplo, es algo así como un exceso de confianza, ¿no? Porque una cosa es que vengan a verme en sueños y otra muy distinta cuando estoy despierta y viviendo situaciones reales. Quiero decir que, a quien se le ocurrió eso de «la confianza da asco» se tenía que referir a algo así, a cuando los fantasmas o los espíritus invaden nuestro espacio íntimo y personal. Y lo invaden sin avisar, solo con un ligero (a veces, tremendo) dolor de cabeza.

Ah, ya, piensas que me lo estoy inventando, ¿verdad? Estás en tu derecho, claro. Pero que tú no veas esos espíritus, que tú no los notes a tu lado, no significa que no estén, eso que te quede claro. Y esto que me pasa, esto de ver muertos o almas o qué sé yo qué nombre ponerles, esto, más que un don a mí me parece más bien algo impuesto por esa cohorte celestial que no distingue si le regala esa capacidad a un niño o a un adulto, a un inocente o a un malvado. Es como si en el bombo de la lotería de la vida se mezclaran todo tipo de bolitas con los más variopintos dictámenes o sugerencias de personalidad. Y luego toca a quien toca. A veces acierta. Y otras…

Pues sí, soñé que Felipe me llamaba por teléfono y me decía que venía a verme. Y a mí no me apetecía, la verdad. En el sueño, no me apetecía nada ni que viniera ni volver a verle. Y eso era raro, porque siempre que me ha dicho ven, yo lo he dejado todo, como en la canción. Pero en el sueño noté que, si no me apetecía nada ese encuentro, era porque tendría que decírselo a Ricardo y que seguramente a él no le haría gracia que yo quedara con un ex. Y en el sueño yo me preguntaba que a santo de qué se lo tenía que decir a ese Ricardo, si apenas le conocía. Era todo tan absurdo...

Entonces me desperté, quizá porque el sueño se estaba convirtiendo en una pesadilla, quizá porque oí el golpeteo de la cafetera en la cocina y la voz de Ricardo, el pastor, preguntando algo. La voz de Marcos, mi hijo, respondiendo a algo. El caso es que, cuando descubrí que había sido un sueño, fue como quitarme un peso de encima. Fue como si me liberara de Felipe. Porque, ¿cuánto tiempo hacía que no sabía nada de él? ¿Un año ya?

Aún estaba pensando en eso cuando Ricardo entró en la habitación, en dos zancadas que oí perfectamente, porque el entarimado vibra y resuena, sin más: el suelo es de madera y él es un peso pesado con grandes botas de montaña. Entró y me dijo que dejaba el café al fuego, que estuviera atenta, y que acompañaba a Marcos al instituto.

Abrí los ojos como platos. Quizá el susto por lo que me acababa de decir. Quizá porque no sabía si estaba aún durmiendo, viviendo un sueño dentro de otro sueño.

—¿Y por qué no va en el autocar? —tanteé con una pregunta que podía estar formulando aún dormida, a pesar de que me estaba levantando y me ponía la bata—. Joder, qué frío hace en esta casa.

—Porque lo ha perdido. También he encendido la chimenea.

—¿Perdido? ¿Marcos? ¡No me lo creo! ¿Qué hora es...?

—Las ocho y media.

Cuando quise darme cuenta, Ricardo ya había salido de la habitación, antes de que pudiera reñirle. No entiende que no me gusta esa manía que tiene de pasar dentro cuando yo estoy durmiendo. No entiende que no puede entrar en mi casa así, a cualquier hora, como si fuera la suya. ¿Y con qué llave?

—¡Adiós, mamá! —me dijo Marcos, a lo lejos, y no pude responderle porque ya había cerrado la puerta.

Se oyó el motor de un coche, el todoterreno de Ricardo, pensé. Abrí la ventana y la contraventana de madera y los vi alejarse a pesar de que la temperatura exageradamente baja me estrujaba los ojos, llenándomelos de lágrimas. Marcos no había llegado tarde al colegio en su vida. Siempre hemos sido muy puntuales. Él era muy puntual. Obsesivo con el tiempo. Si eso sucediera hoy, pensé, si hoy llegara tarde, me alegraría un montón. Sería un rasgo más de normalidad. De la bendita normalidad.

Entonces abrí los ojos cuando olí el café recién hecho. Yo seguía en la cama. Ni me había levantado a abrir la ventana ni había conversado con Ricardo ni Marcos se había despedido de mí. Un maldito sueño, eso había sido. O un sueño dentro de otro o dentro de una mínima realidad, porque alguien me había dejado el café recién hecho en la cocina y un par de magdalenas de la panadería. Y ese alguien solo podía ser Ricardo, claro.

Justo al lavarme la cara sentí el repelús, esa especie de electricidad que me recorre la nuca y los brazos cuando tengo una intuición, por si eso del sueño ocurría de verdad. Lo del sueño con Felipe, eso de que viniera a verme. Porque mis sueños siempre me avisan de algo. Mi embarazo, la terrible enfermedad de Marcos, los abandonos repetidos por parte de Felipe, mi paseo por los infiernos, el accidente mortal de mi hijo hace dos años...

Todos eran sueños tan irreales que no me los podía creer cuando me despertaba. Me parecían pesadillas, de esas que, una vez te despiertas, solo queda la respiración agitada y poco más. Salvo el sueño de Marcos y su accidente, que me dejó tan acongojada que durante días no dejé de observarle sin que se diera cuenta. Dándose cuenta, al final, porque me pillaba infraganti y me preguntaba, inocente, «¿qué pasa, mamá?». Y claro, no iba a contarle que había soñado con su propia muerte.

¿Y qué más da? Las cosas ocurren, los accidentes ocurren, la muerte ocurre... y da igual si te escondes, si no sales de casa o si pretendes llegar a un lugar en el que estarás más protegido. Da igual, la muerte te persigue, porque nunca se olvida de llevar encima su propia lista de morosos o beneficiarios. Todo ocurre porque tiene que ocurrir, eso opina la muerte. Y punto.

Soñar con este pueblo también me pareció de lo más increíble y fíjate, aquí estoy desde hace un mes. Atalaya de don Pelayo se llama este pueblo. Incluso a veces dudo de que esta porción de tierra y de río salga en los mapas o en alguna foto de los satélites que nos vigilan...

He soñado muchas cosas a lo largo de mi vida. Muchas. Como cuando se lee una novela: uno lee el capítulo y luego continúa la historia. Con mis sueños, igual, porque siempre son el enunciado de lo que acontecerá después, unos días, unas semanas después, un año, pero en el terreno real. Dime si no es para volverse loco eso de estar con un pie en ambos mundos.

Me dejaré de tonterías. Hay ocho niños que están camino de la escuela y yo soy su profesora.

Capítulo 10

Recién llegada al pueblo, Martina resultó ser una mujer un tanto ermitaña. Iba y venía a sus clases, saludaba a la gente con amabilidad y siempre con una sonrisa, compraba cuatro cosas en el pequeño supermercado y ya está. No tenía más relación con nadie. El resto del día se lo pasaba encerrada en su cueva. Eso me contaba Berta cuando yo ya había encerrado a mis ovejas y me acercaba al bar a media tarde.

Berta y yo nos conocíamos de siempre y nos llevábamos estupendamente. El nacimiento de su hijo nos unió un poco más, pero nunca como pareja. Al menos, yo no me vi nunca conviviendo con ellos ni ejerciendo de padre, que ella ya me lo dejó bien claro desde un principio, desde que tuvo la idea que iba a revolucionar su mundo (una idea estupenda, según ella. Según yo, descabellada). Y claro, a veces me entra cierto miedo por si un buen día ella se olvida de sus propias normas, las que estableció, y comience a reclamarme cosas que yo no podré negarle, claro.

Pero no, en los cuatro años de vida de su hijo, que también es el mío, nunca ha vuelto a sacar el tema. Me lo dijo bien clarito una noche que me quedé a ayudarla a recoger el bar, antes de que todo sucediera:

—Necesito tener un hijo antes de los cuarenta, Ricardo.

Y yo no entendí que me lo estaba pidiendo. Vamos, ¡no pensé que me estaba pidiendo que yo fuera el padre!

—¿Sales con alguien?

Porque lo que yo entendí con ese comentario era que había conocido a un hombre. Que estaba con un tipo. Me imaginé que, por fin, había dicho que sí al pastor Palomar. O a cualquier otro soltero del pueblo.

—¡No! —Se ofendió—. Siempre seré fiel a Satur.

—Mujer, que hace quince años que murió… —Intenté sonar calmado, pero era algo que me superaba. Una relación enfermiza era la que tenía con su difunto, que solo había que verle la cara (al muerto) para que uno se diera cuenta de que no lo estaba pasando nada bien aquí, en esta vida, cuando debería estar ya en la otra. Solo había que verle revoloteando alrededor de Berta, sin saber qué hacer—. ¿No crees que deberías pasar página? Te lo digo como amigo.

Intenté sonar lo más convincente posible. Hablarle de Palomar, por ejemplo, eso también lo intenté, pues desde hacía siglos bebía los vientos por ella. Contarle que había otros hombres, aparte del recuerdo de Satur. Satur para arriba, Satur para abajo, qué coñazo. Pero era una conversación que ya habíamos mantenido en otras ocasiones y no iba a salir nada nuevo de ahí. Lo nuevo era esa noticia de que quería ser madre.

—¿Tú me harías un hijo, Ricardo? —preguntó esperanzada, con las manos recogidas bajo la barbilla. Sonreía de oreja a oreja. Su eterno peinado a lo paje se mantenía compacto, ni un pelo fuera de lugar. Como un Playmobil—. ¿Sí?

—¡Pero qué dices!

Y mi exclamación sonó a un rechazo total, pero no era mi intención. No quería ofenderla. Pero tampoco quería acostarme con ella, no. De eso nada.

Ver a Berta llorando me trastocó. Era la mujer más fuerte que conocía. Fuerte en todos los sentidos, porque tenía un cuerpo de luchadora y una mente privilegiada. Y jamás pensé que en ella estuviera ese deseo de maternidad tan arraigado. Vamos, nunca la había visto fijarse en los hijos de sus amigas ni que soltara suspiros cuando las veía pasar cargando con ellos. Nunca había dicho nada semejante. Claro que ni yo me había interesado por el tema ni nadie le había preguntado, jamás, si era algo que le preocupaba o qué.

Dije algo que no debería decirse nunca en un caso similar:

—¿Y un perro? Tal vez un perro...

No dejó que continuara, pues comenzó a tirarme todo lo que tenía a mano (un par de ceniceros, un servilletero, dos jarras de cerveza, el trapo de secar la barra...).

—¿Un perro? ¿Un perro? —repetía, furiosa, lanzándome las tapas que habían sobrado esa noche, una detrás de otra, de chorizo, de jamón, de tortilla... todo disparado a cañonazos, todo estrellándose contra el suelo, contra las paredes, miles de cristalitos por todas partes—. ¿Acaso no te acuerdas de cómo apareció mi Renato, aquel día, eh? ¡Lo mataron!

Se quitó una zapatilla y me la tiró a la cabeza, no pude ni cubrirme con las manos. Se quitó la otra e hizo lo mismo.

—¡Lo mataron, pobrecito mío! —continuó, gritando—. ¡Y se lo comieron los buitres! ¿Acaso no te acuerdas de lo que sufrí, eh? ¡Quedé destrozada! ¡Cómo se te ocurre semejante idea! ¡Un perro, por el amor de Dios!

Cierto, cierto, fue un caso muy hablado en el pueblo. Cada cual creando sus propias sospechas. Y es que, cuando era adolescente, Berta se encontró un pastor alemán malherido en uno de los barrancos. Nadie sabía cómo había llegado allí, quizá alguien lo tiró desde arriba y eso explicara las malas condiciones en las que se encontraba. Desde entonces, el perro cojeó de una de las patas. El caso es que siempre iban juntos, a todas partes. Era devoción lo que sentían el uno por el otro. Hasta que, poco tiempo después de que se casara con Satur, el pobre animal apareció muerto en la explanada que hay cerca de los hayedos. Se supo que algo ocurría en aquella zona porque casi un centenar de buitres leonados comenzaron a sobrevolar el lugar y a bajar a tierra en grupos. Las grandes alas extendidas.

Unos y otros peleándose por los pedazos de carne del cuerpo de un animal. Cuando lo descubrieron, algunos que se acercaron al lugar, solo quedaba del pobre perro la carcasa pulmonar y, si supieron que eran sus despojos, fue por el collar con su nombre grabado en una placa: *Renato* (por lo del cantante italiano y su famosa canción). Todo el mundo pensó que habría sido un cazador. Nadie quería mirar a nadie ni señalar a nadie, pues eran decenas los que salían en batidas en épocas de caza. Sería un cazador de fuera, claro. Un forastero, por supuesto.

No se habló más del asunto, pero Berta quedó sumida en una pena enorme. Meses después llegó el diagnóstico de Satur, con su cáncer hepático. El asunto del perro quedó desbancado por este otro. Ella comenzó a pensar que la mala suerte se estaba cebando a su costa.

Yo salí corriendo hacia la puerta, para huir del ataque repentino de Berta, pero justo antes de abrirla, volvió a preguntarme, jadeante:

—¿Un perro, eso es todo lo que se te ocurre?

La miré. Estaba espantada. Comprendí que, si me iba, sería como si me llevara su última oportunidad. Un hombre objeto, eso también pensé. Y que estas cosas solo podían pasar en las películas. ¡Por Dios, a nadie le pasaban esas cosas! Di media vuelta y me dirigí a ella para abrazarla, mientras crujían los cristales bajo mis botas. Solo era una mujer que ansiaba tener un hijo. Un hijo que llenara tanta soledad como tenía en su vida. Le dije que sí, claro. Que lo haríamos. Qué podía decirle, si no. Y más cosas:

—Pero no me casaré contigo.

—¡Por supuesto que no! —Se sorprendió de veras, empujándome—. Y no se te ocurra decírselo a nadie. —Me señaló con el dedo índice estirado. Un dedo acusador—. ¡Júramelo! El niño será mío y solo mío.

Quedamos para esa cita embarazosa la semana siguiente, tras la cena de Nochebuena.

Que en septiembre naciera un niño rubio y de ojos azules me puso a la cabeza en la lista de los posibles candidatos. Entre risas fingidas, fui quitando importancia al asunto, claro, porque Germán el quesero también tiene el mismo color de pelo y de ojos (y setenta años recién cumplidos), y también está Javi Soteras (el único gay del pueblo), y unos pocos más, pero todos casados (y algunos de ellos aprovecharon el tema para colgarse el beneplácito de la duda y hacerse los interesantes).

—¿Has sido tú? —me preguntó, preocupado, mi amigo Palomar, el otro pastor del pueblo.

—¿Tú que crees? —le contesté sin mirarle, con una pinta de cerveza en las manos en la barra del bar de Berta pero sin ella, porque hacía tres semanas que había dado a luz y ahora se ocupaban del establecimiento sus padres y un sobrino.

—Yo diría que no, ¿no? —preguntaba Palomar—. Vamos, que tú no puedes ser el padre.

—Pues lo que tú creas es lo importante —le contestaba yo—. Además, a lo mejor es hijo de un francés, acuérdate de aquel viaje que hizo a París a principios de año.

—¿En serio? —Abrió mucho los ojos—. ¿Se lio con alguien en ese viaje?

—¿Por qué no? Se fue sola. Ligaría con un francés, seguro.

—¡No me jodas que ella creía en las cigüeñas, tío, en esas que venían de París!

Nos reímos del chiste.

—Parece ser que sí. —Esta vez le miré.

Mi amigo estaba destrozado. Iba mal vestido, ni tan siquiera se había pasado por su casa para ducharse, ni para afeitarse, sino que había encerrado las ovejas y había bajado al bar a beber y a cenar algo.

—Pues yo se lo hubiera dado con mucho gusto.

Le di un puñetazo en el hombro. Allí se acabó toda la conversación.

Estaba contando que Martina, cuando llegó a Atalaya de don Pelayo, resultó ser una mujer un tanto ermitaña. Iba y venía a sus clases, saludaba a la gente con amabilidad, compraba cuatro cosas y el resto del día se lo pasaba encerrada en su cueva. Y yo, que me había enamorado nada más verla la primera vez, me preocupaba por ella, por si estaba bien. Así pues, comencé a visitarla por las mañanas, para prepararle el desayuno. O a visitarla por las tardes, por si quería venir al bar de Berta.

Para no molestarla, entraba en la casa cueva con una llave que me dejó años atrás su dueña, cuando nos dimos cita allí para lo del embarazo a la carta. Aquella noche de la cita sexual, Berta quiso que yo llegara antes y que preparara la chimenea, colocara velas, encendiera incienso y pusiera música lenta, la que yo quisiera, así que elegí a Barry White (quién mejor que él para caldear el ambiente, por supuesto. Compré en ITunes sus grandes éxitos y durante horas estuvo cantándonos). Repetimos, por si acaso había espermatozoides rezagados u óvulos que no sabían de qué iba el tema.

Nunca devolví a Berta la llave de la casa cueva. Ni ella me la pidió. Y jamás pensé que volvería a abrir esa puerta y que, en ella, viviría la mujer que toda la vida yo había estado esperando. Una mujer que había venido hasta mí sin saberlo.

Capítulo 11

En el pueblo hay casi doscientos habitantes y cinco bares. El de Berta es el más grande, el que tiene más clientela, el que está situado en un lugar que antes había sido estratégico: justo al lado de la carretera. Veinte años atrás lo atendía junto al que después se convirtió en su marido, pero este murió poco después, para sorpresa de todos, porque era joven. Para sorpresa de ella misma, que pasó de la luna de miel a un estado de cuidados paliativos y, luego, a una viudez (casi) exclusiva.

A Berta, que es una mujer enérgica y que pone a todo el mundo en su sitio con tan solo una mirada, le gusta decir que es una mujer de negocios. Y lo es, es cierto. Su dinero va y viene en préstamos a vecinos que luego le dan un porcentaje de las ganancias obtenidas por los quesos con denominación de origen, por los pimientos tan cotizados en la provincia, por los corderos lechales cuando es época de Navidades o de comuniones (llegan, incluso, a mercados de Barcelona). Además, es una mujer muy ocupada porque su mente lo está en todo momento, calculando, pensando en unos y en otros, atando cabos que a los demás les pasan desapercibidos. Por esta razón, porque tiene una mente privilegiada y es una mujer de negocios, coordina los festejos en los que se venden esos productos por los que apuesta y a los que acuden miles de visitantes en las jornadas gastronómicas que realizan una vez al año; participa, con voz y con voto, en todas las asociaciones vecinales (la Parroquial de Cofrades, la Cultural Aristóteles, la de Ganaderos, la de Cazadores y la de la Tercera Edad Don Pelayo). Lava y plancha la ropa de los que no pueden valerse por sí mismos. Les lleva la compra. No sabrían qué hacer sin ella.

También es la presidenta de la Asociación de Madres y Padres del colegio, porque tiene un niño de cuatro años que va a la escuela (un niño que nació cuando su marido llevaba quince años muerto. Ella dice que es un «niño milagro» y quien la oye prefiere reírse cuando Berta no está presente).

—Milagro. ¡Ja!

—Ahora quiere ser, también, la Virgen María.

Y unos y otros se carcajean y se miran sin disimulo, porque alguien tiene que ser el padre, dicen. Alguien con los ojos azules. Y rubio. El cerco es muy reducido, pero nadie lo comenta en voz alta. Berta sabe eso, que se habla de ella, pero le da igual. Ella los conoce a todos, sabe de todos y de todo tipo de desavenencias, de idas y venidas, incluso de si va a llover o no... Ella es como un oráculo, como una gran cámara que enfoca a cualquier parte y aplica un zoom.

Y también es la dueña de la casa cueva en la que ahora vive Martina.

El alcalde entró en el bar una tarde antes de que acabara junio y le comentó a Berta que la nueva maestra necesitaría una vivienda. Y en buenas condiciones. Eso lo recalcó. Una casa con todas las comodidades, añadió, sin goteras, bien amueblada, que a una maestra de la capital no se le podía ofrecer cualquier cosa. Y salvo los apartamentos que nunca acabaron de construirse en el pueblo y en los que Berta no quiso poner ni un euro (ahora se alegraba de ello), no había en Atalaya de don Pelayo nada más moderno y cómodo para ofrecerle que su casa cueva. O en la que vivía actualmente, encima del bar, pero por nada del mundo Berta compartiría casa con nadie.

—¿Y la casa de don Santiago? ¿Se sabe algo?

Había muchas más que estaban cerradas. Casas y cuevas en mal estado, eso sí. Pero la de don Santiago era todo un palacio, con su escudo de armas y todo, y la fachada aún se mantenía y estaba amueblada tal y como se amueblaba cien años atrás. O más.

—Los herederos aún están de juicios —respondió el alcalde, haciendo un gesto para que le volviera a llenar la jarra de cerveza.

En el bar solo se oían los golpes de las fichas de dominó en la mesa metálica ocupada por cuatro ancianos que aún no se habían ido a cenar a sus casas. Uno de ellos, el quesero, exclamó:

—¡Yo tengo todas las habitaciones libres! Le podría alquilar una.

—¡Oh, vamos! —le gritó Berta, con las manos apoyadas en la barra. Los anchos hombros, subidos, acortaban aún más su cuello mínimo, dándole el aspecto de un levantador de pesas—. ¿Acaso te crees que una mujer, por muy desesperada que esté por encontrar una habitación, va a ir a tu casa?

—¡Anda! ¡Bien hermosa que es!

—¡Y olorosa!

Se oyeron carcajadas.

—Quita, quita, que eso no se le puede ofrecer a nadie. —Berta hizo aspavientos con la mano.

Su cabello al estilo Cleopatra y de color amarillo no se movió ni un centímetro. Le gustaba rociárselo con laca. Que quedara compacto, como un casco.

—¿Y cuándo viene la nueva maestra? —Se cruzó de brazos ante el alcalde. Sus enormes pechos quedaban por encima de esos brazos, como si acunara a un bebé—. ¿Qué edad tiene? ¿Está casada? ¿Viene con el marido? ¿Tiene hijos…?

—¡Y yo qué sé! —Se encogió de hombros el alcalde—. Le acabarán de dar el puesto como interina, digo yo, o lo habrán sorteado y le habrá tocado a ella. ¡Y qué más da! Solo me ha dicho que busca alojamiento para todo el curso escolar. Alojamiento, así lo dijo. —Levantó un dedo—. Y a finales de agosto dice que quiere instalarse, ojo, ¡instalarse!, para estar aquí cuando empiecen las clases. Anda, venga, déjale la casa de la cueva, mujer, le pones un precio de alquiler y ya está.

—Huy, no, no, qué va... ¿Y por qué no busca piso en otro pueblo, como hizo doña Flor?

—A doña Flor nunca le gustó Atalaya de don Pelayo, y lo sabes. Lo sabía todo el mundo. Pero esta, la nueva maestra —golpeó con el puño la barra, para dar más énfasis a sus palabras— quiere quedarse. ¡Aquí, joder...!

Se oyeron risas y toses.

—Con esta maestra —continuó el alcalde— tenemos que tener cuidado, mimarla y tal, que mira que como nos cierren la escuela... Porque una cosa es no tener alumnos y otra no tener maestra para los pocos que hay. Porque entonces la cierran sí o sí y hasta tu hijo tendrá que ir al colegio a treinta kilómetros.

—Ya. —Berta torció la boca y se dio la media vuelta. Necesitaba un cigarro. Se metió en la cocina y salió por la puerta que daba al patio.

Berta no se había planteado alquilar su casa, la de la cueva. Guardaba en ella demasiados recuerdos. La poca vida que había compartido con su marido. La poca y buena vida, la que estaba repleta de cosas que llevaban incrustadas el concepto de «infinito» (el amor, las risas, los viajes, los hijos. Por ese orden). La vida mala, la que hizo desaparecer, en orden inverso, todo eso cuando se instaló, en esa vivienda y en el cuerpo de Satur, el maldito cáncer. Vale, el amor no desapareció, pero cuando él sí lo hizo, cuando Satur murió, el amor, para Berta, se transformó en un recuerdo demasiado doloroso como para continuar viviendo allí, en esa casa excavada en la montaña y con el lujo y toda la belleza que ella fue encontrando en las revistas de decoración para copiarlos en ese hogar.

De vez en cuando, Berta se acerca para abrir la puerta principal y la única ventana que da al exterior. Ventila la casa, la limpia, y en invierno cierra la llave del agua y vacía las cañerías para que no revienten con las heladas, enciende la chimenea para comprobar que el tiro funciona... Pero alquilarla, lo que se dice alquilarla, eso nunca se le ha pasado por la cabeza.

—Va, mujer —insistió el alcalde cuando Berta volvió a ponerse tras la barra y se colocaba, de nuevo, el delantal.

—¿Qué pasa? —Quiso saber Ricardo, el pastor, inmenso como un árbol, recién llegado, recién duchado. Señalaba con un dedo una jarra de cerveza mientras se sentaba en un taburete al lado del alcalde, antiguo amigo de escuela, de juegos. Le pasó un brazo por el hombro, a modo de saludo.

—La nueva maestra se quedará a vivir en la cueva de Berta —le anunció al recién llegado.

—¡Hey, que yo aún no he dicho ni que sí ni que no! —Se molestó ella, golpeando la jarra de Ricardo en la barra, vertiendo parte de su contenido, salpicándole.

—¡Pero ten cuidado, mujer! —Se apartó él, saltando hacia detrás para no mancharse.

—Te aguantas —contestó ella, limpiando el estropicio, poniendo a continuación otra jarra repleta de cerveza, con la espuma chorreando por todas partes—. Invita la casa.

—¿Entonces es que sí? —le preguntó el alcalde.

Ricardo se fijó en Berta, cómo se mordía el labio inferior, cómo se apartaba su pelo amarillo tras las orejas, cómo cerraba los ojos, aguantando la respiración. Cómo luego los abría y miraba hacia el techo, dando un suspiro. Era una mujer intuitiva: miraba al techo sin saber que justo allí, por encima de ella, se movía el espíritu de su marido. Lo llevaba atado como si fuera un globo de helio.

A Ricardo, que sí podía verlo, todo eso le parecía algo enfermizo tras veinte años de ausencia. Pero sí, conocía bien todos esos tics que ella dejaba ir tanto en la vida social como en la privada. Siempre echaba mano a esos gestos cuando estaba pensando en algo, valorando los pros y los contras. El beneficio o la pérdida ante una decisión importante. Qué podía ganar o perder acostándose con Ricardo, por ejemplo. Pero solo fueron un par de veces, una la Nochebuena de cinco años atrás, en la que acabaron borrachos y en la casa cueva, ante la chimenea encendida, rodeados de velas aromáticas, con Barry White y su voz profunda cantando baladas y, entre coito y coito, atiborrándose de mantecados y cava catalán.

—Va, no la atosigues. —Y le dio un codazo al alcalde.

—¡Anda! —Se molestó este—. ¡Como si tuviera mucho que pensar! O es que sí o es que no. ¡Y tiene que ser que sí, mujer! Venga, va —palmeó la barra con prisas—. ¿para qué quieres una casa cerrada, eh? Anda, dime para qué.

Ricardo chasqueó la lengua y miró hacia otro

lado. Qué fácil era para la gente, pensó, hablar por boca de los demás. Qué fácil tomar decisiones cuando se trata de otro.

—Piénsalo con calma —le dijo Ricardo a Berta—. Ya decidirás mañana. O pasado.

—¿Cómo que se lo piense? ¿Pero qué tiene que pensar? —Estalló el alcalde.

Pero Ricardo le ignoró, cogió su jarra de cerveza y se dirigió hacia un grupo de tres hombres recién llegados al bar, que abrían la puerta con estruendo, queriendo entrar a la vez. Eran el pastor Palomar y los hermanos Alcorta, pintores.

—¡Berta! —exclamó uno de ellos—. ¡El karaoke!

—¿Hoy es viernes o sábado? —gritó ella—. No, ¿verdad? ¡Pues no hay karaoke! ¡Joder, que no sé cómo no os entra en la mollera!

—¡Lamadrequete…! ¿Pero qué te cuesta, eh?

—Que no quiero jaleo ahora, hombre, que tengo cosas en las que pensar.

—Menuda regenta que estás hecha.

—¿Y qué vamos a hacer hasta las diez? —preguntó uno de ellos a los tres restantes.

—Vamos a mi casa —propuso Ricardo—. Hago bocadillos y nos vemos unas pelis.

—¿Hay nuevas de los Estudios Ghibli? —Quiso saber uno de ellos mientras abría la puerta.

—No, no las han cambiado.

—Vaya birria de canal; tienen siempre las mismas películas.

—Pues te lo pones tú en casa.

—O las descargamos.

—Ya sabes que se cortan, que no bajan bien.
—¿Y si volvemos a ver *El viaje de Chihiro*?
—No, tío, no, y menos comiendo.
—Anda, pues la primera vez no te importó.
—Por eso, porque no sabía de qué iba, con todos esos cerdos y esos monstruos apestosos y sebosos...
—¿Y *Haro en el reino de los gatos*?
—¡Anda, ya! Yo voto por *La princesa Mononoke*.
—¡Joder, tú y tus princesas!

Sus palabras resonaban en la calle. Y sus pasos. El estruendo de sus carcajadas. Cuatro hombres enormes, de entre treinta y cinco y cincuenta años, solteros, barbudos, los reyes del karaoke y de las películas *anime*. Las viejecillas, cuando oyen sus risas o sus voces, descorren las cortinas y mueven la cabeza mientras los ven pasar, pensando en eso de qué juventud tan perdida, tan buenos mozos y sin casar. Las otras mujeres también descorren las cortinas e igualmente mueven las cabezas, pero lamentando que sus maridos sean tan diferentes a esos hombres, sobre todo tan diferentes a Ricardo, el pastor. Y unas y otras se limitan a seguir soñando en secreto con ellos.

Capítulo 12

¿El amor de mi vida? Pues yo siempre había pensado que era una chica irlandesa del pueblo en el que estuve trabajando como pastor durante un año. El mismo pueblo que seguí visitando en años sucesivos. Cada vez espaciando más esas visitas. Al final, anulándolas. Se llamaba Mary y era preciosa. Dulce. Alegre. Si aprendí inglés fue por ella *(risas)*.

Tuve otros amores, más pequeños, diminutos amores (en otros lugares, incluso aquí, en el pueblo), breves amores que me hacían sentir vivo, pero con ninguno de ellos llegué a experimentar lo que sentí por Mary, lo cual me creaba un desasosiego enorme, porque me hacía creer que había encontrado el amor de mi vida en un lugar lejano. Un amor que perdí, sin más, porque ella se casó con alguien que estaba más a mano. Claro, normal. Eso de las relaciones en la distancia solo pasa en las películas o en historias del pasado, no hoy en día.

Pero llegó Martina en su coche, aquella mañana de finales de agosto, y todo lo que yo había experimentado como un gran amor, como un gran enamoramiento, resultó una gran falacia. Resultó que todo había sido un espejismo comparado con lo que ella me ofrecía. Incluso mi amor por Mary resultaba diminuto si lo ponía al lado de la extraña y deliciosa sensación de saber que existía alguien como Martina y que había llegado de otro lugar para instalarse aquí, en el pueblo. Más cerca imposible.

Lo malo es que Martina no sabía que me deslumbraba. No sabía que ella era la mujer que llevaba esperando toda mi vida. Con la que quería compartir toda la vida que me quedaba por vivir. Y yo deseaba con todas mis fuerzas ser merecedor de algo semejante. Necesitaba que ella comprobara que yo era la persona perfecta. Ser esa señal que te manda el destino y que no puedes rechazar. Pero, claro, cómo le dices algo así a alguien sin caer en la vanidad o en la arrogancia.

Así pues, me limité a pequeños detalles: invitarla al karaoke del bar de Berta para que se relacionara con la gente del pueblo, encenderle la chimenea o llevarle algunas pastas de la panadería, por ejemplo. Pero todo eso ella lo concebía como una invasión a su intimidad. Y lo entiendo, de veras que lo entiendo. Pero hay que ver cómo se ponía cuando descubría que entraba en su casa y sin permiso...

Capítulo 13

Carmen Grande, la famosa locutora de radio, creía que su hija mayor, Martina, se había equivocado al aceptar que la mandaran al quinto pino.

—A... ¿cómo se llama ese pueblo? —preguntaba en voz alta cuando alguien quería saber qué tal estaba su familia y le contaba lo de Martina, lo de su trabajo como maestra rural—. ¿La Torre de Amadeo? ¿De Sancho? Mmm... ¡Atalaya de don Pelayo!, eso es, así se llama ese pueblo perdido del mundo que necesitaba, urgentemente, una maestra que se hiciera cargo del colegio. ¡Ocho niños! ¿Te lo puedes imaginar? Ser maestra de ocho niños de todas las edades en un lugar de cuyo nombre no me acuerdo. Un pueblo que aún no he visto yo pero que, según ella, tiene un río y un puente de piedra, un enorme barranco y dos barrios: el alto y el bajo.

Se calla y no sigue hablando porque su hija también le ha dicho, sobre ese pueblo, que está completamente en la naturaleza y que eso hará mucho bien a Marcos.

¡A Marcos, su nieto!

Y se lo dice en presente, como si Marcos aún viviera.

Suele carraspear y continúa contando a su interlocutor:

—También me ha dicho que hay muchos campos de cultivo, creo que pimientos, ¿o eran tomates raf? Sí, me parece que dijo que en ese pueblo cultivan los mejores pimientos de la región. —Aquí suele ahuecarse el pelo. Colocarse algún pendiente, mover alguno de sus relucientes anillos—. Y queso de oveja, también producen un queso con denominación de origen. Me contó que las calles están empedradas y que la casa en la que viven...

—¿Vive con alguien más? —Suele interesarse la amiga.

—Eh, no, no, claro, está ella sola. ¿Con quién puede estar, eh? —pregunta, insinúa, con indicios de mal humor—. Pues resulta que la casa está excavada en la montaña. ¡Dentro de la montaña! Pero ¿no pensó en la humedad, esta muchacha? ¡Y en invierno! Y allí, tan sola...

Se calla que su hija siempre ha sido así, testaruda como una mula, al igual que el padre, opina, haciendo lo que le ha venido en gana y saliendo, airosa, de todos los berenjenales en los que se ha ido metiendo ella solita.

—Sí —continúa—, mi hija es una gran luchadora, como yo.

Y mira a su amiga a los ojos y espera sus alabanzas. O que le dé la razón. En todo.

***

Cuando las hijas de la locutora Carmen Grande eran adolescentes, no les gustó la idea de que su madre aceptara un nuevo programa radiofónico en Zaragoza y el traslado inminente que significaba un giro total a sus vidas. Bueno, no le gustó a la mayor, Martina, que ya tenía quince años y un primer novio del que estaba enamoradísima, eso le contaba a Herminia, antigua niñera y ya asistenta para todo. La pequeña, Amparo, a sus diez años, era la sombra de su hermana mayor, imitando sus gestos airados, portazos, lamentos y risas histéricas, para mortificación de la madre, que lo miraba todo desde una distancia infinita y un cansancio enorme, porque ella, cuando regresaba a casa de la emisora, solo quería quitarse los zapatos, la ropa, descansar en el sofá, cenar una sopita caliente, dormir y recuperarse para la jornada del día siguiente.

El padre, Pablo Peña, fundador de la fábrica de marroquinería Leather–Peña, lo veía todo desde una lejanía aún más real y física, porque él se movía, liviano, en su mundo de los negocios, lo cual quería decir que estaba siempre fuera, en otras ciudades, en otros países, en otras habitaciones que no eran la propia. Y dentro de la casa, Herminia, esa criada pamplonica que cuidaba desde hacía quince años de las niñas y de ese hogar como si fueran su propio hogar y sus propias hijas, manteniéndolas a raya solo con una mirada iracunda y unos labios fruncidos.

No, a las hijas de la locutora Carmen Grande no les gustó la idea de un traslado inminente a Zaragoza. Dejar la capital, Madrid. El colegio agustiniano. Los amigos de toda la vida. En esos días de caos y desazón fue cuando a Martina le comenzó a rondar, por primera vez, la idea de huir de casa, de fugarse. Lo de adónde y con quién lo supo después (a Argamasilla de Alba, en Ciudad Real, y con su novio, que tenía allí la casa de los abuelos). La Guardia Civil interceptó esa fuga cuando iban por Guadalajara en la moto de él, y el chaval, que ya era mayor de edad, tuvo que pasar unos días en el calabozo. No se volvieron a ver y Martina quedó recluida en un colegio caro de Zaragoza, en un régimen casi penitenciario que no hizo sino incrementar el odio hacia su madre y hacia todo lo que ella significaba: alguien muy conocido en el mundo de la radio y del periodismo y que tenía cien ojos en todas partes, como cámaras de vigilancia.

Amparo, la hermana pequeña, en aquellos años se forjó un recuerdo un tanto sesgado de aquel suceso, admirando y detestando a Martina a partes iguales, tanto por lo que había conseguido hacer —irse de casa— como por haberla dejado olvidada en esa casa, precisamente. Creyó que a quien abandonaba no era a sus padres y su supuesta asqueada vida, sino a ella. Amparo pensó que su hermana mayor no la quería y que por esa razón prefería no llevársela a un mundo desconocido y en el que estaría en la gloria.

La segunda vez que Martina huyó de casa fue cinco años más tarde, cuando ya estaba en la Facultad de Magisterio. Se fue un buen día, tras una semana de tormentosas discusiones con todas las mujeres de la casa (el padre, en su barco amarrado en el puerto de Sitges, estaba ajeno a los acontecimientos, como siempre). Martina se fue de casa y se instaló en el piso de unas compañeras de la universidad, dejando en el hogar familiar el rastro limpio de su ausencia y el desorden en su habitación.

Por aquel entonces sonaba en la radio *Ligia Elena*, cantada, a ritmo de salsa, por el grupo catalán La Orquesta Platería (*Ligia Elena, la cándida niña de la sociedad,/ se ha fugado con un trompetista de la vecindad./ El padre la busca afanosamente,/ lo está comentando toda la gente,/ y la madre pregunta angustiada ¿en dónde estará?*) y a Amparo le gustaba imaginarse que su hermana era Ligia Elena, lo cual le provocaba risitas que le duraban poco, porque veía la angustia de sus padres, la angustia de Herminia. Una angustia que en verdad duró poco, porque con una rapidez pasmosa se hicieron a la idea de que Martina ya no estaba y a toda la familia le sorprendió gratamente la tranquilidad que, a partir de entonces, reinaba en la casa.

Quizá por eso, Amparo, como hermana pequeña, nunca entendió por qué agasajaban tanto a la mayor cuando venía a verlos, por qué parecían tan contentos ante su llegada (algunos domingos, para comer; algunas llamadas telefónicas a cualquier hora de la tarde o de la noche; algunas visitas sin previo aviso, cuando necesitaba dinero urgentemente). Y ella, Amparo, se quedaba sin esas muestras de cariño que siempre había echado en falta por parte de sus padres, como si ellos tuvieran un cupo limitado y lo gastaran todo con Martina. Ahí se juró que, cuando tuviera hijos, serían tratados de una forma totalmente diferente. A sus hijos, ella los trataría con amor, con respeto y apoyándoles en todo. Queriéndolos a todos por igual. Qué ilusa.

Capítulo 14

Hoy, a la hora del recreo, he recibido un *wasap* de Mario, el dermatólogo. Leo con satisfacción:
¿Puedo decirte que te quiero?

Y yo me sorprendo porque, ¡hay que ver qué cosas se le ocurren! Ni le he contestado, a pesar de que la alegría me daba vueltas alrededor, como un moscardón. No, como un moscardón, no. Como un jilguero. No, tampoco, como un pajarillo de esos que van a cien por hora moviendo sus alas... ¿Un colibrí? Sí, eso es, un colibrí. La alegría de un colibrí. Eso es lo que sentía yo.

Para evitar la tentación de contestarle (porque le hubiera dicho que yo también le quiero, por supuesto, a pesar de que no se lo digo a nadie) salí al patio y llamé a un par de críos (ya ves, tengo ocho alumnos. Es para reírse) y les hablé de cualquier tontería, algo sobre el tiempo, creo, sobre si llovería o al final saldría el sol. Y lo hice en inglés. Me miraron con simpatía, o miraron con simpatía el gorro de lana en forma de gallina que llevaba esa mañana, con el gran cuerpo del ave blanca y lanuda desparramado por mi cráneo, con una cresta roja en lo alto, con un par de patas de color naranja cayendo por debajo de mis orejas. Un gorro bien abrigadito, por cierto, pero del que ya no se sorprenden mis alumnos, pues a estas alturas ya me observan con calma, sin extrañarse de mis excentricidades. Sí, están curados de espanto: eso de que yo haya asistido a clase con las pantuflas de casa o sin peinar, al principio les tenía descolocados. Pero ahora, un par de meses después de venir a Atalaya de don Pelayo, les gusta, sí. Ya ni se inmutan. Soy una auténtica payasa, para qué negarlo. Siempre lo he sido. Me encanta arrancar unas risas. Creo que hay gente que mataría por lograr esto.

Cuando se fueron mis alumnos, o cuando les di la venia para que se fueran y continuaran con sus cosas, volví a mirar el mensaje de Mario. Somos amigos desde hace un año. Y en todo este tiempo no hemos hecho otra cosa que intercambiarnos correos electrónicos en los que nos contamos la vida. No hemos hecho otra cosa que vernos de vez en cuando en lugares cercanos a Zaragoza (lo más lejos, el área de servicio de Lérida. Normalmente, en la de Tudela. Antes, en la de Calahorra, pero ya está cerrada) para tomar un café o para comer, y abrazarnos en el aparcamiento con culpa y con gozo. Nadie, jamás, me ha abrazado tan bien como Mario. Incluso creo que eso del abrazo no es mutuo, sino que es él el que lo da, manteniéndome dentro de su pecho, respirándome el pelo, en una total protección respecto al mundo (un gran ángel que me cubre con sus enormes alas. Eso siento cuando me abraza). Abrazos atemporales en los que solo existe el contacto y la sanación para nuestras almas. Eso me contó un día y, al oírlo, fue como si mi voz hubiera ido a parar a él, porque eso era justo lo que pensaba.

Y continúo pensándolo.

A veces me imagino que nuestra (innombrable) relación es como la de aquellos novios del siglo pasado, aquellos que vivían en plena calentura solo con la ilusión y el poco —y exquisito— roce mantenido. Y las cartas. Bueno, y porque Adela, la mujer de Mario, le ata corto y eso hace que ambos disfrutemos de una manera genuina (e infantil), con ojos asombrados de búhos, por eso de que, a nuestra edad, aún podamos sorprendernos: somos y estamos muy agradecidos con las migajas que recibimos.

—En fin, son cosas que pasan —le dije a Adela, la mujer de Mario, que hasta entonces había sido mi amiga.

Le dije eso cuando nos descubrió a Mario y a mí en su despensa, comiéndonos a besos. Ella me echó de su casa y de su vida. Claro, claro, lo entendí. Por eso, cuando unos días después de ese descubrimiento clandestino, me comunicaron desde Educación lo de venir a Atalaya de don Pelayo, acepté sin sopesar los pros y los contras. Era la respuesta del universo a mi necesidad de huir. Mi necesidad de una nueva vida. Un lugar donde nadie supiera nada de mí. Como los testigos protegidos de las películas.

Nadie me dice que me quiere, salvo Mario, el dermatólogo. Ni las amigas de toda la vida, ni mi madre, ni mi padre, ni mi hermana. Ellos nunca me lo han dicho ni me lo van a decir ahora, pues parece ser que, cuanta mayor edad se tiene, mayor vergüenza también para demostrar el cariño. Herminia, nuestra asistenta, sí me lo decía, incluso cuando yo ya era una mujer hecha y derecha. Mi hijo también lo hacía, también me decía que me quería, bien clarito y sin ruborres de ningún tipo. «Te quiero, mamá». ¿Y qué ocurre cuando una se da cuenta de que eso falta en su vida? El caos, eso es lo que ocurre. El caos y el derrumbe.

Yo, a Mario jamás le he dicho (ni escrito) que siento algo por él, a pesar de que merece con creces ese regalo. Porque temo que, si se lo digo, se me romperá la única protección que me queda respecto al mundo que me rodea. Me da por pensar que, si nombro ese amor, me será arrebatado. Sin embargo, a él le tiene que llegar ese cariño a través de mis correos, de las conversaciones que mantenemos, de la risa que compartimos... (Ya, solo es cariño y ternura lo que siento por él, y eso no es igual que un gran amor, pero ya se sabe, son cosas de la dosis mínima para seguir viviendo en este mundo tan real y severo...).

Cinco minutos más tarde, Mario vuelve a escribirme:

Sigo queriéndote.

Miro alrededor y no tengo a nadie a quien contar tan magnífica noticia. Porque es una buena noticia saber que hay un ser humano que me quiere (¡a mí!) y al que no le da vergüenza decirlo (decírmelo).

Me siento tan bien, tanto... Los colibríes y tal, revoloteando en mi interior.

Que una hora más tarde, justo cuando acaban las clases, reciba una llamada de Felipe, eso, solo me demuestra lo liados que están allá arriba en las alturas (la cohorte celestial) preparando sorpresas y dejando que se les escapen detalles mínimos, como estos. Porque a ver, ¿qué pinta Felipe en mi vida? Hoy en día, ¿qué pinta ya? ¿A santo de qué me llama, justo en estos momentos, cuando saboreo algo precioso con alguien que no es él? ¿Por qué me llama después de... un año? ¡Un año!

No me sorprende su llamada, porque ya lo soñé días atrás. Eso de que me iba a llamar. Lo que no entiendo es que mi conversación con él continúe siendo cordial. Me avergüenzo de no dar rienda suelta a lo que realmente me gustaría hacer y que nunca he hecho: mandarle a la mierda. Así, sin más. Pero no solo soy una mujer bien educada, sino que busca que la amen. Y en este punto insistía mucho mi psicóloga: el daño que siempre me ha hecho pretender eso. Que me aceptaran. Que me quisieran. Lo único diferente en la conversación hoy mantenida con Felipe es que ya no me hacen gracia sus chistes y que su acento argentino ya no me embelesa. Además, las explicaciones que me ha dado sobre su nuevo programa televisivo o sobre las últimas entrevistas realizadas, todo, me ha parecido algo desgastado: frases y explicaciones que ya habrá contado a otros hasta la saciedad y que a mí me llegan descoloridas y con jirones.

Me he sentado en la plaza del ayuntamiento, en uno de sus bancos de piedra (helada, estaba helada la piedra) para continuar con la conversación telefónica. Media hora de conversación más o menos banal, poniéndonos al día. Pasaban por delante de mí vecinos del pueblo, de aquí para allá, mirándome («¿qué hace la maestra ahí sentada, con este frío?») y yo les saludaba levantando una mano enguantada y ellos me mostraban sus mejores sonrisas (quizá miraban el gorro gallina en mi cabeza y su cresta roja, sus patas anaranjadas).

La verdad es que hace mucho tiempo que Felipe y yo no nos contamos la vida y que él ya no forma parte de la mía. Un par de extranjeros somos el uno para el otro. Sí, eso, dos extranjeros que hablan, además, idiomas diferentes, pero entiendo a la perfección la frase que deja caer. Me dice que quiere venir a verme. Y los ojos están a punto de caérseme de la impresión.

Lo soñé días atrás.

Capítulo 15

Martina me habló del gran amor de su vida, del padre de su hijo. Un tal Felipe Schäfer. Su apellido significa «pastor» en alemán, me dijo ella un día. Y me sorprendió que Martina, con lo intuitiva que es, no hubiera descubierto esa señal: su antiguo amor llevaba ese significado encima, sin saberlo, y yo era un auténtico pastor. Yo tenía un rebaño de ovejas. Yo era auténtico en todos los sentidos, hasta en mi amor por ella. Cómo decirle algo así y no caer en la vanidad y la arrogancia.

Pero sí, Martina me habló de ese impresentable con el que había estado conviviendo durante años y que jamás se le había ofrecido como marido. Que nunca, jamás, le pidió que se casara con él. Que en ningún momento, después de tantos años y después de continuar teniendo sexo esporádico con ella, le dijera que era la mujer de su vida o que la admiraba o cualquier otra cosa que a mí me puede salir, sin más, mirándola como yo la miro. Con ojos de oveja. De oveja enamorada.

Cuando Martina me dijo que había soñado con su ex y que ese ex le llamaba por teléfono y le decía que iba a venir a verla, a mí me dio algo. Me dio el dolor insoportable de la pérdida anunciada. Comencé a vivir esa pérdida y notaba que, si se producía, yo ya no podría reponerme de ella nunca más.

Capítulo 16

—¿Sigues escribiendo? —le preguntó Felipe a Martina al cabo de un rato. Sabía que eso le gustaba a ella, que la sacaran del anonimato. Eso pensaba él.

Quién lo iba a decir, se decía. Quién iba a decir que, con el paso del tiempo, sería Martina la que tuviera un lugar en el mundo literario y no él. Él, que impartía talleres de escritura y que trabajaba en la sección de cultura del periódico, solo había conseguido publicar un libro. Bueno, tenía otro apalabrado, uno que saldría en breve y que gracias a sus apariciones en la pequeña pantalla había conseguido llamar la atención de un sello editorial de los grandes. Desde entonces, era un Felipe henchido de orgullo el que se movía por todas partes. Normal. Era una noticia estupenda.

Cuando Felipe y Martina se conocieron, era él el que quería ser escritor, el que iba a talleres como alumno, el que tenía mil ideas para desarrollar en forma de novela, teatro, guiones cinematográficos... Sin embargo, Martina no sabía que ella poseía ese talento dentro. Simplemente, un día lo soñó, eso le contó a Felipe al principio de su relación. Soñó que iba a ser escritora y que alguien, en ese sueño, le decía incluso cuál sería el título de su primera novela: *El deseo del alma*. Con ella se llevó el premio Beltraneja y a partir de ahí fue un no parar. Sí, Martina se creía sus propios sueños, opinaba Felipe, aunque si le preguntáramos a ella diría que, más que en los sueños, creía en el destino en sí mismo y en las personas que lo llevaban a cabo.

—¿Tienes algo nuevo entre manos? —añadió Felipe esa última vez, por teléfono.

Una pregunta redundante, porque ella ya lo colgó tiempo atrás en su muro de Facebook y Felipe lo leyó ahí, por eso sabía lo de su nueva novela, recién publicada, y había visto las fotos de la portada y las de la presentación en Madrid. Pero se hizo el distraído y dejó que ella se lo contara.

Y lo que sí le preguntó era qué tal le iba como maestra rural en ese pueblo tan perdido del mundo. Además, le preguntó medio en broma si era un castigo o qué. Y ambos se rieron del chiste. Pero no ocurrió nada más, para descanso de Felipe, porque hacía mucho tiempo que no hablaban y temía que Martina le saltara a la yugular, que le recriminara algo... Había tanto por recriminar.

—Un día de estos pasaré a verte —le anunció él, a punto de finalizar la llamada.

Ella no contestó. Ya lo sabía. Lo había soñado.

—En serio, te lo digo en serio. ¿No te alegras?

—Quiso saber Felipe. Notó extraña esa frialdad en su nula respuesta. Eso de no dar muestras de alegría de ningún tipo. Antes no era así, recordó.

—Claro, claro. Ven cuando quieras.

—Ah, ya veo que no te lo crees.

—No —mintió—. No me lo creo.

—Pues sí, voy a ir a verte. Y además será un lunes, que los lunes tengo el día libre.

Y luego se despidió muy cariñoso. Lo que él consideraba que era ser muy cariñoso, diciendo algo tan común y corriente como «cuídate». En verdad le dijo:

—Cuídate mucho.

Ya está.

Como si Martina necesitara su permiso para poder cuidarse. Esa frase siempre le había dado mucha rabia a ella. Mucha.

¿Temas económicos? No, Felipe y Martina nunca hablaron de eso, ni cuando estuvieron juntos ni cuando ya se habían separado. Si él hubiera indagado algo más, preguntándole directamente, o sumando dos más dos, hubiera deducido que últimamente Martina, en el tema de las finanzas, andaba en números rojos. Lo cual era algo extraño, porque era una mujer que siempre había tenido el dinero volando a su alrededor, bien porque su familia se hacía cargo de todos los imprevistos, bien porque desde muy joven su círculo de amigos le había abierto sus bolsillos en momentos de escasez o las puertas de sus casas para pasar allí una temporada siempre que ella lo había necesitado (cada vez que escapaba de su familia, por ejemplo). El caso es que, si Felipe hubiera estado atento o se hubiera interesado, habría deducido que, cuando ella aceptó el puesto de maestra rural y le escribió: *¿Te importaría hacerte cargo tú? Te doy el número de cuenta del casero y haces el ingreso,* para que se hiciera cargo de pagar el último mes del alquiler del piso de Zaragoza, no tenía que haber pensado que era una caradura.

—Como siempre, una caradura —comentó a su nueva pareja, la joven y rubia abogada madre de un par de niños desobedientes y malcriados. Y él lo abonó sin pedir explicaciones. Ya se sabe que los remordimientos acaban solapando todo tipo de actuaciones.

¿Sobre Marcos? No, tampoco hablaban de él.

Pero qué vamos a saber nosotros de lo que era la vida de ellos como pareja. De Felipe y de Martina. De lo que había sido, porque Felipe considera que siempre tendría hacia Martina un cariño enorme. Además, le consta que ella le quiso mucho, porque siempre se lo dijo, y él la creía al cien por cien. ¿Y Felipe amaba a Martina? Bueno, no estaba enamorado, nunca había estado enamorado de ella (y eso se lo dijo en más de una ocasión, provocándola un inmenso dolor, como es de suponer), pero quererla, lo que se dice quererla, dice que siempre la quiso mucho.

Que no, que ya no la quiere, pero que cuánto la quiso.

Vale, todos sabemos que son unos versos de

Neruda, pero ¿y qué? A Felipe eso le da igual. Lo dice y punto.

Martina se sorprende de la pregunta tan tonta (eso piensa, que es tonta) que le formula Felipe: «¿Sigues escribiendo?».
¿Acaso un escritor elige escribir?, se cuestiona ella. ¿Acaso, para un escritor, la escritura no es algo normal en su día a día? ¿Acaso un escritor no vive, siempre, rodeado de personajes, que vienen a verle, que le hablan sin respetar dónde se encuentre ni lo que esté realizando en ese momento? ¿O no se sumerge en los diálogos que oye en el autobús y que acaba incluyendo en la historia que tenga entre manos? Quizá no, quizá solo le ocurra a ella, eso de que vengan a visitarle los personajes, tal y como le visitan esos espíritus desconocidos a los que Martina escucha y acaba sacando toda la información posible: es el pago por los servicios prestados (ella los ve, los espíritus le cuentan, ella intenta ayudarlos —lo de pasar al otro lado y tal— y esos fantasmas aparecen un buen día en una de sus novelas. Aparecen sus historias y sus nombres, y ella apenas tiene que inventarse nada). Martina considera que se trata de un precio justo. El precio a esa locura que la habita.
—¿No sabes que hace un par de meses me publicaron una nueva novela? —Parece sorprendida—. *Invasión en las dunas*, se titula.
—No. —Felipe finge su sorpresa. Quien no le conozca creerá que es una sorpresa genuina, auténtica, sin contaminar—. ¡Qué me dices!

—Lo comenté en Facebook, puse la portada, hablé de la presentación...

—¿Y también va de fantasmas, de muertos vivientes o de trasnochados que le dan al sexo y al alcohol y las drogas? —le pregunta con voz divertida. O con una voz que finge serlo.

A Martina eso le da repelús, porque siempre ha creído que Felipe no la considera una escritora de verdad. Un simple pasatiempo, eso es lo que él ha creído de sus libros, aunque es cauta: puede tratarse de una falsa percepción, como suele pasar en la mayoría de las veces. Se traga una palabrota antes de que él le pregunte:

—¿Y cómo te va de maestra rural?

Eso le contó a Felipe en un breve correo electrónico, meses atrás, cuando le dieron la plaza en Atalaya de don Pelayo. Le contó que había pasado de las suplencias a esa plaza fija.

También le pidió, en el mensaje por correo electrónico, que por favor se hiciera cargo del último pago del alquiler. No le dio explicaciones. No le dijo que ya no le quedaban ahorros, que el total de sus derechos de autor en ese último año, ¡de todo un año!, representaba la nómina normal y corriente de tres meses. ¡Tres meses! Los nueve meses restantes, nada, aire... No le contó tampoco que sus escasas pertenencias estaban, ahora, en el trastero de sus padres. También estaban allí la habitación, los libros y los juguetes de Marcos, todo desmontado y guardado en cajas de cartón, en plásticos precintados con cinta adhesiva. Allá estaba todo menos su silla de ruedas y la ropa, que fueron a parar a

Cáritas. Y en ese momento, en esa llamada, no quiso hablarle de Marcos ni quiso preguntarle si aún pensaba en él. Preguntarle si lo echaba de menos, como ella. Las lágrimas asomaron a sus ojos. Se los tapó con la mano libre y el guante absorbió esas lágrimas.

—Bien, esto es genial —le comentó Martina con falsa alegría. Le salió una mueca que él no podía ver. No tenía un pañuelo a mano. Se limpió los mocos con el mismo guante—. Es un pueblo tranquilo. Excesivamente tranquilo.

—Me alegro, así te repondrás del todo, ¿sabes?, y tendrás tiempo de calidad y todas esas cosas que siempre me has dicho…

Martina deja de escucharle. «Reponerte del todo». Mira al otro lado de la plaza. Mira los tejados de las casas. Los cantos rodados de la calzada.

Quiere colgar cuanto antes. Se pone de pie y comienza a andar hacia las peñas, donde está su casa encastrada. Camina intentando mantener el equilibrio en esa calle empedrada, preguntándose a santo de qué ese día le ha dado por ponerse las botas de tacón en lugar de sus recientes y comodísimas Chiruca. Tiene que prestar una atención excesiva a cada paso que da, porque esos tacones le van a proporcionar una caída en toda regla. «Reponerte del todo», ha dicho Felipe, y ella ve el nombre de su hijo (el de ambos) escrito con letras mayúsculas, como si le hubiera dicho «reponerte de Marcos». A eso le suena a ella. Lleva dos años reponiéndose de él, de su accidente, de su muerte repentina.

Espera a que Felipe se despida con su clásico

«cuídate mucho» que a ella le saca de sus casillas (siempre le ha irritado esa despedida).

—Un día de estos, paso a verte —le anuncia él.

Pero Martina no contesta. Ya lo sabe. Lo soñó días atrás. Y cuando cuelga sabe, a ciencia cierta, que ya no le quiere. Pero cuánto le quiso, sí.

Abre la puerta de su casa. Nota la calidez del ambiente y el olor a leña. Ricardo se ha pasado por ahí, seguro, y le ha dejado la chimenea encendida. Seguro que ha pasado poco antes de irse con las ovejas al monte. No sabe cómo explicarle a ese pastor que no puede entrar en su casa así, de esa manera impune. Pero se siente agradecida por el calor de esa casa inhóspita a la que le cuesta adaptarse. Y ese agradecimiento le llega a Ricardo en el acto, nueve kilómetros más allá, en la ladera de la montaña, con sus cien ovejas pastando y él con la canción de Ed Sheeran *Thinking Out Loud* sonando en sus auriculares. Dios, cómo quiere a esa mujer, eso se dice, la misma mujer que en ese momento está calentando en el microondas, para comer, las sobras del día anterior (lentejas con chorizo. De lata. Y de postre una manzana o un plátano, aún no lo ha decidido).

Capítulo 17

Uno de los jueves que acompañé a Martina a su casa tras la cena con amigos y película de Studio Ghibli, al arrancar el coche, le pregunté si conocía a Piazzolla. «¿Un escritor italiano?», me preguntó ella. «¡No, un compositor argentino!», exclamé yo. «Un músico como la copa de un pino. ¿En serio no sabes quién es?» Y negó con la cabeza. Me contó que su *pseudomarido* tenía raíces argentinas, pero solo eso. «¿Es bueno ese músico?», quiso saber. Yo aparqué el coche en un lateral del camino. «¿Bueno, que si era bueno? Tocaba el bandoneón», continué contándole, «creó unos tangos bellísimos…». Ella me miraba… Dios, cómo me miraba. En plena oscuridad, dentro del coche, sabía mirarme por dentro, creo que se adentraba en mi propio recuerdo, a cuando conocí la música de Piazzolla aquellos días en los que estuve atracado en el puerto de Buenos Aires, en el buque escuela en el que hice parte del servicio militar. Era una mirada tan profunda que quise que se parara el tiempo. Justo en ese momento. Que no hubiera ningún día más. Que ahí se acabara todo. Quise besarla, me moría por besarla. Olerla, eso también. Respirarla.

Encendí la calefacción del coche. «Cierra los ojos», le pedí, y puse la primera canción de Piazzolla. Comenzó a sonar *Oblivion,* tocada por un virtuoso violinista. Ella no abrió los ojos. La noche lo invadía todo, todo. Y la lluvia comenzó a caer en esos momentos. Subí el volumen y miré su perfil. Su respiración comenzaba a ser agitada, y por un momento creí que el reflejo de la lluvia en el parabrisas se reflejaba en sus mejillas. Pero no, eran sus propias lágrimas. Y algo se me rompió por dentro. Esa música tan triste y tan bella y esa mujer tan bella y tan triste. La abracé. Y pude olerla. Pude besarla. Mientras, la lluvia caía con más fuerza. Martina, entre mis brazos, sollozaba. Y ahogó un grito en mi hombro. Abrió la boca en mi hombro y ahogó ese grito mínimo, pero desgarrador. La canción acabó.

Martina se separó y volvió a mirarme, sus ojos brillaban. Pasó su mano por mi barba y me dijo «gracias». Solo eso. Gracias. Continuamos oyendo el resto del CD con las manos entrelazadas, mirando hacia adelante, sin nada que ver porque el agua no lo permitía. Solos. Yo también estaba agradecido. No cabía en mí de gozo. Y por eso me atreví a decirle que la quería. «Es más, con toda el alma», añadí. Y ella, con infinita tristeza, me dijo que no había venido al pueblo para hacer amigos, que ya me lo había dicho tiempo atrás. Que no había venido tampoco a enamorarse, ni a buscar novio, ni nada semejante. Que solo quería desaparecer. Eso me dijo. Desaparecer del mundo en el que siempre había vivido.

Añadió que quería volver a casa. «Por favor», me suplicó. Arranqué el coche y en completo silencio hicimos ese corto trayecto que pareció abarcar toda la noche y no solo ese par de kilómetros que hay de su casa a la mía.

Capítulo 18

En el colegio del pueblo, Martina es la encargada de abrir y cerrarlo todo, de bajar persianas, de apagar las luces, echar la llave a la puerta... Le gusta mirar por las ventanas, por cualquier ventana, cuando ya no queda nadie en el centro. Piensa que es como conseguir el silencio perfecto. La hora perfecta. El momento perfecto. Un viernes al mediodía ve cómo su madre atraviesa el patio. ¡Su propia madre!

Ya no hay niños en el aula, ni las dos o tres madres que suelen venir a esperar a los más pequeños en el patio o en la acera, y la suya ha dejado el coche tras la verja y camina hacia ella con sus aires de reina, tan acordes con su apellido, Grande. Carmen Grande, una de las mejores locutoras de España. Al menos, lo fue años atrás.

Eso es lo que piensa Martina mientras la observa, con su fular bailándole alrededor del cuello, cayéndole por la espalda, como la estela o las alas de un hada madrina. Martina mascula una palabrota cuando descubre que a su corto cabello le ha añadido mechones de color azul, que salen despuntados del cuero cabelludo como un tridente o tal vez un puerco espín. Se fija en que la montura de sus gafas es de color amarillo, que lleva un blusón estampado de flores multicolores sobre una falda de ¡cuadros!, y medias de color blanco con encaje. Los zapatos, planos y con sujeción al tobillo, le dan un encanto infantil que resulta absurdo, porque su madre ya tiene sesenta y cinco años. Sesenta y cinco y ni pizca de ganas de jubilarse, a pesar de que su discurso radiofónico ya no tiene el desparpajo de antes, pues ahora parece como si pensara más las palabras (que sí, que las piensa más, porque se pierden por los multitudinarios caminos de su cerebro), como si esas palabras, adjetivos y verbos, sinónimos o antónimos, jugaran al escondite, dejando un silencio tenso en antena. No, ya no es la de antes, pero nadie piensa en echarla de su programa, después de un par de décadas con una audiencia acorde con su apellido. Grande, también.

Y ahí está, grácil, dando un pequeño salto aquí, otro allí, para esquivar algún charco que ha quedado tras la lluvia nocturna. El enorme bolso es azul, haciendo juego con las mechas de su cabello. Y se acerca a Martina con su sonrisa de siempre, la sonrisa de las fotos y de las entrevistas a las que está acostumbrada. Carmen es una gran comunicadora.

—¡Mamá! —exclama Martina sin poder creérselo. Sin poder creerse que esté allí. Le duele la cabeza, se toca las sienes e inmediatamente recuerda las gafas de sol. Mete la mano dentro de su bolso para buscarlas. Se las pone—. Pero, pero...

—¿Pero qué? —Y prefiere no fijarse en la decepción de su hija. Es tan difícil contentarla, piensa... Nunca ha sabido complacerla, como si siempre se quedara a una distancia más corta de lo que su hija esperaba de ella como madre. O de ella como persona.

Martina se muerde los labios. Desde que Carmen cumplió los sesenta juega a ser la más rompedora, la más libre, la más... ¿Joven? Imposible de catalogar. Y cambia su look con la misma rapidez que una persona normal y corriente se cambia de zapatos o de traje, es decir, bastante a menudo. Le da un beso a su madre, le coloca el largo y suave pañuelo que quiere escaparse con el viento, le ofrece una sonrisa mínima.

—¡Sorpresa! —le dice, cantarina, Carmen.

Y Martina sabe que de sorpresa, mucha, pero de cantarina, nada. Que no es alegría lo que su madre siente por verla, sino que solo es una pose. Piensa que seguramente viene a ver cómo es su vida en ese pueblo perdido. Que viene a darle consejos no solicitados. La eterna recriminación de no hacer nunca nada adecuado, nada que se acerque a lo que su madre espera de ella como hija.

—Pues sí, qué sorpresa... —Suspira—. ¿Qué haces aquí?

Carmen la mira con los ojos como platos. Por una vez, prefiere callar. Pero de buena gana le hubiera dado un bofetón, sí. Bueno, dos, dos bofetones. Y bien gordos.

—¿Querrás ver la casa, no? —Y se dirige al BMW de su madre, sin mirar si esta la sigue. Que sí, que va detrás de ella. Las llaves, tintineando en su mano.

—Hija, menudo recibimiento. —Y lo dice con un mohín de niña pequeña.

Martina pone los ojos en blanco. No tiene el día para seguirle la corriente. La maldita cabeza le va a estallar.

El pueblo está en calma, como siempre. Se oyen puertas y ventanas que chirrían al abrirse o cerrarse; alguna voz infantil; alguna carrera en una calle cercana; el murmullo del río cuando su agua veloz golpea las rocas del barranco... Y llega hasta ellas el aroma de la comida que se está cocinando en las casas de alrededor. Un olor que se escapa por las chimeneas que coronan los tejados y por los tubos de extracción que aparecen en casi todas las fachadas. Hambre. Martina tiene un hambre repentina.

—¿Te quedas a comer? —Se plantea qué puede ofrecerle a su madre, si no tiene nada en la despensa.

—¡Claro! —exclama mientras abre la puerta del coche. Arranca el motor y cierra la puerta, esperando a su hija.

Martina, al sentarse en el asiento del copiloto, ve una pequeña maleta en el asiento trasero y un neceser de mano. Añade, sorprendida:

—¿Vienes a quedarte unos días?

—¡Mañana es el Pilar! ¡Claro que me quedo!

Tengo tres días de fiesta. —Intenta sonreír—. Además, no creerás que iba a hacer un viaje tan largo solo para comer contigo, ¿no? Hija, que hace mucho que no te veo. —Le coge del brazo. Algo extraño, para las dos, esa muestra de cariño. Cogerse del brazo, darse un beso, poner una mano en la espalda...—. ¡Tenemos un par de días para nosotras!

Genial, piensa Martina, y suelta un suspiro mínimo que Carmen no da muestras de haberlo oído.

Están muy cerca, sentadas la una al lado de la otra, y en un espacio mínimo del que no se puede huir.

Martina vuelve a mirar el asiento trasero, para comprobar si, aparte de la pequeña maleta y un neceser de color azul, en verdad ha visto una especie de globo de color, difuminado, apenas una mancha que puede ser debida a la sequedad ocular. Parpadea un par de veces. Sí, ahí está la mancha de color verde, comprueba. Se frota los ojos, los vuelve a abrir. Suspira, resignada, al ver una forma humana. La forma de alguien que ya no está. Cielos, hacía siglos que no se le aparecía nadie, ningún espíritu, salvo el difunto dueño de la casa en la que ahora reside.

—¿Qué estás mirando? —le pregunta Carmen, que vuelve la cabeza hacia atrás, que no ve nada extraño, por supuesto.

—Estaba pensando en Herminia. ¿Qué tal está?

Su madre la mira con tristeza. Le pregunta:

—¿Has soñado con ella?

—No. —Y es una negación que lleva incorporada cierta dosis de cautela.

—Entonces, ¿te lo ha dicho tu hermana? ¿Tu

padre?—Le vuelve a poner una mano en el brazo. Nota el respingo que da su hija. Sabe que, de no estar sentada ahí, en el coche, se hubiera separado instantáneamente de ese contacto—. Ha sido tu padre el que te lo ha dicho, ¿a que sí? Si es que…

—¿Decirme, qué? —La cautela se le ha disparado a Martina. Ahora nota que el corazón se le acelera—. Ahora me soltarás una mala noticia, ¿no? Por eso estás aquí, ¿a que sí?

—Herminia murió hace diez días.

—¡Diez días! ¿Y por qué no me lo has dicho antes? —Martina vuelve a mirar hacia atrás, hacia la mancha difuminada de color verde con la forma de la criada que durante décadas cuidó a la familia. Cierra los ojos. La cabeza le va a estallar. Se frota las sienes—. ¡Casi dos semanas, mamá! ¡Ni tan siquiera he asistido a su funeral!

—¡Te llamé, pero saltó el contestador y tú no me devolviste la llamada! No una, sino varias veces, te llamé, y nada. Hija, siempre haces lo mismo.

Siempre. Nunca. Adverbios absolutos que no admiten ningún resquicio para poder respirar con normalidad.

—¡No dejaste ni un mensaje! ¡Un *wasap*, mamá, un puñetero *wasap*!

—¡Porque quería decírtelo en persona! O sea, de viva voz. —Baja la suya, para que a su hija no le dé por el escapismo. Tiene una hija escurridiza que puede huir solo porque la mirada de alguien no le gusta—. Quiero decir…

—Ya, ya sé lo que quieres decir. —Y levanta una mano para frenar esa verborrea maternal.

Martina toma aire. Mira hacia adelante. El parabrisas se ha convertido en una pantalla por la que pasa la vida. Ve a vecinas cruzando la calle con una bolsa blanca en la mano de la que sobresalen ramas verdes. Pueden ser lechugas, apios, cualquier hortaliza del ultramarino que está allí mismo, en esa plaza. Vecinas que levantan su mano cuando miran hacia el coche. Martina les devuelve el saludo sacando el brazo por la ventanilla. Sus pulseras tintinean con ese movimiento. Algún crío viene y va con un pan envuelto en el papel marrón del horno que hay dos calles más allá. Sí, la vida pasando a varios metros de ellas.

—¿Y de qué ha muerto?

—De una gripe, hija. Ya ves. Se le complicó con problemas respiratorios... Pero mira, qué quieres que te diga, quizá era lo mejor, que con eso del alzheimer nunca se sabe, y para acabar postrada sin poder moverse...

—¿Cuántos años tenía?

—Muchos... Casi ochenta, creo.

—¿Y tú, cómo estás? —Mira los ojos de su madre, ojos miopes que se esconden tras los vidrios de las gafas con montura de color amarillo. Parece la jaula de un canario, eso piensa Martina, y se reiría de su propio chiste si la ocasión no fuera tan dramática.

—Hija, pues cómo quieres que esté... —Se mira las manos, sobre el volante. Mueve los dedos. En el dedo corazón de la mano derecha lleva un gran anillo, en forma de espiral. El motor sigue conectado. El coche continúa sin moverse—. Aún no me he repuesto de..

—No sigas —le ordena Martina—. No sigas, madre.

—Vale. —Y Carmen suspira. Pisa el acelerador, el vehículo avanza, se limpia las lágrimas con el fular.

—¿Y papá? ¿Por qué no ha venido contigo?

—¡Hija, que no le necesito para nada! ¿Hacia dónde voy?

—Sigue recto y en la plaza da la vuelta.

Carmen carraspea y dice:

—Ya sabes que Herminia ha sido parte de la familia.

—Claro.

Vuelve a carraspear antes de decirle:

—Te ha dejado todos sus ahorros.

Capítulo 19

La herencia de Herminia resultó ser un auténtico tesoro, tal y como descubrió Carmen cuando fue a recoger sus pertenencias a la residencia en la que vivía. Ellas dos nunca se habían llevado muy bien, para qué decir lo contrario, pues Herminia llegó a su casa por imposición de don Anselmo, el párroco, que se personó en la oficina de Pablo, el marido de Carmen, como si fueran amigos de toda la vida. O como si fuera un mafioso que quería colocar a alguien en los negocios familiares. Le habló de Herminia, de su «descarrilamiento», así lo dijo, de que precisaba un trabajo, una vivienda, y que ellos, Pablo y Carmen, necesitaban una niñera.

—Eso no podrás negarlo, Pablo —le dijo—. Necesitáis a alguien que se ocupe de la casa y de la niña.

—Pero, padre —levantó las palmas, sopesando el aire—, ya hemos buscado a una chica y...

—Después del favor que os he hecho... —Le

clavó la mirada—. Un favor como el que os he hecho, eso, no tiene precio. Lo sabes, Pablo.

Un auténtico manipulador, eso era el padre Anselmo. Lo sabía todo el mundo, pero en aquellos tiempos no existían los grandes manuales psicológicos con los que podemos contar en la actualidad ni las listas que corren por todas partes sobre cómo detectar y alejarte de las personas tóxicas. Entre ellas, las manipuladoras, claro.

El favor al que se refería el padre Anselmo acababa de cumplir seis meses, ya tenía cuatro dientes y se llamaba Martina, como la suegra de Pablo. La niña apareció una noche en el portal de la fábrica y Pablo, que se había quedado a hacer inventario, se la encontró de madrugada envuelta en una manta, dentro de una cesta de mimbre. Aún grasienta, aún con el largo cordón umbilical liado de cualquier manera. Se la llevó a casa como si fuera un gatito. Se la llevó con cierto miedo y a la vez con una alegría enorme, como si le hubiera tocado la lotería. No se lo podía creer. Qué suerte la suya.

—Ah, no, de eso nada —le dijo Carmen, en bata, despeinada, con aquellas gafas enormes que llevaba entonces, mirando a la criatura, que arrancó a llorar en esos momentos. Pero lloraba con tan poca energía, tan agotada, que en verdad parecía un gato, no un bebé recién nacido.

—Mujer, llevamos años sin tener descendencia.
—Eso dijo Pablo, «descendencia»—. ¿No lo ves como una respuesta a nuestras oraciones?

—¿En serio? —le preguntó ella, incrédula, cruzándose de brazos—. ¿Es que tú rezas para que yo me quede embarazada? ¿Acaso soy la Virgen y tú, san José?

Y se mordió la lengua para no repetirle que, para un embarazo, había que poner ganas. Había que ejercitarse. Y él no hacía ni una cosa ni otra. No últimamente, al menos.

—Venga —insistió Pablo—. Necesita unos padres. Nos necesita a nosotros, Carmen. ¡Y es una niña, como tú siempre has querido!

—Que no —le contestó ella y comenzó a remover en la despensa. Encontró la Maicena y calentó agua en un cazo para preparar una mezcla clarita a esa criatura exhausta.

—Voy a buscar al padre Anselmo —le dijo Pablo, levantándose de repente—. Él sabrá lo que hay que hacer. Ya sabes lo que contó la otra noche, en la cena, eso de que en el hospital se encuentran con casos así, de madres que abandonan a sus bebés o de recién nacidos de madres solteras o adolescentes que...

—¡Una aberración! —exclamó Carmen, con el cazo en una mano y, en la otra, una cuchara de madera para remover la mezcla—. Eso me parecieron sus comentarios de la otra noche y eso me parece ahora. Oye, ¿no será tuya la niña, no?

Se hizo el silencio en la cocina. La criatura, en el regazo de Carmen, saboreaba el líquido algo espeso que ella le ponía en la boca con una cucharilla.

—¿Sí o no? —repitió ella, mirándole fijamente, con el ceño fruncido, porque lo que le hacía hervir la sangre no era tanto que la niña fuera de su marido sino que se hubiera estado follando a otra y no a ella.

—Por supuesto que no —le contestó Pablo con la mano abierta en el pecho—. Te lo juro.

—Vale. —Y dio un suspiro—. Anda, ve a preguntarle al cura.

Y fue el padre Anselmo el que se encargó de todo. Se hizo cargo del papeleo (constaban ellos como padres. En ninguna casilla había una cruz sobre adopciones ni nada semejante). También se hizo cargo de supuestas revisiones médicas realizadas (un médico certificó que Carmen había tenido un embarazo y un parto normal). Desde ese mes, la parroquia del padre Anselmo comenzó a recibir donativos generosos por parte de esa pareja que acababa de tener una hija, para asombro de todo el mundo, porque en ningún momento la madre anunció su embarazo ni había engordado más de la cuenta. Durante un par de meses, ella estuvo fuera de Zaragoza, en una casa en la playa de Sitges, y regresó a su vida habitual con una niñita pelirroja dentro de un cochecito de ruedas enormes que paseaba por el centro de la ciudad. Carmen también se había vuelto pelirroja. Durante años se tiñó el pelo de ese color, para que entre ella y su hija hubiera un vínculo físico.

A pesar de que entre Carmen y Herminia no hubo nunca buena química ni una buena relación, solo mucho respeto mutuo, esta última estuvo trabajando con la familia treinta años, incluso cuando Martina y Amparo, las hijas, ya se habían independizado.

A Carmen no le gustaba que Herminia fuera tan sumisa, que diera tanta pena, siempre seria, sin una sonrisa, siempre vestida de negro, llevando un luto perpetuo. Tampoco le gustaba que pasara tanto tiempo con Martina, incluso cuando ella estaba en casa y podía dedicarse a la niña. Con Amparo fue diferente, hubo por parte de Carmen un control más directo sobre esta segunda hija, aunque la verdad era que Herminia se la «cedía». Era como si se hubieran repartido las hijas.

Herminia trabajó en la casa hasta su jubilación. Luego, se fue a una residencia, a la que de vez en cuando iban a visitarla Amparo y Martina. Esta iba siempre con Marcos y cuando el niño murió, Martina espació esas visitas. Luego, dejó de ir. No porque no tuviera ánimos, que no, no los tenía, sino porque Herminia le hablaba en presente de Marcos, preguntaba por él, le contaba lo maravilloso que era, le daba consejos... y eso no podía soportarlo:

—Porque hay que ver qué niño más guapo tienes, Martina. Y qué espabilado. No me acuerdo de su nombre, ¿cómo se llama?

—Marcos —le contestaba con un hilo de voz.

—Ah, sí, Nando...

—Marcos.

—Eso, Nando. Qué guapo, Nando. ¿Y por qué no ha venido contigo?

A Martina tampoco le gustaba que le preguntara por los espíritus de su marido y de su hija:

—Venga, dime si están contentos.

—¿Quiénes? —Pero Martina sabía a qué se refería. Cuando era niña le hacía esa pregunta continuamente, y ella pasaba miedo. Mucho miedo. No solo por la pregunta, sino por la visión de ese par de espíritus que perseguían a Herminia.

—Mi marido y mi hija, que en paz descansen.

—Tú lo has dicho, están muertos.

—Pero tú los ves. —La miraba inquisitivamente, aferrándola por el brazo.

—No, ya no.

—Eres un bicho —se lo decía como si la escupiera.

En otras ocasiones, allá en la residencia, le repetía que ella era su madre. Eso le sorprendía mucho a Martina y luego se lo contaba a Carmen, la cual ponía cara de verdadera pena. O de sufrimiento.

—Ya está muy vieja —le contaba su madre—. Y sabes que siempre te ha querido como una hija. Se le cruzan los cables.

—Ya.

—Y eso de que se muriera su hija en un incendio, eso no lo ha superado nunca.

Y Martina lo entendía a la perfección. Entendía, incluso, que ella podría acabar igual. Entendía que las madres que perdían a sus hijos perdían a la vez algo de su propia cordura. O toda. Toda la cordura que hubieran podido tener en algún momento de sus vidas.

Que a Herminia le diagnosticaran demencia senil no sorprendió a nadie. Aun así, la anciana criada escribió una carta explicando que legaba a Martina todos sus ahorros, sin especificar cuánto. Todas sus joyas, sin detallar de dónde habían salido, porque no fue mujer de ir enjoyada ni de hacer inversiones de futuro a través del oro o los diamantes, por ejemplo. Quien sí lo recordó fue Carmen, cuando la llamaron de la residencia para anunciar que Herminia había fallecido y que alguien tenía que pasar a recoger sus pertenencias. Muy a su pesar, fue ella la encargada de hacerlo, pues Pablo estaba de viaje y no podía delegar a nadie semejante encargo. La habitación de Herminia en ese centro geriátrico era lo más parecido a la celda de un monasterio, eso pensó Carmen cuando entró en ella. Pocos muebles: una cama individual pegada a la pared y bajo ella una pequeña alfombra con flecos deshechos. El cabecero, de madera oscura, a juego con una mesilla con dos cajones que se atascaban al abrir y al cerrarlos. Encima de la mesilla, una lámpara, una biblia, unas gafas y un rosario dorado con cuentas blancas que a Carmen le llamó la atención. Al cogerlo, se sorprendió al reconocer el rosario que había pertenecido a su madre y que ella le regaló a Martina por su primera comunión y que la niña perdió meses después. Y allí estaba, para incredulidad de Carmen, en la mesilla de esa residencia. Con él dentro del puño cerrado, continuó observando la pequeña habitación, que carecía de televisión.

En una de las paredes había un par de estanterías (en la de arriba, los nueve libros que había publicado Martina. En la otra, montones de figuritas de porcelana, las mismas que Herminia había tenido en su habitación del piso familiar). Frente a la cama había un pequeño armario de doble puerta. Al abrirlo, Carmen solo vio ropa de cama y algunas toallas dobladas en una balda. En otra balda, jerséis oscuros. Y perchas de las que colgaban camisas y faldas negras.

Qué se hace con la ropa de un muerto, se preguntó Carmen. Con el olor a muerto, continuó. Los mercados de segunda mano están repletos de enseres y ropa de gente fallecida, concluyó. Nunca le habían gustado esos sitios, ni visitarlos ni comprar nada de lo que exhibían. Ni joyas, ni muebles, ni un abrigo. Nada. Nada que hubiera llevado alguien que no solo era un desconocido sino que había fallecido y a saber de qué y cómo. En alguna ocasión, le habían hecho algún regalo de ese tipo, pues tenía amigas que se lo pasaban en grande consiguiendo no solo gangas, sino objetos obsoletos que ellas consideraban auténticos tesoros. Tal como entraron en su casa, salieron, y a Carmen no le importó nunca que esas amigas se dieran cuenta o no de su osadía. Pues ellas, de haberlo sabido, lo hubieran considerado un desagradecimiento, claro.

Cuando Carmen apartó las largas faldas que colgaban en las perchas, se encontró con un neceser de color azul. Un buen neceser, y eso le extrañó, porque era lo único de calidad que había en ese lugar. Un Samsonite rígido de color azul que hubiera estado contentísimo de haber salido a recorrer mundo, no de quedarse encerrado en el armario de una residencia de ancianos. Al abrirlo, ahogó un grito de sorpresa: estaba repleto de billetitos de todos los colores y de todos los tamaños, enroscados, bien sujetos con gomas. Euros, no pesetas. Y en pañuelos de seda anudados y en bolsitas de terciopelo, varios pendientes que ella había perdido años atrás. También sortijas, agujas para la solapa y algún collar. Gemelos que habían pertenecido a Pablo.

Carmen se quedó con la boca abierta, porque siempre había pensado que habían sido las niñas las que habían escondido esas joyas y por esa razón había castigado, de una manera extrema, a Martina, por ser la mayor, porque siempre buscaba pretextos para llamar su atención, lo cual la exasperaba. Se preguntó, cuando vio ese descubrimiento en el neceser de Herminia, cómo es que esta nunca había salido en defensa de la niña, si tanto la quería. Cómo es que continuó perpetrando esos hurtos, a pesar de los tremendos castigos que le infringía a la pobre Martina (no comer, no salir al parque, encerrarla en un armario durante horas. Golpearle las nalgas con una zapatilla. Tirarle del pelo. Abofetearla). Ahora le daba una mayor lástima ese recuerdo. Por la inocencia de la niña, a la que había considerado culpable. Con el paso de los años, cuando desaparecía algo, la sospecha se iba a las esporádicas asistentas que acudían a ayudar en la casa cuando más trabajo había (una cena especial, la limpieza de primavera y de otoño, recoger todas las alfombras y volver a colocarlas) o bien a los despistes que comenzaban a tener ella y Herminia.

¿Pero Carmen nunca sospechó de Herminia, en todos esos años? Claro que sí, sobre todo cuando sus hijas ya eran lo suficientemente mayores como para que continuaran con ese juego estúpido de esconder sus joyas. Incluso intentó despedir a Herminia en varias ocasiones, pero Pablo se negaba siempre, lo cual los enfrentaba como rivales, como guerreros en una batalla que siempre se libraba en el propio hogar.

Carmen, cuando descubrió el tesoro de la difunta, rescató las joyas que había dado por perdidas y después de contar en casa el botín monetario, noventa y cinco mil euros, la mayoría en billetes grandes, se quedó parte de él (una especie de pago por los problemas generados, se dijo). No, a Martina no le comentó nada, ni de las joyas ni del porcentaje que se quedó.

—¿Te lo puedes creer? —le preguntó Carmen a Pablo, justo cuando él entró por la puerta tras su viaje, aún con la maleta en una mano. En la otra, las llaves de casa—. ¡Tenía guardados sesenta y dos mil euros! No en el banco, no, ¡en un armario!

—¿Solo? —preguntó él, mirando por el salón, buscando dónde estaba el periódico. Llevaba horas deseando sentarse en el sofá de casa, leer las noticias, hacer un crucigrama—. ¿Solo sesenta y dos mil?

—¿Te parece poco? —Ella se subió las gafas. Eran nuevas. Cuadradas y de pasta blanca. Solo se veían las gafas. Su cara desaparecía. Su peinado desaparecía. Su fular azul marino. Su vestido de tonos grises. Todo desaparecía de la visión del que observaba, porque este solo tenía ojos para las gafas de montura de pasta blanca y cuadradas. Al inventor de esa moda alguien debería decirle tres cosas al respecto...

—No, es ironía. —Y carraspeó, tomando asiento, cruzando las piernas, abriendo el periódico—. En verdad me parece mucho dinero para alguien como ella.

Pablo llevaba un lustro silenciando a Herminia, con pagos monetarios y con la promesa de que no la despedirían. Silenciándola desde que ella descubrió que la relación que él mantenía con su amigo Pedrojota distaba mucho de ser una amistad de varios años. «No opinaría así el padre Anselmo si se entera. Ni su mujer. Ni nadie del consejo de administración». Todo eso le dijo Herminia aquella tarde cuando les descubrió. Una tarde en la que no tenía que haber nadie en casa, nadie, pues su mujer y sus hijas estaban en una celebración con los abuelos y era el día libre de Herminia. Y a pesar de que esta dijo que se iba al cine, cambió de planes a última hora y no solo regresó al domicilio, sino que, con paso decidido, entró en el dormitorio conyugal, por las buenas, sin tener permiso, y descubrió a Pedrojota y a su patrón no solo desnudos, sino realizando posturas un tanto indecorosas y nada amigables.

—No le contaré nada a la señora —le comentó, por la noche, con la cabeza baja, cuando le llevó al salón una copa de coñac.

—Te lo agradezco —le dijo Pablo, sin ni siquiera mirarla. Estaba de pie al lado de la chimenea. Avergonzado. Iracundo. No sabía decantar su estado de ánimo. Tamborileaba los dedos encima de la repisa.

—Pero sí lo puedo contar en televisión. —Y con esa frase Pablo sí levantó su mirada, sí la miró fijamente a los ojos. Los ojos de Herminia estaban llenos de odio. Un odio que asustó a Pablo, porque nunca había creído que alguien como Herminia pudiera albergar algo así dentro de ella.

—¿La televisión? —balbuceó él. Lo primero que pensó fue que los tiempos habían cambiado mucho. Que el servicio doméstico ya no mantenía en secreto las intimidades de las familias.

—O en las revistas —continuó ella, en un susurro. Parece ser que, en sus ratos libres, en su cuarto veía mucho la televisión. Series. Telenovelas. Películas. Programas de tertulias. Todo un revoltijo de situaciones que daban vueltas por su mente—. La señora es muy famosa en la radio. Y usted muy rico.

Pablo la miró con la boca abierta, incrédulo. Con más miedo que sorpresa, también. El coñac, en una mano, permanecía intacto.

—Quiero un aumento de sueldo. —Se irguió—. El doble. Y en negro. Y algo que me garantice que, cuando me jubile, podré ir a una residencia.

—¿El doble? ¡Anda ya! Un veinticinco por ciento.

—El cincuenta.

—Menuda bruja estás hecha —le recriminó Pablo, sin levantar la voz, justo cuando aparecía Carmen en el umbral, con una revista abierta.

—¿Han llegado Martina y Amparo? —le preguntó a Herminia.

—Sí, señora. —Se giró para contestarle—. Ya han cenado y están en sus habitaciones.

—Muy bien. Gracias, Herminia.

Y Carmen se estiró en el sofá, recostada sobre los grandes cojines recién comprados, a juego con la tapicería de las sillas.

Cuando Herminia se retiraba, Pablo se bebió de un trago su coñac.

—Trae otro —le ordenó.

Herminia volvió sobre sus pasos, recogió la copa, la puso en la bandeja, inclinó la cabeza y salió del salón. Carmen observó la escena. Sabía que ocurría algo que se le escapaba. Suspiró y todo quedó en silencio. Solo se oía el crepitar de los troncos en la chimenea.

Capítulo 20

Carmen conduce tan despacio que puede observar detenidamente a los habitantes del pueblo. Es como si estos se hubieran puesto de acuerdo para cruzar la calle justo cuando el coche pasa dando pequeños botes. A Carmen se le ocurre que todo parece como un escenario y que los que se mueven de un lado a otro son los extras de una película. Va a una velocidad tan mínima que llegarían antes si fueran andando. Un tractor baja la empinada calle y se aparta a un lado para que ellas puedan pasar. El anillo en forma de espiral que luce Carmen parece engullir la luz del sol y dispara destellos.

—¿Qué? ¿Qué es eso de que me ha dejado sus ahorros? —Martina gira su cabeza, comprobando, espantada, que la sombra de color verde que hay en el asiento de atrás está adquiriendo la forma de una mujer, una mujer que conocía desde la infancia.

—Me lo dijo antes de morir —mintió—, cuando ya estaba en el hospital. Me dijo «guardo mis ahorros en el neceser azul de mi habitación, dentro del armario ropero. Son para Martina. Para Martina». Lo repitió dos veces y me hizo jurar que te los daría. Y yo creí que desvariaba, ya sabes que desde hacía tiempo decía las cosas al tuntún. Yo le iba diciendo que sí a todo, claro, pero…

—¿Ese neceser? —Señaló hacia el asiento de atrás, sin volverse a mirar. Tenía miedo, un miedo infantil que se había ido repitiendo a lo largo de su vida.

—Sesenta y dos mil euros, hija —comenta Carmen en un susurro.

—¿Qué? —Ahora sí mira hacia atrás, ahora sí ve la imagen, perfecta, de Herminia, sentada en el asiento trasero, con los brazos cruzados, tal y como solía quedarse ante ella cuando era una niña y le reclamaba atención o cuando ya era una arisca adolescente que quería probar sus enormes alas y recorrer el mundo. Entonces, Herminia le ponía esa cara, con el ceño fruncido, con los brazos cruzados y ella, Martina, replegaba esas alas y se volvía a su cuarto, iracunda.

—Hija, creí que sería poca cosa. Dos o tres mil euros, nada más. O seis mil, qué sé yo. Soy la primera sorprendida. ¡Sesenta y dos mil! No le digas nada a tu hermana, que ya sabes que no lo entenderá. Tú eras la niña mimada de Herminia, siempre lo fuiste. —Y le puso su mano en el brazo, otra vez, pero era la única parte del cuerpo que podía tocarle, desde esa posición y desde esa minúscula distancia. También podría tocarle el cuello, por ejemplo, o la cara, pero suponía que su hija abriría la puerta del coche para escabullirse. Era experta en eso, y le dolía recordarlo.

Para Martina, el gesto de su madre, eso de querer tocarla, más que denotar cariño era el gesto de un náufrago exhausto que acaba de llegar a la orilla y solo espera que alguien le lleve a un refugio. Y que le proporcione ropa seca y limpia.

—Siempre has tenido mucha intuición, hija. Y siempre has nadado en dinero aunque no lo tuvieras. No lo entiendo, de veras.

—¿Qué es lo que no entiendes?

—Que basta que lo necesites para que te llegue.

Martina piensa en la respuesta. Solo unos segundos. Se está planteando si lo cuenta o no. Si su madre la creerá. Si entenderá lo que quiere decir.

—Yo creo en estas cosas, mamá. Creo que el universo provee y que para ello utiliza a quien tiene alrededor y…

—Vale, vale.

Eso desespera a Martina. Le desespera que su madre no la escuche, que le pregunte por algo y que luego, si su respuesta no se parece a sus pensamientos, deje de prestarle atención.

—No sé qué tiene que ver eso —continúa hablando Carmen. Es consciente de que está perdiendo una gran oportunidad de comunicación con su hija. Decide hacer de tripas corazón para salvar el diálogo, esa conversación—, no sé qué tiene que ver el universo con que alguien te deje su herencia. Que tiene que ver, por ejemplo, que te encontraras, años atrás, un sobre con dinero en la acera que te sirvió para pagar no sé qué deuda; o que ganaras un premio literario justo cuando estabas en números rojos, otra vez, como siempre; o que te tocara un buen pellizco en la lotería de Navidad justo cuando...

—Eso es lo que te estaba contando del universo y...

—Pero eso es suerte, ¿no? Vamos, que eres una chica con suerte. De eso se trata, ¿a que sí? Es lo que digo a todo el mundo, «qué suerte tiene mi hija Martina». Es que desde que naciste, hija, desde que naciste... Una estrella, eso es lo que tienes encima de ti.

«Lo dicho», piensa Martina. «No me escucha».

—Ahora gira a la izquierda. Claro que es suerte, mamá, solo eso.

Y lo dice con poca convicción. Cómo decirle que, para ella, eso de la buena o la mala suerte cada uno se lo gana a pulso. Cómo decirle a su madre que lo que a veces parece buena suerte no lo es, sino que es lo contrario. Lo que ocurrió con Marcos, por ejemplo, cómo denominarlo, en qué casilla poner la equis.

Pasan delante de un bar con tres parroquianos sentados fuera. Sobre la mesa, un par de vasos de vino y una cerveza con unas tapas de a saber qué. No les quitan ojo mientras avanzan a paso de tortuga.

—Mira que preguntarme por Herminia... —Pone el intermitente, gira—. ¿De verdad que no soñaste con su muerte?

—No, claro que no... —Y Martina suspira, la cabeza es una olla a presión. Siempre que aparece un espíritu le llega, antes, un dolor de cabeza tenue que va creciendo a medida que crece esa presencia luminosa.

Desde que era una cría recibe esas visitas no consentidas. Visitas inesperadas que llaman al timbre de su cabeza. Jaquecas con náuseas que pueden durarle un par de días. En casos extremos, incluso tres. «Setenta y dos horas», le dijo el médico que le atendió cuando tenía veintitantos años. «Hasta setenta y dos horas le puede durar ese cuadro de migrañas». Esa es la etiqueta médica que le pusieron. Y con ella se quedó. No, a ningún facultativo le habló de los espíritus. Jamás. Salvo cuando estuvo ingresada en el ala psiquiátrica, aquella vez. Y si lo explicó fue porque le pusieron contra las cuerdas, con tantas preguntas como le realizaron.

No, Martina no le cuenta a su madre lo de la sombra de color verde en el asiento trasero, al lado de la pequeña maleta y del viejo neceser de color azul que había pertenecido a Herminia. Nadie sabe nada de esa historia, o de ese don, o de esa rareza... Solo lo sabía ella, Herminia, y ahora no solo está muerta, sino que también está sentada justo detrás. «Joder», se dice Martina, frotándose los ojos, «hacía tanto tiempo que no se me aparecía un muerto...».

¿Cómo es posible que su padre, piensa Martina, sabiendo lo despistada que está últimamente su madre, le haya dejado hacer ese viaje a solas? Martina no lo entiende. Menuda pareja más discordante, piensa. Como siempre, añade. Vuelve a preguntar por él.

—Está con sus cosas. En la temporada de setas.

Y Martina se imagina a su padre con el sombrero de paja, con la cestita para las setas, con el bastoncillo que suele llevar para remover el suelo del bosque.

—¿Con Pedrojota?

—Claro, claro, con él. Desde que está viudo se van juntos a todas partes.

¿Desde que está viudo?, se pregunta Martina, y sonríe con sarcasmo. Llevan toda la vida siendo amigos y yendo juntos a un lado y a otro. Desde que está viudo, dice. O su madre no se entera o no quiere enterarse.

—Solo hay que cruzar aquel puente. —Martina señala el camino—. Allá, en la parte antigua, bajo la ladera de la montaña, está mi casa.

Están paradas al otro lado de la carretera principal, en el cruce, mirando que no venga ningún vehículo por esa vía comarcal que divide al pueblo en dos: la zona alta y la baja. La primera es la zona vieja, donde están el ayuntamiento y la iglesia y en la que se encuentran las casas nobles de finales del siglo XVII y principios del XVIII y que aún mantienen su escudo de armas en los dinteles y fachadas. Solo quedan en pie dos de esas casas, el resto de viviendas son casas normales y corrientes, y otras que se han ido cayendo o demoliendo con el paso del tiempo y que tienen cercas alrededor o tablones que cierran las puertas y las ventanas. También están en esa parte del pueblo, en esta zona alta, las casas cueva que comenzaron a construirse a finales del siglo XIX y la primera mitad del XX, debido al crecimiento demográfico, inmigración y nuevas tierras de cultivo. De la zona baja, la más moderna, poco hay que decir, tal y como ocurre en la mayoría de pueblos, que siempre tienen una parte menos agraciada visualmente y que pasa sin pena ni gloria para los posibles visitantes.

—Ya veo. —Carmen observa, a través del parabrisas, las rocas, el barranco que baja hasta el río, el estrecho y pequeño puente de piedra que ella cruza con el coche muy despacio, como si temiera romperlo—. Ay, hija, mira que vivir en una cueva... —Pone cara de pena—. Como los bandidos o los piratas. O los sin techo.

Martina da un sonoro suspiro.

—Madre, es una casa con todas las comodidades.

—¿Todas?

—Sí, en serio. Amueblada, con televisión, microondas...

—¿Calefacción?

—No, calefacción, no, pero tiene una fantástica chimenea.

—Ya, una chimenea. ¿Y ya sabes si funciona? ¿Ya sabes si es suficiente? ¿Y leña, ya tienes leña? Porque mira que aún no ha llegado el invierno y que aquí, seguro, tiene que hacer un frío bárbaro en invierno. O no tardando mucho. Ya verás cuando llegue el día de Todos los Santos, ya...

—Es una casa genial, en serio. Me han dicho

que precisamente por estar enclavada en una cueva, mantiene una temperatura constante durante todo el año.

Tres segundos de silencio.

—Y esa temperatura constante es de...

Martina suelta un suspiro y dice:

—Diecisiete grados.

—¡Diecisiete grados! —exclama su madre, mirándola con reproche, como si fuera culpa de ella que los grados fueran tan mínimos.

—Teniendo en cuenta que en invierno llegan a estar bajo cero... es una buena noticia.

—Claro, para vosotros, los que sois tan positivos.

Y eso suena a reproche, por supuesto. Al menos a Martina eso le ha parecido. Entonces añade, en un susurro, para mortificar a su madre:

—Y a Marcos le encanta.

—¿A Marcos? —pregunta Carmen en el mismo tono, apenas audible. El motor del coche, las piedrecillas que pisan las ruedas, ensordecen ese murmullo.

—Ha hecho nuevos amigos y todo. —Martina no oye a su madre, solo oye su propia voz, solo quiere llenar el silencio con el sonido de su voz—. Gira a la derecha. La casa está al final de la calle.

—A Marcos le encantaba todo, hija —dice Carmen. Pero cree no haberlo pronunciado. Cree que ha sido solo un pensamiento interno—. Era un niño de lo más especial.

—Le gustan el pueblo y el nuevo colegio, sí.

Carmen frena el coche. Mira a su hija. Le repite:

—¿De verdad que *le gustan* el pueblo y el nuevo colegio? ¿Me estás diciendo que…?

—Sí, ha mejorado mucho sus relaciones con la gente.

—Pero, ¿qué estás diciendo, hija…? —masculla, agarrando el volante con una enorme fuerza. El anillo en forma de espiral podría salir disparado en cualquier momento. No quiere mirarla. No quiere enfrentarse a la mirada de su hija. Ni a su perfil. A nada.

—En serio. Acerté viniendo aquí, de verdad. —Se anima Martina, como los que acaban creyendo sus propias mentiras. O aquellos que acaban creyéndose el mundo paralelo que se han construido para poder sobrevivir al día a día. A la locura, también—. La escuela apenas me da trabajo y los alumnos son un encanto. ¡Solo ocho alumnos, mamá, solo ocho! Es un sitio muy tranquilo. Y Marcos va en autocar con otros chavales al instituto de San Fulgencio, que está a treinta kilómetros.

—Marcos —susurra Carmen, quitándose las gafas, tapándose el rostro con la mano libre, intentando frenar las lágrimas que le provoca el nombre de su nieto. Se sorbe los mocos. Vuelve a pisar el acelerador, con suavidad, y continúa circulando, lentamente, a pesar de que ese BMW (ningún BMW) está hecho para ese castigo de la lentitud extrema.

—Y estoy escribiendo una nueva novela —confiesa Martina.

—¡Por fin, hija! —esta vez sí se gira para mirarla. Se atreve, incluso, con una media sonrisa.

—Sí, por fin —Martina solo le muestra su perfil—. La protagonista es la dueña de un bar de este pueblo, una rubia teñida con un peinado a lo Cleopatra. También es la dueña de la casa en la que vivo. Pero ella no lo sabe. No sabe que es mi protagonista, claro. No se te vaya a escapar a ti, que me meteré en un lío. —Y suelta una especie de risa mínima, casi un atragantamiento.

Carmen la deja hablar y entiende a su otra hija, Amparo, cuando le cuenta, enfadada, que hay que tener cuidado con Martina: cualquiera puede salir en sus novelas. No solo eso: cualquiera de ellas se puede convertir, de la noche a la mañana, en protagonistas de sus historias. Historias repletas de un realismo mágico tan sumergido en el sexo que, con tanta humedad literaria, llegar al final supone todo un reto.

—Mira, es aquella, la última casa encalada.

Tras aparcar, Carmen sale del coche temblando, no sabe si de frío, o de calor, y observa la fachada de la casa de piedra en la que vive su hija. Parece que solo es una fachada, solo una puerta de madera dentro de un pequeño porche y una ventana doble con sus portones abiertos. Cortinas de encaje. Un enorme rosal en el lateral, ya sin flores. El resto de la vivienda se adentra en los pedruscos de la montaña.

Martina abre la puerta trasera del vehículo para coger la pequeña maleta de su madre y el neceser que había pertenecido a Herminia. Como su espíritu continúa sentado atrás, ella le dice:

—Gracias, Herminia, por tu regalo.

—De nada, mi niña. Y vigila a tu madre, que se quedó con una parte.

—¿En serio?

—Ya te digo. Había mucho más dinero. ¡Si lo sabré yo! Y fíjate en los pendientes que lleva puestos.

—Y mueve la cabeza arriba y abajo, afirmando lo que acaba de decir.

Martina se gira hacia su madre, que va caminando por la acera, observando el lugar, y cuando se vuelve para observar el espíritu de su niñera, se da cuenta de que nunca la había visto tan alegre. Herminia le recuerda a una cría haciendo una travesura, justo cuando es pillada *in fraganti*.

—Me voy ya —le dice, casi transparente—. Recuérdame de vez en cuando, hija.

—Descuida.

—Ah, y Carmen no es tu madre, eso que te quede claro —le advierte, levantando un dedo.

Esa frase le deja a Martina el terrible poso de otras ocasiones, cuando Herminia le decía cosas así, ya en la residencia. Fue cuando comenzaron a aparecer los síntomas de su pérdida de memoria, su pérdida de recuerdos. Por eso le extraña a Martina que, una vez muerta, su espíritu continúe con esa manía sobre la maternidad.

—¿Puedes o no puedes con la maleta? —le pregunta su madre, que se acerca a ver qué pasa, por qué tarda tanto.

—Sí, sí. Ya está.

Y Martina saca los dos bultos y los deja en el suelo. Cuando cierra la puerta del vehículo, dentro no queda ni rastro del espíritu de Herminia, lo cual le genera una súbita reacción de agradecimiento o bienestar. Ver a Herminia contenta. Notar que se ha ido, definitivamente, y que no se quedará dando tumbos como hacen otras almas, que esperan lo que nunca llega...

—Pasa mamá, pasa a la casa. —Y se hace a un lado. Es entonces cuando observa los pendientes que lleva puestos su madre—. Oye, esos pendientes, esas perlas, ¿no son las que se perdieron en Sitges, aquella vez que...?

—Sí —le contesta Carmen, altiva, volviendo sobre sus pasos, mirando calle abajo, haciéndose la despistada.

No piensa explicarle la historia de los pendientes rescatados, claro.

«No sigas preguntando», masculla Carmen, que mira calle abajo, con varias casas similares a la de su hija, la mitad fuera, la otra mitad dentro de esos peñascos. Una calle que tiene, en la acera de enfrente, viviendas absolutamente normales, de una sola planta, o de dos, exteriores, con sus chimeneas troncocónicas, redondeadas, rematadas con una figura de piedra en lo alto.

—Espantabrujas, se llaman —le dice Martina, que ha salido a buscarla.

—¿Cómo?

—La piedra que remata las chimeneas se llama espantabrujas. Cosas de la tradición.

—Ya. —Y Carmen continúa observando esas fachadas, con sus macetas en las ventanas y sus geranios dando notas de color en rojo y en verde—. Siempre te gustaron las brujas.

—¿Ah, sí? —Se sorprende Martina.

—Sí. Hablabas con ellas en voz alta. —Se gira para mirarla.

No le comenta que en esas ocasiones le daba miedo. Tenía miedo de su propia hija. De que viera u oyera cosas que a ella se le pasaban por alto. Carmen se fija en la torre de una iglesia que sobresale más allá, imponiéndose entre los tejados. Piensa que seguramente estará situada en la plaza del ayuntamiento, como pasa en todos los pueblos. ¿De cuántos habitantes le había dicho…?

—¿Y cuántos habitantes me dijiste que había en el pueblo?

—Unos doscientos. Bueno, muchos menos. —La empuja disimuladamente al interior de la casa, que aún huele a humedad. Lleva más de un mes en ella y aún no ha conseguido que ese leve olor desaparezca del todo—. Lo de los doscientos es en vacaciones, eso me han dicho. Hay muchísimas casas cerradas que tienen un dueño en otro lugar de España. O un dueño muerto, también.

No, no le gusta que su hija viva ahí, no puede disimularlo.

—Dime, ¿cuándo los has encontrado? —Y Martina se lo pregunta mientras acerca sus dedos para notar la suavidad de las pequeñas perlas, engarzadas en un aro de oro—. ¿Y dónde estaban?

El recuerdo de su madre gritándole, preguntándole dónde estaban, dónde los había escondido, los golpes que le dio en las manos, los bofetones en las mejillas, los tirones del pelo, todo eso vuelve en esos momentos, justo cuando toca la esfera blanca de una de las perlas.

Carmen deja la mueca de una sonrisa en su cara, igual, igual, que hace siempre. Cielos, cree que su visita será más corta de lo que pretendía.

Capítulo 21

Tras la separación de Felipe (la definitiva, me refiero), y tras un año de reclusión casera y llorosa para asimilar mi nuevo estatus de soledad en la vida, una amiga llamada Lola, profesora en un instituto, decidió organizarme una cita casi a ciegas con un profesor de Historia de su centro. Digo casi a ciegas porque a Toni, el de la cita, yo le conocía a través del Facebook de ella, por algunos comentarios que él le hacía o por fotos que compartían. Sabía que le gustaba ir a buscar setas en otoño, por ejemplo, y hacer senderismo en cualquier época del año. El caso es que Toni y yo accedimos a la gentil y benévola idea de esta amiga para que dejara de darnos la murga.

Y acabamos citándonos, por medio de mensajes, en una cafetería de la plaza del Pilar una tarde de principios de noviembre.

Yo me arreglé con esmero, elegí del armario un vestido de una marca francesa repleto de flores y colores otoñales que me sentaba francamente bien, incluso me maquillé y me puse unos zapatos altísimos, de los que me hacen parecer una diva de ópera a punto de salir al escenario. Cuando me miré en el espejo del vestíbulo, antes de salir, me vi radiante, de verdad, como si descubriera que la pelirroja que me observaba desde el espejo no fuera yo misma sino una mujer muy querida —y admirada— a la que hacía tiempo no veía. Ni tan siquiera me molestaron los kilos que se me habían desparramado por el cuerpo, convirtiéndome en una diosa de la fertilidad o en una de esas mujeres de gran vitalidad que no solo ordeñan vacas sino que se encargan de la recolección de las verduras y preparan y hornean la masa del pan y del hojaldre. Que cada día hacen eso y ni se plantean si su vida es monótona o si ese invierno habrá nieve en Chamonix o si lloverá en Punta Cana.

Cuando le di un beso a Marcos, me dijo que me lo pasara bien. No sé adónde creía mi hijo que me iba ni lo que yo iba a hacer, pero le volví a besar y luego le recordé a la canguro que tenían que jugar al Monopoly o al Rummy o algún otro de sus juegos preferidos. La chica se limitó a repetir las palabras de mi hijo, lo de pasármelo bien. En fin.

Que fuera noviembre no significaba que hiciera frío, que aquel martes el día se había levantado con un ánimo al que le sobraban grados. Así pues, me quité el abrigo nada más llegar a la cafetería, ya sudorosa, y fue entonces cuando vi a Toni apoyado en la barra. Supuse que era él porque en la foto de perfil de Facebook aparecía, también, con perilla de espadachín y con una frondosa mata de pelo blanco que le confería un aspecto de genio excéntrico. O de loco. Me dirigí a él con paso decidido, altísima en mis tacones, y con una gran sonrisa. Él era el único que parecía esperar a alguien en esa cafetería, mirando hacia la puerta, muy formal, serio y estirado (como los espadachines, claro, o los genios excéntricos), comprobando mi escaso retraso en el gran reloj de su muñeca. Le saludé mientras descubría, con cierta decepción, que él ya se estaba tomando un café que no había sido capaz de retrasar ni cinco minutos.

«Creí que no vendrías o que me había equivocado de lugar», me dijo.

Ay que ver, por cinco minutos de retraso, me soltó eso.

No perdí la sonrisa y le regalé un par de besos, que a generosidad no me gana nadie (y esto de mi sonrisa y de mi generosidad me lo afeó años después mi psicóloga. Una psicóloga que me descubría traumas en cuanto yo abría la boca. Era portentosa. Creo que cobraba por traumas descubiertos). Luego, dejé mi bolso, el abrigo y el fular encima del taburete más cercano. Pedí un cortado al camarero y observé que los ojos de Toni eran del color de la miel, preciosos. También me di cuenta de que era algo más bajo que yo, así que me senté en el taburete, para no incomodarle. Fue esa razón, y no otra, la que me impidió moverme, y ni tan siquiera me atreví a sugerirle que fuéramos hacia una de las mesas, rodeadas de sillas y butacas confortables para llevar a cabo una conversación entre dos personas que no se conocían de nada. Entonces, caí en la cuenta de que él aún no se había quitado el anorak y que, bajo ese anorak abrochado hasta arriba, sobresalía un jersey verde de cuello alto. Pensé en el calor que estaría pasando.

Oh, los ojos de Toni, qué bonitos eran… cuando me miraban, claro (nanosegundos, vistos y no vistos), porque solía posar esos ojos en lugares lejanos (una lámpara, una puerta, una silla, una pared de la que colgaba un póster lunar). Mientras, él hablaba y hablaba de sus compañeros en el centro escolar, del mal rollo que había en el claustro de profesores, de los alumnos tan movidos y desmotivados que tenía en clase. Vuelvo a repetirlo porque me llamaba la atención: él hablaba mirando hacia arriba, al techo de grandes lámparas en forma de platillos volantes; mirando hacia otras personas que pasaban por al lado. Pero a mí no, a mí no me miraba. Yo no recordaba haber estado con nadie que me rehuyera de esa manera tan descarada, salvo los días en los que Felipe preparaba su huida y deserción. Y es que tanto en las entrevistas que yo realizaba antiguamente para el periódico, como con los amigos e incluso con los dependientes de cualquier tienda, siempre ha habido ese espacio y ese lugar para mirar al otro, para escucharle. Para sentir que los otros me escuchaban a mí.

Y Toni no solo no me escuchaba, o no me prestaba atención cuando yo le respondía a algo que él estaba contando, sino que no me preguntaba por temas tan asépticos como a qué me dedicaba. O por mi vida en general, que era algo más mundano.

Si lo hubiera hecho, si se hubiera interesado, le habría dicho que años atrás trabajaba en un periódico, pero que hicieron una reestructuración de plantilla y que yo estaba en la lista de prescindibles. Le hubiera contado que los últimos dos años los había dedicado a escribir una nueva novela y que ahora había vuelto de nuevo a la enseñanza, cubriendo bajas. Y si me hubiera preguntado por algo más personal, por mi vida cotidiana y personal, le habría contado que tenía un hijo de ocho años al que había dejado al cuidado de una canguro, haciendo los deberes.

Además, si Toni hubiera insistido o me hubiera preguntado más cosas, tal vez le hubiera explicado lo de la rara enfermedad de mi hijo y la poca o nula esperanza que yo tenía respecto a que la medicina detuviera su avance. Pero no podía contarle nada porque estaba enfrascado hablándome de esa manía que le tenían todos sus compañeros o que ese fin de semana seguramente llovería y sería un buen momento para ir a buscar hongos con un grupo de amigos.

—O caracoles —le dije yo, para provocar algo de risa. Bueno, al menos sonrió.

Quizá, por dentro, me llamó tonta. O algo más gordo, como «imbécil», porque él puso, por un segundo, los ojos en blanco. No, no llegó a suspirar.

No, el anorak no se lo quitó. No, tampoco se sentó en el taburete, sino que se quedó de pie, montando una guardia imaginaria. Y al cabo de un rato, quizá a los veinte minutos de estar allí, le sonó el móvil. Contestó a la llamada:

—Pedro, te llamo luego.

Y cuando colgó:

—Cinco minutos y tengo que irme.

Qué extraño, me dije, irse así tan de repente, cuando acabábamos de llegar. Y me dio por pensar que él ya había dejado esa consigna a un amigo, a ese tal Pedro que también podría llamarse de cualquier otra manera: «Llámame a las seis y media, por si esa chica resulta ser un tostón». Incluso podría haber sido simplemente la alarma de su móvil: la programó para huir a esa hora establecida y luego se inventó la conversación con ese supuesto amigo. Si le gustaba la chica (yo), se quedaba. Si no, se largaba. Ahí tenía la respuesta a por qué no se había quitado el anorak.

Fue entonces cuando me dijo que nuestra amiga común le había comentado que yo era escritora. Me preguntó si estaba escribiendo algo nuevo (no me dejó contestar), qué había escrito antes (aquí comencé a pensar en un título y ya no me dio tiempo a más, porque había dejado de escucharme, mirando de nuevo el móvil, fijándose en el camarero que pasaba por su lado o en alguna mosca que revoloteaba alrededor. Me callé). Me repitió que ese fin de semana saldría a buscar setas. Me habló de una sociedad micológica, masculina, privada, de la que era socio. Salían a buscar hongos y luego los cocinaban y se los comían en un ambiente festivo.

—¿Masculina? —le pregunté, asombrada—. ¿Sociedad micológica masculina? ¿No hay mujeres? ¿Las mujeres no buscan setas?

—¡No! —me respondió con extrañeza, como si

mis preguntas estuvieran fuera de lugar—. Somos nosotros, los hombres, los que cogemos las setas y nosotros, los hombres, los que las cocinamos.

—Ah, como Juan Palomo —se me escapó una (minúscula) carcajada— yo me lo guiso y yo me lo como, ¿no?

Creo que ni me oyó. Yo me tenía por una mujer alegre, pero mis frases, con él, quedaban flotando como burbujitas que estallaban sin provocar ninguna reacción. Y es que Toni, con su desinterés, las convertía en burbujas invisibles. Yo misma dudaba de mi corporeidad, de mi recién estrenada talla 44.

Le hablé, entonces, de mis personajes en la novela *El destino de Simón Recajo,* una historia ambientada en el siglo XIX. Le dije que la sociedad que aparece en esa novela era masculina, que las mujeres no tenían derechos de ningún tipo, pero que hoy en día, en pleno siglo XXI ¡a quién se le ocurriría lo que acababa de contarme!

No entendió nada sobre el sexismo declarado en su asociación. O no quiso entenderlo. Sus ojos (bonitos ojos, ya lo he dicho antes) iban y venían a otras direcciones, como si nuestra conversación solo tuviera lugar de vez en cuando, como un auténtico morse, solo a base de códigos que se repetían cada ciertos puntos o cada ciertas rayas. Volvió a preguntarme:

—Así que escritora, ¿eh?

Y yo le miré con gran cansancio pero con una sonrisa intacta, pintada de color marrón, como las flores de mi vestido. Parpadeé moviendo el kilo de rímel que me había puesto en las pestañas y le anuncié que tenía nueve novelas publicadas. Me mordí la lengua para no escupirle, en el punto y final, el adjetivo gilipollas, y me arrepentí, porque él ya no se interesó más por el asunto, y fue moviendo libremente su mirada por toda la cafetería, barriendo esa cafetería, sin fijarse en mí, volviéndome a contar lo que le hizo el director del instituto el día que le sugirió ir de excursión a no sé qué iglesia que tenía un retablo de no sé qué siglo.

Qué tío más pesado, pensé, e iba creciendo en mí el deseo de querer estar en otro lugar, aunque fuera a solas, que no hay mejor compañía que la de uno mismo cuando la otra opción posible lleva por nombre Toni rodeado de bombillas multicolores. No quería más citas a ciegas. No quería volver a pasar por algo así. Nunca. Jamás.

Luego, estirándose el anorak, añadió que podríamos vernos otro día (¡ja!, me reí yo por dentro, lo llevaba claro) y me pidió el título de mi última novela.

—*Los jazmines del sultán* —le contesté, con voz neutra—. Salió justo la semana pasada.

Y él añadió que la compraría inmediatamente y que, cuando nos viéramos al día siguiente, se la podría dedicar. Me anunció:

—Así pues, nos vemos mañana a las seis en la puerta del Museo de Zaragoza para ver la exposición de Ando Hiroshige.

—¿Quién? —pregunté cuando en verdad quería haber formulado: ¿qué? ¿Quedar? ¿Mañana?

—¡Uno de los autores más importantes del grabado en madera! —exclamó, creo que algo ofendido. O molesto. Me daba igual.

—Ah.

—¡Tiene unas estampas preciosas! —Se estaba envalentonando. Se veía a la legua—. Inspiró tanto a artistas orientales como al mismo Van Gogh.

—Ah —repetí. Mejor utilizar monosílabos con alguien que deja de prestar atención a los dos segundos.

Se fue en esos momentos, recordándome la cita del siguiente, miércoles, a las seis de la tarde en la puerta del museo.

—¡Y puntualidad, por favor! —Y lo exigió a cuatro metros de distancia. Que todo el mundo se enterara.

Joder, ni que fuera mi jefe. O la mandona de mi madre.

—¡Apunta mi número de teléfono! —le pedí, corriendo hacia él.

Y Toni cogió una servilleta de papel de una mesa próxima y escribió el suyo, dándomelo con sonrisa lastimera. Se fue, creo yo, con una idea preconcebida sobre cierta incultura por mi parte, cuando en realidad no solo conocía la obra de Hiroshige, sino que una reproducción de sus láminas, *Lluvia sobre el gran puente de Atake*, presidía el comedor de mis padres cuando vivíamos en Madrid, junto con otras láminas, todas pertenecientes a su serie Cien vistas famosas de Edo. ¡Pues claro que conocía a ese artista japonés, por favor! Y hubiera sido un bonito tema para hablar con él, con Toni, si se hubiera materializado la conversación entre nosotros.

El profesor de Historia se fue dándome su número de teléfono, no apuntando el mío, y se largó sin pagar la consumición de los cafés. Tanta separación de sexos en su sociedad micológica, tanta involución en ese aspecto, y resulta que tenía más que asumido y estaba más que modernizado en el tema de la igualdad de sexos para pagar las consumiciones.

Me quedé un rato en ese establecimiento, sentada en el taburete, alta y triste como las imágenes religiosas que salen en una procesión, diciéndome que qué pena, cuánto tiempo empleado en arreglarme y todo para nada. Fue una cita que había durado poco más de media hora y Marcos y la canguro no me esperaban hasta las nueve. Y a ver qué hacía yo ahora con ese tiempo que se me escurría entre los dedos de las manos.

Joder, ¿y a santo de qué le había dicho a Toni que sí, que nos veríamos al día siguiente...? Pedí un par de magdalenas al camarero y un café con leche, para acallar el malestar que se abría en mi estómago. Y luego me dediqué a pasear por El Tubo, solo por sentir el bullicio, por ver caras alegres... Me había imaginado que esa tarde Toni y yo acabaríamos de tapas por esa calle, mezclándonos con tanta juventud y tanta vida. Recordando que yo en otro tiempo había tenido esa misma edad, esa misma locura y aguante, un júbilo semejante y las mismas ganas de comerme el mundo.

En fin, qué desastre de cita. Si se lo contara a Felipe, se reiría como nunca. Pero bueno, ¿a qué venía pensar en Felipe? ¡A la mierda con él!, me dije.

Pedí un gin-tonic en un bar, cuando me cansé de pasear. Y luego, otro. Así se me fue la tarde. Estaba segura de que, esa noche, ni un espíritu se atrevería a manifestarse: el alcohol corría por mis venas, alborozado y altanero.

Capítulo 22

Volví a Atalaya de don Pelayo después de quince años. Salí para hacer el servicio militar y gracias a eso recorrí una buena parte del mundo en barco. Fui un privilegiado, lo sé. De hecho, nunca he dejado de ser un privilegiado. Creo que todos lo somos, solo hace falta mirar, mirar de verdad. Luego estuve trabajando en Madrid en la construcción y como mozo de almacén, en Irlanda como pastor, otra vez en Madrid, otra vez en Irlanda. Acabé varios años en Logroño siendo temporero y en una empresa de componentes eléctricos y volví al pueblo cuando me anunciaron que mi padre se estaba muriendo. Volví y me quedé porque no conseguía que en ninguna parte que me hicieran fijo. Y tampoco conseguí en ningún lado ese espacio de naturaleza y libertad que eché siempre de menos.

Todos creen que mi vida, cuando estuve fuera, fue una vida de ensueño y que si volví fue por hacerme cargo del rebaño de mi padre. Nunca he contado que la vida en la ciudad me ponía enfermo, que siempre echaba de menos el campo, que cuando volvía a Irlanda me sentía como en mi propia casa, sobre todo porque allí estaba Mary. Mary que no supo o no quiso esperar y que se casó con otro. Si en todo este tiempo no volví al pueblo fue por no encontrarme con mi padre, eso lo saben todos. Lo que no sospechan es que a mí no me iba ese trajín diario de autobuses y metros cuando vivía en Madrid, ese vivir en el aire sin saber si el contrato, cualquier contrato temporal, iba a ser renovado. En Logroño, por ejemplo, trabajaba gracias a las ETT, pero a veces pasaba muchas semanas esperando a que me llamaran. No, no me gustaba esa vida. No soy un hombre de ciudad. La ciudad es solo para un rato, para unos días. Al menos, para mí.

Aquí se piensan que vivía como un rey, con tías a mi alrededor, haciendo lo que me daba la gana, entrando y saliendo cuando quería y sin tener que dar explicaciones a nadie. Mis amigos se ponen en mi lugar y se imaginan lo que ellos no pueden hacer o no han tenido agallas de hacer. Se imaginan lo que les gustaría hacer o ser. Me subieron en un pedestal y allí me quedé, por qué no. Quién soy yo para decirles que no es así, que no fue así. ¿Acaso no depende del cristal con el que se mira y que por eso nada es verdad ni mentira?

Desde entonces, y salvo algunas ocasiones en las que me tomo unos días libres y hago un viaje corto, me gusta estar en Atalaya de don Pelayo. La naturaleza que envuelve al pueblo y cómo va cambiando según las estaciones del año. El olor de esa naturaleza y cómo va cambiando, también, dependiendo de las estaciones y de la temperatura ambiente. Me gusta su gente sencilla y solidaria, a veces parca en palabras o muy ruda, pero hay que entenderles. La falta de prisas, eso también me gusta. La lentitud de las cosas que lo envuelve todo, poder quedarme extasiado ante una puesta de sol, por ejemplo, y eso que cada día hay puestas de sol *(risas),* pero lo experimento como si estuviera viéndolo por primera vez en mi vida. Mis ovejas. También me gustan mis ovejas. Y créeme que, salvo en un par de ocasiones, en las que me encontraba realmente mal, nunca me han supuesto un incordio por tener que salir con ellas cada día, por tener que quedarme con ellas cada día en el monte, haga frío o calor, llueva o nieve. Mis dos perros, amo a mis dos perros, Tira y Buzón, que solo les hace falta hablar para hacerse entender. Y Martina. Ahora está Martina en esa lista de situaciones extraordinarias. Ella es mi primer pensamiento al despertarme y también, el último. Es la mujer perfecta. Para mí, es la mujer perfecta.

¿Qué más puedo pedir?

¿Te crees ahora que soy un privilegiado y que siempre lo he sido?

Yo sí lo creo. Sí me lo creo.

De todas maneras, ahora que veo las cosas con perspectiva, he llegado a la conclusión de que si volví fue para encontrarme con Martina, años después. No lo sabíamos ni ella ni yo. Es algo que solo conocía el destino, ese que nos abre caminos invisibles y teje redes, entrelaza momentos, personas y situaciones. El mismo que trajo a Martina para que fuera maestra en Atalaya de don Pelayo. Ella, que se apellida Peña Grande, encontró una casa cueva enclavada en la Peña Grande, precisamente. ¿Casualidad? Digamos que es asombroso.

Y Martina, que siempre está abierta a las señales, a esta de sus apellidos y de este lugar, no le ha dado ni la más mínima importancia. Asombroso, también.

Capítulo 23

Una tarde de sábado, cuando aún viven en Londres, Felipe y Martina deciden acercarse al Golden Eye. La inmensa cola para subir a esa atracción parece no acabarse nunca y los dos piensan en que ha sido una pésima idea no optar por las entradas Vip, esas que abren las cadenas y las puertas que se cierran para los demás, para esos que solo llevan entradas de precio normal. Martina no necesita preguntar si algo va mal, porque lo sabe, sabe que hay algo que va mal entre ellos: ya no parecen una pareja de recién casados, o de novios, o de amantes que se van a comer el mundo. Ahora, tras unos meses de convivencia, se han convertido en una pareja que se odia y se ama a partes iguales. Una experiencia desagradable que ambos han pasado con sus respectivas parejas, las anteriores. Una experiencia que se juraron no volver a repetir, pero por alguna razón se inventó ese refrán de tropezar varias veces con la misma piedra.

Cuando ya están en la cabina de esa noria gigante, en la cápsula que engulle todos los sonidos, Martina decide hacer una prueba:

—He pensado en dejar tu apartamento.

Felipe alza las cejas. Carraspea. Estira la espalda, el cuello. No dice nada. Mira hacia abajo, hacia el gran parque que se aleja de sus pies, con sombrillas abiertas, con toldos de rayas bajo los que se ofrecen bebidas y cafés. Los paseantes de ese inmenso jardín solo son puntitos andantes de múltiples colores.

—¿Y adónde vas a ir? —le pregunta él, pero mirando ahora hacia adelante, hacia el primer puente, como si se lo preguntara a ese puente: «¿Adónde vas a ir, puente?».

Y Martina no sabe qué decir. Solo había querido lanzar un globo sonda y le acaba de explotar en lo alto. El globo y todo el material, cayendo en picado, estampándose contra el suelo. Meses atrás apostó por esa nueva experiencia, la de irse al extranjero, la de escribir una novela ambientada en Londres, la de vivir con Felipe y ser su novia o amiga especial (amiga con derecho a roce, decía él entre risas, consiguiendo que a Martina se le erizara la piel porque no le gustaba esa calificación. Pero y qué, hay tantas cosas que no le gustan a una, se decía, y que hay que callar para que el otro siga queriéndote, siga llamándote, siga... «Patético», le comentó su psicóloga años después. «Ese es un pensamiento patético», añadió). Martina se limitó a seguir las señales, como tantas veces. Como siempre. Y se fue a Londres, sin más.

—A un hotel —dice por decir—. Iré a un hotel.

Calcula su presupuesto. Ni una cena fuera. Solo museos gratuitos. Solo las ofertas de Marks and Spencer.

—Bien. ¿Y cuándo te vas?

Y Felipe se lo pregunta cuando la cabina se detiene en lo más alto. Imposible abrir una puerta y largarse, piensa Martina. Imposible alejarse de ese dolor tan intenso que siente en esos momentos.

Las vistas de la ciudad son magníficas y es muy raro que ese día no haya nubes enturbiándola. A pesar de que sea julio, no es sinónimo de día despejado, que eso lo saben todos: siempre hay una nube dispuesta a perseguirte y abrirse encima para empaparte, sin más. Todos los desconocidos que los acompañan en ese habitáculo reducido y transparente exclaman en voz alta que si una torre, que si un puente, que si el río, que si… y Martina y Felipe no prestan atención a nada, solo piensan en cuándo hay que hacer unas maletas (ella), solo piensan cuándo estará, por fin, libre el apartamento (él).

Esa tarde de sábado, ambos salieron del piso compartido cogidos de la mano, y así pasearon por las calles londinenses, con los dedos entrelazados. Subieron al metro, caminaron por otras calles e hicieron cola en el Golden Eye. Y cuando bajan de esta noria gigante, él y ella ya no llevan sus manos unidas, sino que parece que están a miles de kilómetros el uno del otro. Una escena de lo más común, eso de una ruptura amorosa. Nada del otro mundo. Al fin y al cabo, este es un mundo de supervivientes.

Capítulo 24

En mi piso de Zaragoza me despiertan los gritos de cada mañana: «¿Qué hora es, puta mierda?». Cada mañana, sin variar una coma ni un minuto, el vecino de abajo lanza esa pregunta a las siete, cuando la mayoría de los mortales aún dormimos o estamos a punto de despertarnos. Pero no, el troglodita de abajo (y ciego, es un troglodita ciego) no me deja que me despierte a mi ritmo, suavemente, sino que con sus gritos y sus palabrotas consigue meterse en mi sueño y me empuja con violencia a que abra los ojos, a que dé un bote entre mis sábanas porque por un momento he creído que me estaba cayendo por un precipicio o a las vías de un tren a punto de atropellarme. Entonces, me despierto con una exclamación ahogada, de esas que se quedan dentro de la garganta y que te obliga a abrir los ojos.

Siempre odié el despertador, siempre. Si hiciera una de las famosas y antiguas listas de Felipe, pondría un despertador en la de «Objetos de la civilización que deberían estar prohibidos». Sin embargo, desde que vivo en este edificio, que no tiene nada que ver con aquel tan tranquilo de la urbanización con piscina, echo de menos el alegre y atormentado sonido de un despertador como Dios manda y no los gritos del energúmeno de abajo. «¿Qué hora es, puta mierda?», le lanza de nuevo esa pregunta a su esposa, clavándosela donde más le duele: en el corazón. O en los oídos. En el amor propio. En la vergüenza. Pobre mujer.

Es un hombre invidente, vale, lleva ciego toda la vida, vale, qué pena, pero eso no le resta ni un ápice para que todos los vecinos veamos en él a un grosero, un mal educado y un déspota con su esposa. Me dan ganas de tirarle por las escaleras, empujarle cuando le veo esperando el ascensor, mientras yo bajo o subo a pie los seis pisos porque él, haciendo alarde de su ceguera, bloquea la puerta con su bastón más tiempo de lo necesario y ordena a su mujer, con furia, a buscar algo que siempre a él o a ella se le olvida dentro de la vivienda (las llaves, el paraguas, el teléfono, el carro de la compra o todas esas cosas a la vez). Yo le digo buenos días a ella, que siempre muestra unos ojos llorosos, pero nunca a él, que tiene la cara enrojecida, a punto de estallarle cualquier vena de las sienes o del cuello. Es entonces cuando me dan ganas de tirarle escaleras abajo, como en las películas.

Echo de menos muchas cosas. A Felipe. La traducción de algún libro. Esas musas que vivían en mí, invadiendo mi creatividad. El piso de la urbanización... A Marcos, claro, sobre todo a Marcos. Así empiezo cada día, echando de menos a personas, situaciones y cosas. Echando de menos una vida que me había pertenecido, que la había más o menos disfrutado. Aún estoy en la cama cuando oigo repetir al vecino, por tercera vez «¿Qué hora es, puta mierda?», y pienso que, de tener una escopeta, apuntaría al suelo y vaciaría el cargador, como en las películas, también. Y me planteo, en ese momento, si no debería de dejar de ver ese tipo de películas, precisamente, esas películas de persecuciones, de guerreros, de grandes efectos especiales, de tanta sangre, golpes y gritos de sufrimiento. Me planteo si no debería pasarme al cine francés, por ejemplo, para ver historias cotidianas que ocurren en granjas en las que todos son sordos o que tal vez son parapléjicos que tienen como cuidadores a chicos de color que bailan como nadie las canciones de Earth Wind and Fire.

Me planteo si no debería volver a medicarme, retomar aquel tratamiento que dejé sin prescripción facultativa porque me volvía excesivamente lacia, amorfa, y anulaban por completo no solo mis reacciones irascibles, sino también cualquier pensamiento, por mínimo que fuera.

O a meditar. ¿Por qué dejé de hacerlo?

Pasear.

Visitar museos, exposiciones.

Llamar a amigos y no esperar a que me llamaran ellos. «Hola, qué tal estás».

¿Debería apuntarme a clases de danza africana?

¿Hacer punto?

¿Macramé?

Cuando salgo de mi habitación, me nace de nuevo la tentación diaria cuando paso por delante de la habitación de Marcos. Apoyo mi frente en la puerta cerrada y dejo la mano derecha en el pomo. La mano izquierda, abierta, toca la superficie lisa y fría. La tentación de abrirla, de abrir esa puerta, de llamar a mi hijo, de decirle que se vaya vistiendo mientras yo preparo el desayuno. Y me voy con cierto temor hacia la ducha, por si se abre esa puerta, precisamente, que no sé qué haría yo si se abriera esa puerta después de tanto tiempo, si podría abrazar a Marcos, si él me abrazaría. Sus abrazos, los echo tanto de menos...

El puto vecino y sus rugidos rompen el encanto del recuerdo de mi hijo y vuelvo a desear irme de este piso, de estas historias que no me pertenecen. Huir, eso quiero. Huir y dejar de fingir que este es mi lugar en el mundo

Capítulo 25

En el pueblo, al caer la tarde, veía regresar a mi padre con las ovejas. Día tras día. Año tras año. Pero antes de que su silueta apareciera en la zona del pinar e incluso más allá de los hayedos, me llegaban los balidos de las doscientas o trescientas ovejas, dependiendo de los años; me llegaban los ladrillos de Tirso y de Segura, los perros que teníamos antes; el sonido de los cencerros; todo mezclándose con el canto de las chicharras, si era verano, o el absoluto silencio en invierno. El viento amplificaba o disminuía los sonidos de ese regreso diario y yo calculaba, solo con esas variables, a qué distancia estaba mi padre, cuánto tiempo tardaría en llegar (media hora, tres cuartos) y antes de que apareciera bajando por los riscos, sorteando tomillos, lavandas y linos, yo ya comenzaba a prepararle el baño, la ropa, ponía la mesa mientras mi madre hacía la cena. Daba igual la edad que yo tuviera, ocho o quince años, pero esa rutina no me la quitó nadie. Ni tan siquiera yo la rehuía. Era una de las obligaciones tácitas que se incluían en nuestra reducida familia.

Y él jamás me dio las gracias, ni me sonrió, ni me revolvió el pelo como hacían los padres de las películas americanas de la tele. Y en ese regreso diario, a mi madre la saludaba con un movimiento de cabeza y un sonido gutural, como si en lugar de una mujer, de una esposa, estuviera frente a una oveja. Pero una oveja ajena, porque a las suyas, las del rebaño, las conocía y mantenía con ellas conversaciones, lo cual le llenaba de satisfacción, tal y como contaba de vez en cuando en el bar, con sus amigos. Entonces, incluso se reía. A grandes carcajadas. Mi padre. Inaudito.

A pesar de mi corta edad, yo ya deducía que, tras estar todo el día en el monte, hablando con sus animales, pasando frío o calor, volvía extenuado de palabras y de gestos amables. Lo cual no hacía disminuir nuestras expectativas, las de mi madre y las mías, de que algún día, en algún momento, nos ofreciera unas migajas de ternura o de afecto que, parece ser (eso creímos siempre mi madre y yo) no merecíamos.

Siempre odié a mi padre. Siempre. Por hacernos sentir mínimos, invisibles. Por hablarnos con aspereza. Por gritarnos. Por considerar que nosotros no hacíamos nunca bien las cosas, tal y como deberían hacerse, que era su propio modo de hacerlas, claro, y eso incluía que el agua de la bañera estuviera más caliente o fría de la cuenta, o que no adivináramos cuándo iba a regresar del bar (lo que sí adivinábamos era si venía o no borracho, por la sonrisa boba en la cara. Y era penoso llegar a la conclusión de que, si queríamos verle sonreír, debíamos consentir ese estado de embriaguez), o que el canal de la televisión no diera lo que él quería ver... Y mi madre y yo nos mirábamos en silencio, no sabiendo qué más podíamos hacer para mantenerle contento, para que se le pasara el mal humor. Un mal humor que le nacía en cuanto nos veía. Y nos encogíamos de miedo. Solo recuerdo el miedo en mi infancia. En los ojos de mi madre. En los míos, que lloraban sin que yo pudiera controlarlos, para exasperación de mi padre, que me decía que más me hubiera valido haber nacido niña.

Escupía incluso estando dentro de casa.

Tiraba las colillas al suelo.

La ropa sucia.

No acabé el instituto. Fue el primer acto de rebeldía que recuerdo. Me preparé todo un discurso para enfrentarme a mi padre. Me estudié todas las posibles variables con las que podía atajar los gritos que él me diera. Pero para mi sorpresa, simplemente dijo «Ya me lo veía venir». O tal vez fue «Ya sabía que no serías capaz». No recuerdo exactamente la frase, o si fueron las dos, porque yo ya estaba analizando lo que él quería decir. Analizar lo que realmente decía mi padre. A veces era irónico. A veces, cortante. A veces... Era como si nos pusiera trampas para que cayéramos dentro, como cualquier alimaña del campo, y luego nos acertaba un golpe certero que nos dejaba K.O. Añadió:

—Ya sabía que estabas fingiendo con los libros. A mí no me engañas, no. —Y movió el dedo índice de un lado a otro.

Y es que yo leía novelas y cómics a todas horas. Lo mejor de los amigos siempre ha sido su presencia, sí, pero también los libros que me dejaban o que sacaban de la biblioteca especialmente para mí. Decía mi padre que yo fingía con los libros, qué ocurrencia. Como si con esa frase sanara la herida de su falta de estudios, como si con ello pudiera demostrar al mundo que un hijo, jamás, debería adelantar a un padre. ¡Qué iluso! ¡Pues claro que debe ser así! Cada generación, mejor que la anterior. De eso se trata, ¿no?

Cuando cumplí los trece años, mi padre me obligó a acompañarle a pastorear los fines de semana. Decía que así yo sería un hombre de provecho.

—Tengo que estudiar.

—Y una mierda *pinchá* en un palo —me respondía cada vez que yo le replicaba—. Te llevas los deberes y santas pascuas. O los haces por la noche, no te jode, el niño, con lo que me sale...

Añadía, siempre, como un disco rayado, como un candidato en época electoral que repite una y otra vez su discurso, que ser pastor era un oficio muy digno y que no se me iban a caer los anillos. Ya ves, como si yo en algún momento hubiera dicho que esa era mi ilusión en la vida. Como si en algún momento, de tantos y tantos momentos a solas, allá en el monte, él me hubiera preguntado: «Y dime, hijo, ¿qué quieres ser de mayor?». Porque, claro, yo no le hubiera respondido, henchido de felicidad «¡Pastor, yo quiero ser pastor!».

Si me hubiera preguntado, si se hubiera interesado por lo que yo quería ser, le hubiera dicho que recorrer el mundo, que ese era mi sueño. Trabajar y recorrer el mundo. Conocer gente. Hablar otras lenguas. Eso quería. Imposible contárselo a alguien. Y menos a él, claro.

Yo odiaba la suciedad que incluía el pastoreo (el barro pegado a las suelas de las botas, en la culera del pantalón, el polvo en la ropa, todo lo que se incrustaba en las camisas, en los jerséis, como si fuera yeso y que mi madre lavaba y tendía al sol); odiaba el olor que desprendía mi padre, a tabaco, a sudor, a estiércol, a lana mojada los días de lluvia; odiaba todo lo que él representaba solo porque era de él (el palillo en la boca, el vaivén cuando caminaba, la tos que le provocaba los cigarrillos, los pedos, el hurgarse en la nariz). Y sin embargo, ya entonces no me daba ningún reparo reconocer las cosas que de él admiraba: las caricias que proporcionaba a Tirso y a Segura, y cómo ellos saltaban de alegría ante su presencia. Admiraba la delicadeza con la que ayudaba a las ovejas a parir, por ejemplo, o cómo estaba pendiente de cada una de ellas. De cada una.

Pero la tristeza, o el disgusto, era lo que merodeaba constantemente por nuestra exigua familia, porque él representaba el mundo carcelero de una casa a las afueras del pueblo, donde podía gritar (gritarnos) sin que nadie supiera nada. Nadie sabía de las voces, ni de las palabrotas, ni de las peleas que mantenían mi madre y él. Nadie sabía nada de las tormentas que llovían en aquella vivienda cada vez más vieja, cada vez más oscura, oprimiéndonos hasta dejarnos sin aliento.

Huir. Eso es lo que yo quería hacer.
Huir. Eso es lo que quería hacer mi madre.
Ella lo consiguió. Pero a qué precio.

Yo ya tenía dieciocho años, ya había dejado el instituto, ya me había resignado a ser pastor, porque qué iba a ser, si no... Eso decía mi padre. Que no valía para nada más, me aseguraba día sí y día no. El caso es que yo ya trabajaba con él y ese día volvimos más tarde que de costumbre porque a uno de los corderos le dio por experimentar la libertad y logró burlar incluso la guardia de nuestros perros. Y volvíamos a casa con mi padre renegando, pensando en el agua de la bañera, que ya se habría enfriado; pensando en la cena, «que lo mismo tu madre la ha hecho antes de tiempo y el filete ya estará como suela de esparto»; renegando de ese oficio tan duro, del dolor de sus huesos, de los arañazos en los brazos y en las manos tras haber liberado y rescatado al cordero... Volvimos más tarde que de costumbre y al abrir la puerta nos encontramos a contraluz con mi madre esperándonos, quieta, colgada de la viga del comedor. Tenía un pie descalzo, el derecho. Se le había caído la zapatilla y yacía, bocabajo, en el suelo. La casa olía a limpio, no a comida en la lumbre. En la mesa había un chorizo y un salchichón sobre los que revoloteaban unas moscas. También un cuenco con el pan cortado. Todo sobre el mantel de cuadros. Un par de vasos. La jarra del agua.

Incluso hoy en día, lo primero que me viene a la mente, cuando recuerdo esa escena, es el pie descalzo de mi madre. El juanete del que tanto se quejaba ella, quedaba expuesto, inmenso, retorcido, dando a su pie un aspecto de nudo en el tronco de un árbol.

Mi madre se fue sin despedirse. Sin avisarme. Y es que yo me hubiera ido gustoso con ella. Quizá por eso lo hizo. Por eso quiso irse sola y en silencio, para que yo no la acompañara.

Meses más tarde me llegó el aviso del servicio militar. Estuve en la Marina. En Algeciras. Durante meses fui marinero de oficio repostero. Servía a los oficiales y hacía la instrucción con el resto de compañeros. Recorrimos en el *Juan Sebastián Elcano*, el buque escuela, la costa americana, de sur a norte, hasta llegar al puerto de Seattle, en Washington. Y en ese barco vino el rey cuando aún era príncipe de España. Jamás me hubiera podido imaginar nada semejante. Nunca. Ni en mis mejores días.

Ya no volví a casa.

Quizá mi madre decidió irse por eso. Porque intuyó que, en cuanto yo descubriera la vida, lo que realmente era la vida, que cuando yo pudiera salir de Atalaya de don Pelayo, ya no iba a volver a ese origen de sufrimiento y tristeza. Y se lo agradecí infinitamente. Yo solo habría regresado al pueblo por ella, por no dejarla sola con ese salvaje.

Capítulo 26

Un año atrás, Martina, en el colegio en el que iba a sustituir a una maestra que acababa de dar a luz, conoció a Adela, tutora de quinto. Era una mujer esbelta, de tez blanquísima, con una vitalidad desbordante y sufridora como pocas (siempre atenta a todos los alumnos, a todos los profesores, a su familia, procurando que todo el mundo, el mundo que la rodeaba, tuviera su parcela de bienestar y alegría). Adela era una maestra que le abrió los brazos a Martina en cuanto esta llegó al centro educativo, como si esa tutora fuera la embajadora de un pequeño y próspero país y Martina la presidenta de una gran nación. Y es que Adela estaba encantada con Martina, sobre todo cuando supo que era escritora y comenzó a imaginarse que, a lo mejor, estaba documentándose para una nueva novela. O que quizá comenzaría a documentarse en ese lugar.

«¡Oh, qué ilusión!», eso exclamaba mientras daba palmaditas, como los niños pequeños. Eso se decía porque esperaba, en secreto, poder salir en ella, salir en la historia que Martina tuviera entre manos o en la que pudiera escribir en un futuro. No sabía que tenía todos los puntos para que eso sucediera: Martina no se complicaba la vida en ese sentido y solía meter en sus escritos, sin ningún tipo de filtros, a todos aquellos con los que se cruzaba en su camino. Es el riesgo de aparecer en el camino de un escritor. Por esa razón es mejor tener contacto con el resto de los mortales (conductores de autobuses, camareros, arquitectos, futbolistas, peluqueros o dependientes) y no con un escritor, por supuesto.

Adela caía bien a todo el mundo, también a Martina, que se dejó acoger por ella. Y le gustaba que la llevara y la trajera por los pasillos, las aulas, el patio, la sala de profesores. A quién no le gusta que le traten bien, ¿no? Eso se preguntaba Martina, disfrutando de esa nueva vida, la de tener un trabajo algo más estable que el de la traducción y el de la literatura, la de tener a alguien que la había amparado de una manera tan genuina. Sin embargo, había algo que no le gustaba de Adela: sus conversaciones eran tediosas, repetitivas, insustanciales. Siempre hablando del colegio, de los problemas en el colegio, de los alumnos, de los problemas con los alumnos... Todo giraba en torno a su labor docente, una y otra vez, machacona, y eso a Martina la agotaba pero también le llamaba mucho la atención, porque le daba a entender que Adela no tenía más vida que las lecciones, los exámenes, los claustros y las salidas extraescolares. Pero le daba igual, Martina sonreía y callaba, como si fuera una invitada modélica a una fiesta en la que no conoce a nadie.

Y es que toda su vida había hecho eso: necesitaba esa invitación a la vida de otras personas, que la quisieran así, de una manera auténtica, casi pueril y tierna. Era la necesidad de sentirse amada, le había anunciado su psicóloga. Que todo tenía relación con su infancia, añadió. Y eso le decepcionó a Martina. No eran necesarias veinte sesiones para llegar a esa conclusión, se dijo. Eso lo sabía ella desde un principio. Desde los cinco o seis años, cuando empezó su capacidad para observar la vida.

Así pues, Martina se dejaba arrastrar por todos los amigos y conocidos que Adela le iba presentando. Estaba conmovida y agradecida.

El caso es que Adela, la tutora de quinto, tenía más vida aparte de la escolar, sí. Por ejemplo, tenía un precioso chalé y una familia formada por un par de gemelos apocados que iban a un colegio privado a las afueras de Zaragoza. Tenía un altísimo y elegante marido dermatólogo llamado Mario y un precioso gato siamés con un nombre parecido a Pisa o Visa o Visnú. Y Adela no tardó nada en llevar a Martina a ese hogar y presentarla como su nueva amiga. Una amiga que además era escritora y que le iba a firmar los ejemplares que acababa de comprar y que correspondían a las tres novelas más subidas de tono que había escrito Martina hasta la fecha.

—Mejor déjalas fuera del alcance de los niños —le aconsejó esa tarde a Adela—. Mi hermana lo hace. Las deja dentro de un armario y lo cierra con llave.

Y no pudo fingir su rubor.

Martina y el marido de Adela se cayeron bien. Claro, por qué no, los dos eran simpáticos, bromistas y no temían mirar a los ojos de los demás ni, por supuesto, a los ojos de ellos mismos. Mario tenía una peculiaridad que a Martina le llamó mucho la atención: cuando hablaba, cuando Mario hablaba, tocaba a su interlocutor. Así, cuando hablaba con ella, le tocaba el brazo mientras reían. El hombro. La cintura. Ella se preguntó si también tocaría, de esa manera, a las compañeras del centro de salud donde trabajaba. Si tocaría a otros compañeros, independientemente del sexo, independientemente de si también eran dermatólogos, como él. Sí, Martina se dijo que sí, que también los tocaría y además sin doble intención, porque Mario parecía necesitar ese contacto cuando hablaba.

Era algo natural en él, como la sonrisa, la gran sonrisa de dientes perfectos que mostraba en todo momento.

Y la calma.

Y ese aspecto limpio, de recién duchado, cada vez que le veía, cada vez que le tenía al lado.

El abundante cabello peinado hacia atrás.

La camisa siempre recién planchada y los pantalones de colores llamativos (verde aceituna, azul eléctrico, marrón glacé).

Y luego, en su casa, ya a solas, Martina suspiraba cuando le llegaba un pensamiento con el nombre de Mario en mayúsculas. Y sonreía, también se pillaba a sí misma sonriendo cuando pensaba en él, recordando conversaciones o gestos. Fue el mejor antídoto para salir de la gran depresión en la que ella estaba sumergida tras el fatal y mortal accidente de su hijo Marcos. Antídoto, que no recuperación.

Que un nefasto día Adela invitara a su casa a Martina, junto con otros amigos, a una barbacoa en el jardín, que ese infortunado día, mientras todos estaban fuera estirados en las hamacas o en el balancín, disfrutando de bebidas heladas que necesitaban continuamente cubitos de hielo, que ese nefasto día Adela descubriera a Martina y a Mario en la despensa, besándose a lengüetazos, con las manos dentro de las respectivas camisas, dentro de los respectivos pantalones, eso, no estaba previsto. Es decir, no estaba previsto nada de lo que había acontecido hasta que llegó ese momento vergonzoso. Así, no estaba previsto que Martina se quedara rezagada en la cocina, llenando la cubitera. No estaba previsto que Adela enviara a su marido a la cocina, por si Martina necesitaba ayuda.

—¿Necesitas ayuda? —le preguntó él en el vano de la puerta, riéndose a continuación porque, del susto por esa aparición repentina, a Martina se le habían caído los cubitos al suelo.

Al agacharse para recogerlos, Martina resbaló de la manera más tonta y necesitó de la mano de Mario, de su fuerza, para levantarse. Las carcajadas aparecieron, sin más, como parte del ritual.

En verdad fue algo no previsto (bueno, quién sabe. A Martina le gustaba el contacto de Mario y a este le gustaba Martina, eso le dijo, cuando la llevó a la despensa y le cogió la cara con las dos manos, mirándola fijamente mientras se lo decía: «Me gustas mucho, Martina. Mucho». Y no había que ser muy astuto para intuir que los besos llegarían a continuación. Los bocados. Ambos estaban hambrientos, parece ser). Vale, es posible que nadie hubiera previsto nada, ni la escena del hielo, ni el resbalón, ni que Mario la cogiera de la mano para ayudarla a levantarse del suelo. Tampoco estaba previsto dejar el brazo en la cintura de ella, ni el abrazo que vino después, ni la sorpresa por acabar dentro de la despensa, tan grande como para engullirlos y no permitir oír los pasos apresurados de Adela, que venía a ver si se habían encontrado con algún problema.

La excitación de Martina por lo que estaba ocurriendo con Mario, eso sí que fue sorprendente, sobre todo porque, desde que no estaba Marcos, su vida no tenía ningún aliciente, eso se repetía cada noche y cada día cuando se despertaba. Algo, eso de la falta de aliciente, que nunca comentó con nadie, ni tan siquiera a esos buenos samaritanos que le preguntaban, cortésmente, «¿cómo te encuentras?», pero que rehuían cualquier respuesta. Ya se sabe que alguien con luto, con el duelo encima, es una bomba de relojería, porque nunca sabes cuándo puede estallar. Y de qué manera puede estallar. No, nadie quiere encontrarse con ese estallido. Qué hacer con las manos. Cómo recoger el llanto. Cómo esconderse.

O tal vez no fue algo sorprendente, pues Martina siempre esperaba encontrarse con Mario en cualquier visita a su casa. Olerle al darse el beso de bienvenida, el de la despedida (seguía oliendo igual de bien, aunque hubieran pasado horas). Fundirse con sus manos (solo se imaginaba eso, que se tomaban de las manos, que se enlazaban sus dedos, que se miraban fijamente a los ojos), porque las manos de Mario eran unas manos-sauna, manos-horno, dispuestas a calentar a cualquier friolero (no, Martina ya no pensaba, como años atrás, que las manos calientes indicaran otra cosa que calor, afabilidad, una energía desbordante). ¿Adela nunca sospechó nada? Pues parece ser que no. Como salvadora del mundo, al menos del mundo que la rodeaba, nunca llegó a pensar que su marido y su nueva amiga pudieran caer en una tentación semejante. Tentación, así lo denominó, cuando pudo articular palabra.

Los que sí intuyeron que ocurría algo raro entre ellas dos fueron los compañeros del colegio, cuando ambas volvieron a clase al día siguiente. Esos compañeros se dieron cuenta de que algo grave había ocurrido ese fin de semana, pues ellas ya no se dirigían la palabra, ni se miraban, y si una estaba en la sala de profesores, la otra giraba sobre sus talones y desaparecía, sin más. Cuando las tenían frente a frente, y por separado, las dos se sorprendían de la pregunta y respondían, con falsa sorpresa:

—Oh, nada, no pasa nada, ¿qué va a pasar?

Y sin embargo, a nadie le extrañó no volver a ver a Martina una semana más tarde. Se había acabado su sustitución. Había regresado la maestra que había sido madre dieciséis semanas atrás y que ahora enseñaba a todo el mundo, cada dos por tres, las fotos que había hecho a su bebé con el móvil. La vida continuaba. Como siempre. Y una vida tapaba a otra y así sucesivamente.

Capítulo 27

Hacía años, quizá un miércoles del mes de junio, Martina recibió una llamada de Felipe. Vio aparecer su nombre en la pantalla del teléfono móvil y el corazón le dio un vuelco. La llamaba Felipe. ¡Felipe! Tras seis meses de ausencia para intentar salvar su relación, llamaba por teléfono. Eso le dijo él, que era para salvarla. Eso quiso creer ella, temiendo que se fuera para siempre y, a la vez, que no se fuera para siempre y acabara regresando. Porque, ¿cuántas veces había fantaseado con esa idea, la de estar sin Felipe, la de dejar de discutir, de odiarse, de gritarse tantas barbaridades como se gritaban? Muchas, muchísimas veces dando rienda suelta a insultos que no se atrevía a decirle (gritarle) a la cara y que ella ensayaba cuando Felipe no estaba presente (le hablaba al espejo del baño, escupía a ese espejo, queriendo romperlo en mil pedazos). A Martina comenzó a darle miedo esa furia que cada vez se tomaba más libertades. Una furia con vida propia, que anulaba su raciocinio. Nunca se planteó que era cosa de la bebida, del alcohol, sino que siempre le echó la culpa a su madre, a la falta de paciencia de su madre, a la mala leche que le había trasmitido desde bien pequeña. Lo repetía tantas veces que acabó creyéndoselo, como si eso fuera cierto. Como si los seres humanos no tuviéramos la suficiente fuerza para cambiar nuestro carácter. Claro, es preferible echar la culpa a los demás. Ya lo sabemos.

Felipe llamó por teléfono a Martina y mantuvieron una conversación calmada, como si realmente se alegraran de oír sus respectivas voces, como si realmente se alegraran de saber el uno del otro. Felipe preguntó por Marcos y ella pasó por alto que, en ese tiempo de separación, nunca se había interesado por él, ni por su estado de salud ni por sus estudios, como si no existiera ese hijo que ya contaba cinco años. Claro que tampoco él se olvidó un solo mes de pasar su manutención.

Cielos, qué mal sonaba. Manutención.

Era como si le pagara por haber tenido un hijo con él y el hijo, Marcos, se hubiera convertido solo en un tema económico, una transacción bancaria. Sin embargo, cómo pagar algo así, algo que no tenía precio. Porque Felipe no estaba en la rehabilitación diaria de Marcos, ni en sus idas y venidas al colegio, ni en las conversaciones que mantenían ella y él, conversaciones que no parecían venir de un niño sino de un ángel, eso pensaba Martina. No, el padre no sabía nada de ese hijo. En esos seis meses de abandono del hogar, nada. Y eso le obligaba a ella a no huir, a quedarse en ese lugar, en ese espacio. Él sí pudo hacerlo, pudo alejarse de ese lugar, de su hijo, y a ella le parecía del todo injusto. En su interior, la envidia bailaba con la ira y ambas la convertían, en ocasiones, en un ser irracional.

Martina y Felipe mantuvieron una conversación telefónica como las de antaño, como cuando todo parecía ir bien entre ellos. Incluso hubo risas, aunque ninguno de los dos quería deducir que era porque ponían un buen empeño en ello, tanto en reír como en aparentar que eran seres civilizados. Muy civilizados.

—¿Nos vemos? —preguntó Felipe—. Pasaré por Zaragoza la semana que viene. Voy en Ave de Madrid a Barcelona. Puedo bajarme en Delicias y coger el tren siguiente para Sants. ¿Qué me dices?

Y Martina le dijo que sí. Se calló que iría con Marcos, pues pensó que al niño le sentaría bien ver a su padre, le acallaría tantas preguntas como le hacía al respecto. Las preguntas de su ausencia «¿Dónde está? ¿Cuándo vuelve? ¿Ya es sábado?». Y en ese encuentro, los tres estuvieron como en lugares distantes, no en esa cafetería de la estación, sino mucho más lejos. Ella quiso llegar a la conclusión de que había sido una reunión productiva y positiva. Y Felipe, antes de subir al tren, le pidió volver a verse, esta vez sin el niño delante, esta vez con más tiempo y en un hotel.

—¿En un hotel? —Y Martina soltó una carcajada que le nació no sabía si desde el descaro o desde la incredulidad.

—Claro, ¿por qué no, princesa? —Una pregunta que a ella le llenó de esperanza, que no hay nada más esperanzador que el ser amado (sobre todo el ser amado que no te hace ni puto caso, pensó en algún momento) te dedique unos minutos de dulzura.

—Claro, por qué no.

Y ese tipo de citas, en la estación, en un hotel, en la nueva vivienda que ahora ella había alquilado en la mismísima y ruidosa Zaragoza, se fueron repitiendo tres o cuatro veces al año, incluso cuando Martina ya sabía que Felipe salía con otras mujeres en Madrid o en Barcelona, una ciudad que acabó convirtiéndose en su nuevo lugar de residencia. Ambos se veían, almorzaban y mantenían relaciones sexuales incluso cuando en el pensamiento de Felipe no estaba el verbo volver: volver a Zaragoza. Volver con ella y con Marcos. «Volver a tus brazos otra vez», como en la canción.

Pero durante esos años, siempre que Felipe le dijo «ven», ella lo dejó todo, también como en la canción.

—No sabemos irnos —él le comentó un día, susurrándoselo al oído, en la almohada del nuevo piso de alquiler de Martina.

Felipe le apartó un mechón de la cara, se lo puso tras una oreja. Un gesto infinitamente repetido a lo largo de su intermitente relación. Luego, la besó en los labios, de una manera tan tierna que Martina no pudo sino creerse todo lo que le estaba contando. No pudo sino encender, de nuevo, su esperanza, la misma esperanza que encendía y apagaba cada dos por tres. Era para volverse loca.

—Al menos, yo no sé irme —añadió Felipe. Y volvió a besarla.

Y qué iba a hacer ella. Pues creérselo, claro. Menuda ilusa.

Capítulo 28

De vez en cuando, cuando vivía en Zaragoza, me gustaba invitar a toda mi familia a merendar en casa. Recuerdo una tarde concretamente, cuando aún Felipe y yo estábamos juntos, cuando aún vivíamos en la zona residencial con piscina y pista de pádel, cuando aún no nos habíamos separado. No definitivamente, me refiero, porque en aquella época él iba y venía a Madrid, a los estudios televisivos, pero siempre regresaba a Zaragoza, a nuestro hogar, con nuestro hijo, conmigo. Ni se me pasaba por la cabeza que todas esas idas y venidas ya significaban una separación en toda regla. No hay más ciego que el que no quiere ver.

Una de las cosas que me llamaban la atención es que a mí me venía bien eso de no vernos cada día, eso de no encontrarnos en el baño, en la cocina, en el pasillo, compartiendo sofá y cama. De veras, había días que no le aguantaba, que me hubiera gustado insultarle, hablarle a gritos, empujarle a otro lado. Había días que no soportaba que entrara donde yo estaba (la cocina, el estudio, el salón), que enturbiara mi estado de concentración, bien porque estaba cocinando, bien porque estaba escribiendo, bien porque simplemente yo estaba viendo la tele o leyendo un libro. Tomando una copa. Navegando por internet. Entonces, él entraba en ese mismo espacio en el que yo me encontraba y me mordía la lengua para no preguntarle «¿Qué coño quieres?». O tal vez un «¿Quieres largarte de una puta vez?».

De veras que había días que sí que quería eso, que se largara. O largarme yo. Hacía siglos que no huía porque estaba anclada en esa vida de mujer casada que en verdad no estaba casada. ¿Dónde está el anillo? Y me miraba los dedos. ¿Dónde un certificado que indique que él y yo formamos un núcleo familiar, eh? ¿Y qué pasará con Marcos si nos separamos?, me preguntaba. Pues nada, con Marcos pasó lo que de todas maneras iba a pasar: se quedó conmigo. Un hijo y una madre, en el mismo lote. Felipe ni me propuso nada a medias. Ni tan siquiera el socorrido «yo me quedo con el niño cada dos fines de semana». Nada. Y luego, cuando ya no éramos pareja, eso de que me llamara por teléfono, eso de tener citas con él, me resultaba una maravilla, porque sentía que seguía gustándole, porque me consideraba una afortunada, porque eran horas en las que no discutíamos y en las que nos llevábamos como dos perfectos amantes. Nos convertíamos en ciegos que no querían ver. Al menos, yo.

Como iba diciendo, de vez en cuando invitaba a toda mi familia a merendar en casa. Café con pastas. Helado para los niños. De vez en cuando hacíamos eso de reunirnos, de ser una familia. Mi hermana y yo nos íbamos turnando en esa invitación y pocas veces lo hacíamos en casa de mis padres, porque mi madre siempre decía que estaba muy cansada, que éramos muchos, que ya no tenía servicio doméstico desde que se jubiló Herminia, cuando en verdad estaba diciendo que no aguantaba a los tres hijos de mi hermana. Bueno, eso entendía yo, claro. Al menos, yo no los aguantaba. Pero Amparo sí que creía que mi madre decía la verdad, que sí, que estaba cansada tras toda la semana de programa radiofónico y mucho madrugar.

Vale, me lo creía, pero también intuía que mi madre no aguantaba a esos nietos libres, sin normas, que se sentaban con los zapatos encima de la tapicería recién cambiada, un color burdeos que no guardó ni dos semanas su estado impoluto. Tres niños a los que no les gustaba la comida que ella, la abuela, pudiera preparar (el tomate o el queso, las sopas o la crema, los guisantes o todo lo que fuera de color verde; nada que llevara cebolla o ajo, nada que hubiera nacido de un árbol, nada que fuera completamente blanco) y a los que mi madre no quería enfrentarse. A lo mejor era cosa del cansancio vital, claro. Ni tan siquiera les decía que bajaran los pies de las sillas, o que no corrieran por el pasillo, que no gritaran, sobre todo eso, que no gritaran, que le iban a estallar los tímpanos, que qué iban a decir los vecinos, que... A mi hijo sí se lo dijo cuando era pequeño, y eso que casi se mimetizaba con los muebles o con el propio silencio.

Por eso me sorprendía tanto que, con sus otros

nietos, los tres hijos de mi hermana, hubiera tanta manga ancha. Prefería pensar que se hacía vieja. Sí, debía de ser eso. Sin embargo, a pesar de que mi madre no decía nada, su cara era un poema (labios contraídos, ojos desorbitados, suspiros exagerados) y era mi padre el que hacía un gesto con la cabeza a Amparo y esta inspiraba aire con teatralidad, poniendo los ojos en blanco, y llamaba la atención a su marido (cielos, qué pusilánime era su marido), el cual decía a los niños:

—Tesoros —odio a los que mullen las palabras como si fueran almohadas, poniendo un acento cargado de almíbar. Me induce al vómito, tanto dulzor—, fijaos en el primo, tan quietecito. Anda, coged un libro, como él.

Y Marcos levantaba la mirada del libro que ese día estuviera leyendo y por unos segundos rebobinaba para saber qué es lo que había ocurrido. Y no decía nada. Nunca decía nada. Mi hijo, a sus cinco años, vivía en un mundo en el que no tenía cabida nadie más, ni tan siquiera yo.

Para romper la tensión de esa tarde, mi padre habló de su nuevo barco, que tenía nueve metros de eslora, que se llamaba *Stella del Carmen*, como la hija de Antonio Banderas, y que estaba amarrado en su amado puerto de Sitges, como buen catalán. Y mi madre, luego, para continuar rompiendo tensiones, decidió hablar de mí:

—¿Te has enterado? ¡Tu hermana ha publicado una nueva novela!

Y Amparo dijo, con una voz aplatanada:

—Ya lo vi en Facebook.

Ella, que cuenta en las redes sociales adónde va, que cuelga el último video de sus bailes de *Lindy Hop* o las fotos de los platos gastronómicos que está a punto de engullir, ella, seguidora fiel de otras personas que explican lo mismo (adónde van de viaje, los kilómetros que corren o con quién han bailado esa tarde, los platos que devoran o los martinis que se toman al lado de una piscina), se mostró incapaz de alegrarse por mis logros. Por mi séptimo libro, *Cuéntame adónde fue la noche*. De hecho, nunca había demostrado alegría por mis publicaciones y, a pesar de que se las he regalado todas, ella siempre las ha ido dejando en un lugar oculto de su estantería, dentro del mueble bar, por ejemplo, o en el zapatero, pero siempre fuera del alcance de los ojos y de las ganas de leer, como si mis libros fueran un producto reactivo o altamente contaminante.

—Es que hay mucho sexo —me dijo un día, bajando mucho la voz, poniéndose la mano ante los labios. Y con una mirada dura, añadió—: Y un vocabulario soez.

—¡Coño! —le solté, divertida.

Miré a mi hermana y la vi como una extraña. Como siempre, una extraña, pero cada vez más alejada, más diferente, más en las antípodas de la que a mí me gustaría tener como hermana. Bueno, seguro que ella pensaba y piensa lo mismo de mí.

El caso es que, tras ese comentario, mi intuición me indicó que se había visto reconocida en algún personaje. Sí, eso es lo que tenía que haber sucedido. Y no sabía si temer su reacción o reírme, directamente. Es que es un filón, mi hermana. Una auténtica tentación para presentarla al mundo. Pero yo, sus libros, los libros infantiles que ilustra para otros escritores, los tengo en una repisa exclusiva para ellos y los muestro al mundo virtual cada vez que nacen, para que todos sepan de su existencia y propios y extraños le den al «Me gusta» o al «Me encanta». «Me divierte». Para que todos sepan lo orgullosa que estoy de ella, de mi hermana pequeña. Mi única hermana.

En verdad, Amparo y yo parecemos dos extrañas a las que un día decidieron poner juntas en el mismo hogar, en una misma habitación, como un par de hámsteres en una jaula, como un par de carretes de hilo en un costurero desordenado. Compartir ese lugar caótico hasta que la mayor, yo, decidió irse de casa, una y otra vez. Huir. Por qué no. Siempre lo he hecho. Continuo haciéndolo. Romper. Salir. Comenzar de nuevo. Una y otra vez, desde cero.

—Pero, ¿qué vas a enseñarle tú a los demás? —Eso me preguntó Amparo tiempo atrás, cuando le comenté por teléfono que había decidido volver a las aulas. Volver a ejercer como maestra de primaria.

Eso me preguntó y yo no le respondí, simplemente colgué el teléfono, hastiada. Era una pregunta que llevaba incluida una información excesiva que no estaba dispuesta a desgranar por el colosal desgaste mental que llevaba implícito.

Me di cuenta de que ella no sabía nada de mi vida. De que yo no sabía nada de la suya. Tristeza y hartazgo, eso sentí. Solo compartíamos los apellidos. Ni tan siquiera nos parecíamos físicamente.

Capítulo 29

Hoy ha muerto la madre de Felipe. O ayer. Tal vez anteayer. Desconozco la fecha exacta. Acabo de saberlo por Facebook. Hacía tiempo que no tenía noticias de él, de Felipe, porque tengo desactivada la función de seguirle y ya no veo sus noticias. Total, para ver más fotos de sus hijastros perfectos, de su mujer perfecta, de su terraza perfecta en Pedralbes, de los cultivos biológicos y perfectos en esa terraza perfecta, de las pajaritas que lleva al cuello en cada programa televisivo en el que participa, de sus... Sí, ya, es envidia, lo reconozco. Envidia envuelta en un sutil dolor al ver que le va bien en una vida que siempre quise tener con él y en la que no existo porque otra ocupa mi lugar.

Pues eso, que hacía tiempo que no sabía de Felipe y me fui a cotillear su muro de Facebook y allí me encontré con mensajes de condolencia de amigos que se habían enterado de la muerte de su madre.

Su madre. Doña Mercedes Mendoza de Schäfer,

perteneciente a una familia acomodada argentina, como su marido, fallecido veinte años atrás. Ambos llegaron a España en los años sesenta y aquí nacieron sus cuatro hijos, todos estupendos, de esos que en su juventud no solo eran altos, atléticos, guapos y rubios, sino que vestían como aristócratas (según pude ver en el álbum familiar, cuando él y yo éramos él y yo). En aquella época, ellos se movían por el mundo con polos Lacoste y gorras con visera y, mientras unos iban con la raqueta al hombro a jugar partidos en canchas privadas, otros se colgaban los palos de golf para hacer unos hoyos en Marbella, por ejemplo, durante sus vacaciones interminables. O bien se ponían polo, botas altas y casco para montar a caballo. O remos, porque también remaban. Y cuando no estaban enfrascados en algún deporte, acababan sus respectivas carreras en distintas facultades (Periodismo, Derecho, Arquitectura y Urbanismo e Ingeniería Industrial) y dejaban de utilizar polos y gorras viseras para pasar a vestir traje y corbata. Oportunidades. Dinero. Era una familia modelo.

Felipe es el menor de sus hermanos. Cuando él y yo éramos pareja, su madre nunca quiso recibirme en su piso de la Castellana de Madrid (tampoco me invitó, nunca, a veranear al de Marbella. Eso del veraneo es lo que hacían todos ellos cuando eran pequeños, o adolescentes, aprovechando las vacaciones escolares. Veraneaban, practicaban sus deportes y volvían con la piel bronceada y con el cabello casi albino). Según Felipe, si su madre no me recibía era porque aún se estaba recuperando de la noticia de su separación. Al fin y al cabo, me comentó, él y su ex llevaban juntos toda la vida y claro, eso de la ruptura costaba de asimilar a una persona de la edad de su madre y de su extrema religiosidad.

Que tuviera paciencia, siempre me decía.

Así pues, cuando íbamos a Madrid, yo me quedaba esperando en el coche mientras duraba su visita al hogar familiar o bien yo hacía tiempo en el portal si solo era un momento (subir y bajar a por unas llaves, a por unos libros, a por cualquier cosa). En la cafetería de enfrente, también le esperaba allí, leyendo una revista, un libro, tomando notas. Y me sentía como una adolescente que ya pasaba de los treinta años. No me pegaba mucho, la verdad, y en ocasiones me daba incluso algo de vergüenza, porque podía parecer cualquier otra cosa, yo esperando en la calle, sola, mirando a un lado y a otro. A él le daba igual si era de día o de noche, si hacía frío o achicharraba el sol. Le daba igual si mi embarazo era cada vez más evidente.

No, no me gustaba sentir que no me aceptaban en esa familia, pero nunca se me pasó por la cabeza que fuera Felipe el que no quería presentarme a su madre, sino que siempre consideré que ella era la mala de la película y que esa elegante mujer mayor que él me mostraba en fotos familiares realizadas en el gran salón de su casa junto a sus hijos, sus nueras, sus nietos, todos vestidos con sus mejores galas, sus mejores joyas y sus mejores sonrisas, fotos de bodas, bautizos y otras celebraciones, dignas de portadas de las revistas del corazón, esa mujer, doña Mercedes, la de los grandes collares de perlas, la de enormes pechos, la del perfecto peinado y de labios rojos, esa mujer, era una auténtica arpía.

Resultó que no, que no lo era, porque cuando ella vino a Zaragoza a conocer a Marcos, meses después de su nacimiento, me reprendió por no haber ido nunca a visitarla:

—Hija, qué te costaba pasar a decir hola. Solo un hola y un adiós. Dime, ¿qué te habría costado?

El carraspeo de Felipe en ese momento y la descomunal bronca que él y yo tuvimos después aclaró el tema.

Y de todo eso me he acordado hoy, al enterarme de su muerte. He llamado a Felipe para decirle cuánto lo siento (puro formalismo, ya, porque no llegué a conocerla de verdad, ni a quererla como todo el mundo la quería. Siempre hubo entre nosotras una pared. Una pared llamada Felipe). Ha saltado el contestador del móvil y le he dejado un mensaje de voz. Poco después, él me ha respondido con un escueto *wasap* en el que me mandaba un gran beso. Sigo sin saber de qué ha muerto su madre (de vieja, supongo). Sigo sorprendiéndome de no sentir ya nada por Felipe, ni siquiera dolor por esa pérdida que él acaba de tener. Yo perdí un hijo que también era el suyo y el dolor de la pérdida lo llevé yo sola.

Lo sigo llevando yo sola.

No hay que olvidar a los muertos, sus nombres, su recuerdo. Ese es el fin de todos los finales: que ya no nos recuerden. Por esa razón hay muchos vivos que viven como muertos porque nadie los tiene en cuenta. Nadie recuerda sus nombres, su vida, ni tampoco que un día fueron niños, ni que tuvieron sueños, ni que amaron... Ni siquiera ellos mismos recuerdan que hubo un tiempo que alguien los amó. Cosas así me cuentan, o me contaban, lo espíritus con los que me he ido encontrando a lo largo de los años. Ya no, ya eso no me pasa, porque la medicación que comencé a tomar en el hospital tras aquel brote psicótico borró todo rastro de mis alucinaciones (eso me dijeron, que eran alucinaciones) y en su lugar, en el lugar que ocupaban esos espíritus, quedó un arsenal informativo sobre mí misma, con consejos como que debía abandonar el alcohol urgentemente y que, aparte de aquellas pastillitas, necesitaba psicoterapia y rehabilitación profesional. Estuve diez días ingresada antes de que consideraran que estaba estabilizada y preparada para volver a la vida que me esperaba fuera del hospital.

Por todo ello, me da miedo convertirme, algún día, en un ser de estos, en un muerto viviente. Me da miedo que nadie me recuerde o que mi paso por la vida no haya dejado buenos recuerdos en la vida de los demás. Sobre todo si continúo enemistándome con todo el mundo. A esa conclusión acabo de llegar tras leer una noticia en el diario digital: en no sé qué lugar de Madrid (¿en Fuenlabrada?) han encontrado a una mujer de cincuenta años muerta en el sofá. ¡Muerta desde hacía dos años! Se ve que un familiar preguntó por ella y se descubrió todo. Se ve que no se llevaba bien con ningún vecino.

No quiero acabar como esa mujer a la que nadie ha echado de menos. Un ser al que nadie quería, esa es la verdad que subyace en esa triste historia.

Yo debería ser más sociable, practicar la amabilidad, ser agradecida... todo aquello de lo que me hablaba la psicóloga. Vine a este pueblo para pasar desapercibida, para comenzar una vida nueva. Pero me resulta imposible. Creo que todo lo que no has resuelto en el pasado, acaba encontrándote. Igual que la muerte. Igual.

La muerte de mi hijo Marcos y los comentarios de algunos allegados y amigos, que consideraron que, dentro de lo que cabía (eso me dijeron) era lo mejor que podía haber pasado (¿lo mejor?) hicieron que yo estallara, mandándolos a tomar por culo. Literal. Claro, se referían al sufrimiento que mi hijo podría haber tenido en el futuro y que, gracias (¿gracias?) a ese lamentable accidente pudo ahorrarse (¿ahorrarse?). Fueron esos comentarios los que me hicieron cortar todos los lazos amistosos que mantenía con esas personas. Personas que me habían resultado muy queridas y que durante mucho tiempo, años y años, me habían acompañado en la vida. Se fueron volando (dejé que se fueran), como globos de gas. No quise volver a saber de ellos. Ahora los echo de menos. A todos.

Capítulo 30

—¿Que cuándo comencé a ver espíritus? ¡Qué sé yo! Era tan niña que creía que las luces de colores eran normales. Vamos, que todo el mundo las veía. Vivíamos en Madrid y supongo que yo tendría cinco o seis años, porque mi hermana Amparo aún era un bebé. Un día se lo pregunté a Herminia mientras planchaba.

—¿Quién es Herminia? —me pregunta Ricardo.

Está preparándose un café con leche. Echa una cucharadita de azúcar en la taza. Tiene unas manos enormes, tanto que parece que la cucharilla, en sus dedos, es apenas un palillo. Remueve y me mira. Qué ojos. Qué color tan azul. Qué transparencia de mirada…

—La niñera que nos cuidaba en Madrid —contesto—. Se ocupaba de la casa y de nosotras, de mi hermana y de mí. Estaba interna. Y Amparo durmió en su habitación hasta que comenzó a compartir la mía.

—¿La querías? —Y me pasa la última galleta que queda en el plato.

—¿A quién?

—A Herminia.

—Sí, claro, estaba siempre conmigo. Murió hace un mes.

—Vaya, lo siento.

Guardo silencio un breve instante y continúo:

—Así que un día, mientras ella planchaba en la cocina, le pregunté si le gustaban sus colores. Pasábamos mucho tiempo allí, en la cocina. Ella me sentaba a la mesa, me daba un beso, me ofrecía unos cuadernos y una caja de colores y yo no hacía otra cosa que dibujar y observarla mientras preparaba las distintas comidas o cuando fregaba, o cuando ordenaba la despensa. En aquellos tiempos yo quería ser como ella. Ser cocinera. Planchadora. Oler como ella, a lavanda. A veces, a cebolla.

Y Ricardo me sonríe. No deja de mirarme y de sonreír. Me escucha con todos los sentidos abiertos. Como si también estuviera allí, en lo que le estoy contando.

—Y Herminia me preguntó «¿qué colores?», y se miró su ropa, toda de color negro. Siempre iba de negro, de la cabeza a los pies: el jersey o la camisa, la falda, las medias, los zapatos, el bolso, el pañuelo que se anudaba al cuello cuando salía a comprar. Solo el delantal era de color blanco. Un blanco puro, sin una mancha.

Me dijo:

—Es un color como otro cualquiera. Es negro. Un color.

—No, no el de tu ropa, sino esos —y señalé con el dedo las burbujas de color amarillo y verde que flotaban por encima de su cabeza—. Los colores que vuelan encima de ti. Son globos, ¿no?

Ella miró hacia arriba, con la boca abierta.

—No veo nada. —Desconectó la plancha y la dejó encima de la tabla. Cogió un cesto con la ropa planchada y me ordenó—: Anda, vete a ver a tu hermana a la cuna, que creo que se ha despertado.

Cuando mi madre llegó por la noche de la emisora, le dijo que yo veía chiribitas:

—Creo que la niña ve chiribitas, señora. Algo le pasa en los ojos. —Y me miró con algo de pena. Que también podía ser miedo.

Y mi madre me llevó, días después, a la consulta de un oftalmólogo amigo de la familia. Un doctor muy gordo que respiraba con ruido y que olía a jabón Heno de Pravia.

—¿Y cómo es que recuerdas tantos detalles? —me pregunta Ricardo—. ¡Eras muy pequeña!

Me lo pregunta apoyando la cabeza en la mano. El codo, encima de la mesa. El café, ya consumido. Yo no me atrevo a moverme, soy una estatua, pues estoy en pijama y no llevo ni sujetador. Desde que estoy en este pueblo, en casa voy con pijamas de felpa, bien calentitos. Hoy, como es sábado, llevo todo el santo día así, sin vestirme. Y cuando hace media hora oí que llamaban a la puerta, no me dio tiempo ni a levantarme del sofá, pues Ricardo ya había abierto la puerta y había entrado diciendo buenas tardes, la sonrisa enorme, preguntando si le invitaba a tomar un café, que venía de encerrar a las ovejas y...

Aquí estamos los dos, en la cocina, yo en pijama

(el mismo con el que dormí anoche. Y anteanoche. Toda la semana con el mismo pijama. Mi cuerpo, oliendo a sudor, que hoy no ha visto el agua) y él con su chaleco, con esa barba larga y bien cortada, con ese flequillo que de vez en cuando se echa hacia atrás. Y con sus ojos azules, interesándose por todo lo que le cuento. Cosas que nunca le ha contado a nadie. Jamás.

—Tengo recuerdos incluso de cuando tenía dos años, de cuando iba a ver a mi abuela a su piso de Zaragoza…

—¿En serio?

—Sí. A mi madre le cuesta creer que yo recuerde cosas así, pero es que incluso me acuerdo de cómo era el comedor de la abuela, de las figuritas de cobre, las de porcelana. Me las dejaba para jugar. Y lo recuerdo todo, hasta el olor de su colonia.

—Eso es que eres un alma vieja. —Y lo dice levantándose para abrir la alacena y sacar un paquete de galletas de chocolate, que abre, que me ofrece.

Ricardo está en mi casa y hace de anfitrión, como si viviera ahí, como si conociera cada rincón y él hubiera guardado el paquete de galletas, o el café, o la leche… Ha sido él el que ha preparado la cafetera, el que ha calentado la leche en el microondas, el que ha abierto el armario correcto para sacar las tazas.

—Mi niñera también me dijo eso.

—¿El qué? — Ricardo vuelve a sentarse.

En la barba se le han quedado unos trocitos de galleta, nada, solo polvillo, pero me inclino hacia delante y con la mano le limpio, con un gesto que no entiendo, porque nunca he hecho eso de tocar la barba a un hombre. Un hombre al que apenas conozco pero que está en mi cocina tomando un café a las ocho de la tarde en este domingo. Alguien al que le estoy contando un secreto enorme. Que se lo crea o no llevará implícito si me cataloga de loca o me pone cualquier otra etiqueta, como hicieron los médicos del hospital cuando me ingresaron. Es un riesgo muy grande y lo sé.

—Lo que acabas de decirme tú, eso de que soy un alma vieja. Herminia me lo dijo, también. —Y me acomodo en la silla, intentando no mirarle. Por eso llevo mis ojos a un lado y a otro, pero no a él. Me fijo en la ventana con cortinas floreadas, con el mismo estampado que tienen los cojines del sofá y la tapicería de las sillas. ¡Qué horror de decoración! Miro a un lado y a otro lado para no encontrarme con la barba de Ricardo, ni con sus ojos azules, ni con ese flequillo que pide que alguien se lo retire con los dedos, hacia atrás.

—Claro, eso salta a la vista. Para llegar a lo que eres en estos momentos, has tenido que vivir mucho. Otras vidas, me refiero.

Y me ofrece una sonrisa enorme, como si realmente se lo creyera. Yo quiero creerle.

Que tres minutos después de esa frase ambos estemos en mi cama, jadeando como si nos faltara el aire, o el agua, o cualquier elemento útil para seguir viviendo, eso, no deja de asombrarme. Y que no nos levantemos ni para cenar, eso, no sé cómo catalogarlo. Porque yo, si estuviera escribiendo una novela, diría: «Entre follar, hablar y dormir se nos pasa el tiempo volando». O algo por el estilo. Y ni por un momento se me ha colado la preocupación o la vergüenza por no estar presentable o por no tener las piernas depiladas. Ni siquiera me sonrojo cuando me doy cuenta de la inmensa selva que protege mi sexo. Nada, no me importa nada. Pura comodidad siento. Pura libertad. Y a Ricardo tampoco le importa, pues tiene una lengua libertina que se va abriendo paso entre esa espesura para llegar a donde quiere. A donde yo quiero que llegue.

Mi pastor se va al amanecer: sus ovejas le necesitan. Para él comienza un nuevo día. Y para mí. Un día festivo que paso a base de café para mantenerme despierta. Estoy tocando el enamoramiento con la punta de mis dedos. Solo tocándolo. Y es una sensación muy agradable. Mucho.

Capítulo 31

—La niña tiene un ojo vago —le contó mi madre a Herminia, cuando llegamos de la consulta del oftalmólogo—. El derecho. Poca cosa, dice el médico.

Le iba contando todo mientras se quitaba el abrigo, el sombrero, los zapatos, e iba dándole todas esas prendas a Herminia, que las recogía, que las dejaba luego en el ropero del vestíbulo.

—Ha dicho que lleve un parche durante tres meses y que la vuelva a llevar para un reconocimiento. —Entonces me buscó con la mirada—. Anda, ven, que te lo voy a poner para que te vea Herminia.

Y yo me dejé hacer. El parche era de color negro y de una tela suave, pero a la vez fuerte, como una gamuza, y tenía una goma para una buena sujeción. Mi madre me lo puso sobre el ojo derecho.

—¿Qué tal? —me preguntó sonriente, cruzándose de brazos, echándose hacia atrás, como contemplando un cuadro—. Pareces un pirata sin pata de palo. —Y se rio de su propio chiste—. Tendría que pintarte unos bigotes. ¿Te los pinto? —Y acercó su cara a la mía. Olí su perfume dulzón. Me gustaba el olor de mi madre.

Con el parche puesto, los globos flotantes de Herminia desaparecieron al instante. Me lo quité, de nuevo. No quería ser un pirata. No quería que me pintara un bigote.

—Pues sí que empezamos bien, si ya te lo quitas —comentó mi madre, dando un suspiro y alejándose por el largo pasillo mientras encendía todas las luces.

Sus acercamientos conmigo duraban eso. Exactamente, tres minutos. Muy poco tiempo para contener un juego o una mínima conversación (¿qué has hecho hoy en el cole? ¿A qué has jugado? ¿Te has peleado con alguien? ¿Me quieres?).

—Mira a ver si la convences tú, Herminia, que yo estoy muy cansada.

Y cuando oí que mi madre cerraba la puerta de su habitación, le dije a Herminia:

—Las burbujas tienen caras.

Ella me miró fijamente y entrecerró los ojos, extrañada.

—Un hombre calvo y una niña pequeña con un lazo en la cabeza —continué—. ¿Los conoces? Te están llamando.

Ella dio un grito y se le cayó un vaso que se rompió en mil pedazos. El llanto de mi hermana Amparo se oyó en la habitación de al lado: se había despertado. Mi madre se asomó al pasillo:

—Pero ¿qué ha pasado?

Herminia me señaló con el dedo. Me dijo, susurrando:

—¡No te muevas, no vayas a cortarte! —Y se fue corriendo a su habitación, que era donde estaba la cuna de mi hermana.

Pero la desobedecí y salí de la cocina dando grandes zancadas, apartándome de mi madre, que quiso cogerme del brazo cuando pasé por su lado. Yo iba con el corazón desbocado, porque estaba muy asustada. No ya por el vaso que acababa de romperse, sino por los murmullos lastimeros y las caras que flotaban por encima de Herminia. Me encerré en mi habitación y a los globos luminosos les dio igual que la puerta estuviera cerrada, porque me siguieron de todas formas. Me puse el parche, de nuevo, y desaparecieron.

A mi madre también le dio igual que la puerta estuviera cerrada: entró y me castigó sin postre, por mi mal comportamiento, me dijo.

«Bueno, y a mí qué», susurré mientras alzaba los hombros. Me daba igual que me castigara o no porque había peras al vino y a mí no me gustaban. Y cuando mi madre salió de la habitación, le saqué la lengua y la llamé tonta. Muy bajito, para que no me oyera. De mayor la llamé cosas peores, pero también muy bajito para que tampoco me oyera, a pesar de que mi ira me pedía gritarle todos los insultos posibles, soltárselos a la cara. Quería lastimarla, buscar dónde podía hacerle daño, con qué palabras, con qué comentarios, porque toda ella me parecía invencible, acorazada como un gran barco de guerra.

La ira.

Una violencia que me habitaba como un animal selvático, siempre al acecho.

Una violencia de la que nunca me zafé. Me ha perseguido siempre, como una sombra, y siempre que he bajado la guardia, ha aparecido, haciendo acto de presencia como una bestia enorme, logrando asustarme porque ella siempre ha tomado mi control. Bajo su mando, bajo el mando de la ira, yo perdía toda perspectiva, todo raciocinio. Bienaventurados los mansos, porque ellos heredarán la tierra, aprendí en la catequesis. Nunca llegué a ser mansa, porque en mí habitaba la agresividad. Mi madre me decía que era por mi color de cabello, que todos los pelirrojos eran así. Y yo no sé cuántos pelirrojos conocía ella, para llegar a esa conclusión. En la familia no había ni uno solo. Y nunca me cuestioné cómo es que no había ni un solo pelirrojo en toda la familia, precisamente. Algún tatarabuelo. Ya.

Capítulo 32

—Cuéntame más —Le pidió Herminia unos días más tarde, mientras Martina merendaba un tazón de leche con cacao y una tostada con aceite y sal. Su hermana Amparo jugaba en el comedor, dentro del parque infantil que habían montado para ella: unos barrotes de madera la mantenían dentro de algo que parecía un corral para ovejitas. Un corral repleto de juguetes en el que la niña apenas podía moverse—. Cuéntame si el globo de color naranja, el que lleva el lazo en el pelo, está contento.

Y Martina volvía a mirar por encima de Herminia y veía la forma de esa sombra anaranjada. Le decía que sí, que la niña estaba contenta, porque era verdad. Se la veía risueña. Incluso le decía «da un beso a mi mamá». Y Martina, obediente, se lo comentaba a Herminia.

—La niña dice que te dé un beso. —Y ante el asombro de la asistenta, Martina se levantaba y le plantaba un beso en la mejilla húmeda, repleta de lágrimas—. ¿Es tu hija?

Herminia afirmaba con la cabeza, sin emitir ningún sonido, estrujando el pañuelo en sus ojos.

Y luego Martina mordía la tostada, mientras observaba el parche de su ojo encima de la mesa, muerto de asco. Estaba tentada de volver a colocárselo: no le gustaba mirar las luces de colores. Le daban dolor de cabeza, pero Herminia le decía que ese sería su secreto: ella le dejaba quitarse el maldito parche (eso decía, «maldito parche») y Martina le hablaba de las siluetas que de vez en cuando aparecían acompañando a Herminia. En verdad, la niña no sabía qué era peor, porque salía perdiendo con cualquiera de las dos elecciones.

—¿Y la luz azul, la que tiene barba? ¿También está contenta? —Y Herminia se acercaba más a Martina, cogiéndose de las manos, esperando un buen veredicto.

El veredicto de que su marido, su difunto marido, también estuviera contento y de que se le hubiera pasado el enfado de ocho años atrás. El enfado por el nuevo embarazo. El enfado porque creía que ella se veía con otro hombre. La sorpresa de haber sido descubierta. La sorpresa de que el nuevo hijo no era de él.

A Martina le daba miedo ese hombre, el hombre que aparecía junto a Herminia, porque en verdad no tenía una luz azul, una bonita luz azul, sino que era un auténtico nubarrón, de los que venían cargados con todo tipo de inclemencias meteorológicas.

—Sí, también está contento —le mintió.

Qué más daba, pensó la criatura, si Herminia no veía nada y no podía saber si le estaba mintiendo o no. Qué más daba si con su mentira le cambiaba la cara a esa niñera y parecía incluso más alegre, como si se hubiera quitado un peso de encima.

—Me duele la cabeza —le dijo Martina, con lágrimas, agarrándosela muy fuerte, como si se le fuera a caer al suelo—. Mucho. Creo que se me va a romper.

—Oh, cariño, toma, ponte el parche.

Y Herminia, tras darle un beso en la mejilla, le ayudó a ponerse el parche en el ojo derecho, con algo de remordimiento. No le gustaba incomodarla, pero era la única manera de poder saber de su Ernesto y de su María. No tenía a nadie más en la vida, su familia se había reducido a ellos dos y habían desaparecido, que es una bonita manera de decir que habían muerto. En un incendio. Un incendio provocado. Provocado y calculado por el marido. A ella pudieron salvarla. También al fruto de su relación extramatrimonial, que siguió creciendo dentro de ella como si tal cosa, mientras a Herminia, proporcionalmente, le crecía la angustia, la tristeza, el vacío. El pánico, sobre todo el pánico cuando diera a luz. El enorme desgarro, en un lugar no localizable, cuando tuvo que dar al bebé en adopción. Otra niña. Se la quitaron, sin más, porque las monjas le dijeron que en otra casa, con otros padres, estaría mejor. «Mucho mejor, dónde va a parar, mujer», le comentaron. Que ella ya no tenía adónde ir, le recordaron. Que su hija era hija del pecado y que la única manera de que se salvaran —las dos— era esa. Cualquier otra mujer se hubiera vuelto loca, pensó Martina cuando se enteró de esta historia en la residencia de ancianos, un día que fue a visitar a su antigua niñera y esta se lo contó, tal cual.

—Y recuerda que es nuestro secreto —repitió Herminia.

Luego, le acarició el cabello a Martina y dejó correr el agua del grifo para empapar un pañuelo con el que le dio pequeños toques en las sienes, en la frente blanquísima de la niña, en la nuca. Se la quedó mirando unos instantes, como si contemplara una obra de arte. Le recogió un mechón cobrizo tras la oreja y añadió:

—Pero qué pelo más bonito tienes, parece de fuego.

Y eso le gustaba a Martina. Le gustaba que le dijera esas cosas tan bonitas.

—Es como el de mi mamá.

—El de tu madre es pintado, niña.

A algunos adultos deberían cerrarles la boca con cinta adhesiva americana. Cerrársela cuando no saben distinguir a quién tienen delante de ellos, si a una niña de ocho años o una mujer de sesenta. Cuando no distinguen que la persona que tienen ante ellos es otra totalmente diferente a la que quieren hacer daño.

La niñera la llevó de la mano al sofá y dejó que se tumbara en él. El pañuelo húmedo sobre la frente de Martina, sobre sus ojos, incluso sobre el parche. Con los ojos cerrados, se hizo la oscuridad. Desaparecieron todas las luces. Se le calmó el dolor de cabeza. Meses después, el oftalmólogo concluyó que Martina ya no tenía el ojo vago y que no necesitaba el parche. Sin embargo, la niña continuó usándolo porque le hacía de barrera para separar el mundo visible del invisible. E incluso le quitó a su madre el antifaz que usaba para dormir y se pasaba toda la noche con él puesto porque había comprobado que era una manera eficaz de evitar la presencia de unas brujas (feas, gritonas, vestidas de negro) que llegaban noche tras noche y que aguardaban a los pies de su cama a que se relajara para entrar en sus sueños, eso le decían. Y la pobre Martina se ponía ese antifaz y se arropaba incluso la cabeza.

Desde muy pequeña, Martina descubrió que desaparecían las sombras de colores si se tapaba los ojos. Luego, en el instituto, lo que descubrió fue que se anulaban por completo si bebía un par de vasos de sangría. En la universidad, añadía copas de vino y jarras de cerveza. Y pasados los treinta, ya convertida en escritora, ya convertida en madre, y también en alcohólica, esas sombras que venían del mundo invisible desaparecían si añadía, además, los más variopintos cócteles, sobre todo gin-tonics (ella no pedía agua en las ferias del libro, por ejemplo, sino un cóctel de estos, para sorpresa de libreros y de su propio editor. Los cócteles mexicanos elaborados con mezcal le encantaban, por ejemplo. Cincuenta grados. Potentes combinaciones). Así pues, Martina llegó un buen día a ese límite en el que uno ya se ha convertido en un alcohólico o en un demente. Y ella no sabía por cuál definición decantarse. Por ambas, quizá.

Capítulo 33

Me gustaba creer que yo continuaba gustando a Felipe. Que esa era la razón por la que él me llamaba para quedar conmigo. Que por eso aprovechaba algunos de sus viajes en Ave Barcelona-Madrid o Madrid-Barcelona para bajarse en Delicias y verme, a solas. Para acostarnos en una cama ajena. Para jugar a no sabíamos qué. Bueno, supongo que él sí que lo sabía. O que sí creía saberlo.

Cuando él me llamaba para anunciarme su visita, yo concertaba hora en la peluquería y en la esteticista y me planchaban el pelo, me depilaban el vello, me limaban y pintaban las uñas. Siempre que Felipe me llamaba, yo le recibía impecable. Claro, qué iba a pensar él, si no. Qué estúpida.

También nos veíamos —sin roces de ningún tipo— en las contadas ocasiones que venía a buscar a Marcos para llevárselo con él a Barcelona: venía a buscarlo en su coche, se lo llevaba al piso desconocido de la Ciudad Condal, lo devolvía días después («¿qué tal te lo has pasado?», le preguntaba siempre a mi hijo. «Bien», respondía él, invariablemente. Siempre era bien y no me contaba qué incluía ese adverbio. Y yo me quedaba sin saber si era real o fingido. Supongo que era un bien para que yo no me preocupara o para que yo no acabara teniendo una crisis de celos. Mi hijo detectaba esas cosas y más).

Cuando Felipe venía a buscar a Marcos, nos tomábamos un café en el salón del nuevo piso, el que alquilé tras nuestra separación. Un cambio de vivienda. Un lugar más céntrico porque Marcos había comenzado la primaria. Porque las sesiones de su rehabilitación me hacían perder mucho tiempo. Porque sus consultas médicas se realizaban en la capital. Porque el piso de la urbanización no solo me aislaba del mundo sino que me asediaba con los recuerdos de un Felipe ausente. Así pues, cuando él venía a buscar a Marcos, tomábamos un café en ese salón que nunca le había pertenecido y luego se lo llevaba con él. Cuando avanzaban hacia la puerta, solía ponerle una mano en el hombro a Marcos, tal y como se supone que hacen los padres cuando ejercen de tales. Un hombro que subía y bajaba debido a la cojera de nuestro hijo. Una mano que duraba poco en el hombro de Marcos, porque a él las muestras de cariño le resultaban incómodas. Al menos, las muestras de cariño de su padre.

Normalmente pasaban juntos algún puente (el de la Constitución, por ejemplo), o una semana cuando llegaban las vacaciones de verano. Un par de días en Navidad. Poca cosa, en verdad.

Y nuestras citas particulares, las de Felipe cuando me llamaba al móvil, me hacían entender que yo le seguía gustando. Hombre, me extrañaba ese doble juego: si desde hacía tiempo compartía su vida y su cama con una abogada catalana (tan rubia, tan rica y tan estilizada como una modelo, según sus fotos en Facebook), ¿cómo es que también estaba conmigo? Y ahí mi voz interna me decía que era porque yo seguía gustándole. Que él me gustaba a mí. Y esa voz interna ya no hablaba de amor ni de cariño, solo de gustar a alguien. De saber que ese alguien estaba por mí.

Qué triste.

Cuántas cosas llegamos a inventarnos y a creernos solo para seguir sobreviviendo.

En nuestro último encuentro, tras un año sin vernos y con solo dos conversaciones telefónicas mantenidas mientras tanto, me costó aceptar. Me costó decirle que sí. Que sí nos veríamos como siempre en Delicias y que luego iríamos a un hotel cercano, normalmente al Eurostar de la misma estación. Mi intención era decirle todo lo contrario, decirle que ya no me apetecía nada y que en algún momento tendríamos que dejarnos ir. Acabar, de una vez, con esa relación que ya no tenía un nombre salvo el de enfermiza.

—¿Qué te pasa? —me preguntó justo cuando aparté mis labios de los de él.

No quería besarle. Me resultaba muy difícil. Tal vez eran sus labios. Los vi más finos. Recordé la opinión de mi padre respecto a ese tipo de labios. Sí, tenía que ser eso. La indicación de que me encontraba ante un hombre excesivamente crítico. O autoritario. Un hombre al que yo había amado con locura y que ahora me resultaba lejano. Casi inexistente.

Ya habíamos cruzado la puerta del museo de Goya, tras la carrera que dimos para llegar cuanto antes, antes de que la lluvia nos calara de veras. Me preguntó:

—¿Ni un besito de nada?

Y Felipe volvió a plantar sus labios en los míos, a pesar de mi rechazo inicial. Sus brazos sujetando los míos. Los míos, lacios, a un lado y a otro de mi cuerpo. No me gustó. Ni que me besara ni la extraña sensación de que sus labios se habían vuelto no sé si fríos o nada acogedores. No echaba de menos sus besos. Tampoco sus abrazos, los cuales me resultaban incómodos, porque ¿desde cuándo hacía eso de abrazar y frotar la espalda? ¡Qué manía la de esa gente que abraza frotando la espalda, como si imitaran a un oso, como si el que lo recibe fuera la lámpara de Aladino y pudiera convertirse en el genio que todo lo consigue! A mí me gustaban y me gustan los abrazos de siempre, los abrazos acogedores e inmóviles (o con un ligero balanceo), esos que transmiten fuerza, que son pausados, calentitos. Por ejemplo, los abrazos que me daba Mario, el dermatólogo. También los de Ricardo, los que Ricardo me da ahora. Oh, los de Ricardo...

El caso es que allí, en el museo de Goya y tras refugiarnos de la lluvia, tuve una extraña sensación de libertad. La agitación de mi pecho no se debía al nerviosismo de otras veces, al nerviosismo por volver a vernos, sino que era tan solo el residuo de una breve carrera por llegar a un lugar seguro para no mojarnos.

Nos dedicamos a mirar la exposición, sin nadie más a esa hora del mediodía, oyendo solo nuestros pasos. O solo mis tacones, tac, tac, en el suelo. La obra de este pintor no me llamaba la atención, porque a mí nunca me ha gustado Goya, y es que los ojos de la mayoría de sus personajes tienen un punto de locura que me da miedo. Por mucho que Felipe ensalzara al pintor y sus trazos y su maestría, a mí me dejaba fría. Sin embargo, las salas de los grabados, casi a oscuras, sí me resultaron interesantes, no solo por los dibujos, sino por la explicación que se daba de cada uno de ellos. Y entre todos, la serie *Caprichos* y sus brujas.

Brujas como yo misma, sí señor. Para qué engañarnos. Si yo hubiera vivido en esa época, sería una de las protagonistas de esas estampas. Más guapa, para qué negar la evidencia, pero una de ellas. Y habría acabado muy mal, como todas.

Me recorrió un escalofrío.

Se me pasó por la cabeza que, a lo mejor, si yo ya había vivido otras vidas, en cuántas de ellas me habrían matado por esa razón. No ya por ser bruja, sino por ser diferente.

Fue en la oscuridad de esas salas del museo de Goya, observando los grabados de este artista, el realismo y el miedo ante esas ilustraciones en blanco y negro, y los comentarios a esos dibujos, fue ahí cuando me di cuenta de que tenía esa cuenta pendiente. La cuenta pendiente por saber de otras personas con las mismas características que las mías.

Sí, de esas personas que ven o pueden sentir a seres incorpóreos merodeando por los alrededores. O la cuenta pendiente de escribir una novela al respecto. O mezclar una cosa con otra.

Era un tema del que nunca hablé con Felipe, a pesar de que, años atrás, le contaba mis ideas, le pasaba los borradores de mis primeras novelas y él los leía, me daba sugerencias. Pero nunca le dije que no eran invenciones, o que no todas eran invenciones, sino que muchas de las cosas que contaba en mis libros eran reales, tan reales como yo misma. Y esa tarde en el museo tampoco quise decirle nada, pues ya no existíamos el uno para el otro, ya no hablábamos de temas intensos o importantes, ni tan siquiera me preguntaba por Marcos, por sus impecables notas, por su cotidiana rehabilitación, los análisis sanguíneos, los TAC, qué medicamentos tomaba para paliar el dolor o, al menos, para poder dormir tranquilamente. Y me callé a pesar de que vio mi sonrisa, mi determinación por llevar a cabo ese proyecto pendiente. Le dejé pensar que mi sonrisa era por él, por su presencia. Que pensara lo que quisiera, me dije, yo ya no tenía por qué darle explicaciones de nada.

Salimos del museo y nos fuimos a comer unas tapas de jamón con chorreras en Casa Juanico. Fue la última vez que nos vimos.

Hasta que ocurrió lo de Marcos.

Capítulo 34

En Atalaya de don Pelayo, la noticia de que la nueva maestra era escritora corrió como la pólvora. Y más teniendo en cuenta que quien la propagó fue Berta la del bar mientras servía cafés, bebidas alcohólicas o sus terribles tapas. Cuando Martina comenzó a ir asiduamente al bar, a eso de la media tarde, para tomarse un café con leche y así no solo romper las largas horas que tenían los días en ese pueblo tan pequeño, sino también intentar reanimar su vida social, ya la esperaban algunos vecinos, sobre todo vecinas. Sí, desde que Martina se hizo asidua al bar de Berta, algunas mujeres entre los treinta y los cincuenta años comenzaron una nueva práctica diaria: ir también a merendar, cuando nunca, jamás, habían tenido esa afición. Pero allí estaban, esperando a Martina, que llegaba como si en verdad estuviera en el mismo centro de Zaragoza y hubiera quedado con alguna amiga en una cafetería selecta. Acudía (al principio fue así, luego la cosa cambió) vestida elegantemente con alguna prenda que le sentaba muy, muy bien (vestido o pantalón, daba igual, pero siempre combinado con el bolso, con un fular al cuello, con grandes pendientes, con algún collar de buena bisutería), calzada con zapatos de tacón alto (y siempre hacía broma de lo mal que se caminaba con ellos en esas calles empedradas. Quizá lo decía para conseguir las risas de esas vecinas. Y sí, lo conseguía), maquillada con sus labios en rojo y con su cabellera suelta o en una cola alta, daba igual, porque siempre conseguía que, al entrar en el local, todos se quedaran con la boca abierta.

Sí, Martina lograba que un gran número de parroquianos se dieran cita en ese lugar a la hora que ella llegaba: entre las seis y las seis y media de la tarde, cuando a mediados de octubre ya comenzaba a anochecer y el frío bajaba de la montaña para quedarse hasta la mañana siguiente. Y eso, para Berta la del bar, era todo un filón, un reclamo para la clientela. Así pues, y para no perder a la maestra como fuente de ingresos, no solo había comprado sus dos últimos libros y le había pedido que se los dedicara, sino que adquirió más ejemplares, seis o siete, todos iguales, para regalarlos a sus amigos. Además, le guardaba las mejores pastas y pasteles de la panadería, para que pudiera elegir, cuando ella nunca había tenido esos manjares en su bar porque decía que eso eran cosas de señoritingas y que lo que ella tenía era un bar de hombres del campo, con bocadillos de jamón y de queso, con raciones de calamares a la romana y de salchichón ibérico.

Ahora, en el presente que llenaba Martina, Berta

ya no recordaba sus palabras de antaño, eso de que tenía un bar de hombres, sino que su negocio se había ido transformando en algo diferente, en un lugar que ahora poseía cojines y cortinas a juego, repletos de lunares, y floreros encima de las mesas con retama y romero que recogía de los caminos o con rosas de su propio patio.

Si los clientes eran masculinos, silbaban cada vez que entraban en el bar, fijándose en los cambios favorecedores, pero a ellos nunca se les pasó por la cabeza que la maestra tuviera un influjo indirecto en ello. Las nuevas clientas femeninas sí que lo creyeron, desde el primer momento, y confirmaron sus sospechas cuando, tres semanas después de la llegada de Martina al pueblo, Berta no solo se pintaba también los labios de color rojo pasión y caminaba en altos tacones que convertían su cuerpo en el símil de un travesti, sino que se tiñó su cabello del mismo color que el de la maestra. Bueno, algo equivalente. Más que pelirrojo, era naranja-fanta. En lugar de Cleopatra, ahora Berta parecía Viki el vikingo.

—Pues tendrías que escribir sobre la vida de los pastores —le dijo el pastor Palomar una noche, en casa de Ricardo.

Los tres amigos de Ricardo (un pastor de cincuenta años que vivía solo y dos pintores cuarentones a los que aún su madre les hacía la comida y les lavaba la ropa) ya estaban en la casa cuando Martina llegó. Era jueves, y los jueves por la noche todos ellos celebraban la noche de Studio Ghibli. La película elegida ese día era *Mi vecino Totoro*.

—La cuarta película de Studio Ghibli.

—Totoro es su logotipo.

—La mejor película de animación que se ha hecho nunca. ¡La mejor, te lo digo yo!

—¡Y yo!

—La hemos visto mil veces.

Todos hablaban a la vez, se reían a la vez, y Martina los observaba desde la puerta, aún con la gabardina puesta, aún con el paraguas chorreando en una mano. Hipnotizada. Si alguien le preguntara por esos momentos, le diría que se sentía así, hipnotizada, porque llegó a la casa de Ricardo creyendo que se trataría de una cita romántica (qué ilusa, no dejaba de repetirse) y que sería la casa sencilla de un pastor de ovejas, cuando en verdad nunca había conocido a ninguno y no sabía nada de ellos, ni de cómo era su vida, ni su vivienda, ni nada de nada. Estereotipos, eso era lo único con lo que contaba, como si eso fuera un salvoconducto en la vida actual. En cualquier vida y en cualquier lugar. Una tremenda tontería.

Para su sorpresa, para sorpresa de la recién llegada, allá estaba el televisor de pantalla plana más grande que había visto nunca en un salón comedor que pasó a tener ese nombre cuando Ricardo le añadió, años atrás, tras la muerte del padre, dos habitaciones (tabiques fuera, para qué, se dijo, y aporreó esas paredes con un mazo que le dejó dolorido el cuerpo durante días y días, pero qué bien le dejó por dentro, eso decía). Y siguió con el mazo, como si fuera un antiguo trol escandinavo, para aunar el comedor con la cocina, que quedó abierta, mostrando el microondas y todos los electrodomésticos a juego, todos nuevos, con frontal metálico. De la pintura (todas las paredes en color cerveza) se encargaron los hermanos Alcorta, los pintores no emancipados.

Martina llegó a la casa de Ricardo siguiendo las indicaciones que él le había dado por la mañana:

—Sales por la calle Estudio, la que da al puente, y sigues y sigues más allá de la fuente... —le hablaba desde el coche en marcha, un todoterreno manchado de barro. Cubierto de barro. Era un coche camuflado por el fango de muchos meses. Un vehículo que habría pasado desapercibido en cualquier conflicto armado que hubiera tenido lugar en tierras pantanosas.

—Más allá de la fuente se acaba el pueblo —dijo Martina con cierta aprensión. Que se acabara el pueblo significaba campo y campo y campo. Piedras. Tierra. Polvo.

Quería que él entendiera la indirecta. Que viniera a buscarla. Que la llevara en coche por esos caminos campestres.

Y sí, él entendió la indirecta y también entendió lo que ella le dijo una tarde, cuando la llevó al bar de Berta. Martina le dijo, muy seria, que ella no había ido allí a buscar amigos. Así que Ricardo no quería que pensara que buscaba algo más de ella. Por eso se hizo el despistado. Por eso le comentó:

—Exacto. A un par de kilómetros está mi casa.

Ella abrió mucho los ojos. ¿Qué le estaba proponiendo? ¿Una cita? ¿Y en su casa? ¿Y de noche? Porque a las ocho, a mediados de octubre, ya era de noche, y eso que aún no habían cambiado la hora. Felipe no lo hubiera consentido, se dijo. Felipe era todo un caballero y hubiera venido a buscarla. Porque Felipe le abría las puertas, cualquier puerta. La tomaba del brazo antes de cruzar una calle, vigilando que no vinieran coches. Pagaba todas las cuentas en los restaurantes... ¡A la mierda con Felipe!, exclamó su pensamiento interno.

—¿Es una cita?

—¡No, qué cosas se te ocurren! —le contestó Ricardo, restando importancia—. Una cena. Algo sencillo. Vemos una película y tal —continuó diciendo, sin dejar de sonreír, achinando los ojos porque le daba el sol. Levantó una mano y se puso sus gafas polarizadas. Ella se vio reflejada. Vio su gesto de desagrado. Y Ricardo se fue con el coche hacia el establo donde tenía las ovejas.

—Y tal —repitió ella, incrédula.

Pues sí, parece ser que tenía una cita, pensó durante todo el día. Y Martina, a la hora del patio, mientras daba clase, cuando cerraba la escuela, mientras comía, pensaba y volvía a pensar en la ropa que iba a llevar. Cuál sería la idónea. Una cena. Y con un pastor de ovejas. Con un pastor con el que ya se había acostado la semana anterior y con el que no había comentado nada sobre ello, sobre lo que había pasado aquella noche de sábado, como si no hubiera sucedido, lo cual la dejaba perpleja, porque en verdad no sabía si había sucedido o no. En verdad, no sabía si había sido uno de sus sueños nítidos, uno de esos sueños que la llevaban a otra dimensión en la que estaba y no estaba.

Martina, el día de la no cita con Ricardo, soltaba risitas cada vez que se acordaba, aunque estuviera borrando la pizarra, aunque estuviera explicando los binomios a sus alumnos mayores, aunque estuviera curando el raspón de una rodilla durante el recreo. Por eso, ahora que estaba en la casa de Ricardo invadida por sus amigos, pensó que de cita nada. Lo de la película sí que iba en serio y de repente supo que estaba en desventaja: eran unos eruditos del cine de animación ¡y japonés!

—Totoro es un espíritu del bosque.

—¡Pero no le cuentes nada!

—Has visto la película, ¿no? ¡Vamos, di que sí!

—El director es Hayao Miyazaki y dio dos millones de euros para evitar la edificación y la destrucción de la naturaleza.

—Es que la peli se desarrolla en una zona donde el director vivió de joven…

—… y después de la película se creó un movimiento de conservación del bosque.

Lo dicho, pensó Martina, unos auténticos *frikis* con los que tendría que compartir la velada. Pero la sonrisa de Ricardo, que venía en su ayuda, la sacó del estupor, mientras él se hacía cargo de su paraguas y le quitaba el impermeable.

—Tenía que haber ido a buscarte en coche, lo siento —le comentó mientras se ponía la mano abierta en el corazón. Su mirada azul, llenándola por completo.

Qué curioso, esto de los gestos, pensó Martina. Las manos van libres, anticipándose al cerebro, o acompañando a las palabras.

—¿Los pies están mojados? —le preguntó Ricardo señalando el charco minúsculo que se había formado alrededor de sus botas.

Y no dejó que ella contestara, sino que se las quitó él mismo y las dejó en un rincón.

—Te traigo unos calcetines de lana, no te muevas.

Y allá estaba Martina, en esa casa que se había imaginado gracias a todo lo que él le había contado en las conversaciones que mantenían de vez en cuando. El sillón orejero en el que su madre tejió hasta sus últimos días; las dos láminas de grandes acantilados que él había comprado en Irlanda y que enmarcó cuando hizo las reformas de la casa; la chimenea con todos sus troncos bien apilados; las dos escopetas de su padre colgadas en una de las paredes, la foto de su primera comunión y otra de la jura de bandera en una repisa de un mueble abarrotado de libros, trofeos infantiles, antiguos elepés, CD y películas de video; el gran sofá rinconero de color azul eléctrico que compró tras la muerte de su padre y justo después de hacer las obras para montar esa sala de cine particular; una foto de su madre en blanco y negro cuando era joven. Joven y guapa. Cuando aún sonreía. Cuando aún pensaba que la vida la iba a tratar bien. Y sobre la chimenea, una reproducción de la estampa *Lluvia sobre el gran puente de Atake*, de Ando Hiroshige.

Ese descubrimiento, esa imagen, a Martina le

trajo recuerdos infantiles de cuando vivían en Madrid. Tenían la misma lámina en el salón de su casa. Con otro marco, un marco más ancho, una moldura envejecida y de color blanco, pero la misma.

Encima de una mesa redonda que antiguamente contenía un brasero y que Ricardo conservaba como recuerdo de un tiempo de infancia, había enormes platos de pizzas. Enormes botellas de cerveza. Jarras convertidas en vasos. Un bol inmenso de palomitas. Parecía la mesa de los gigantes de un cuento. No cabía nada más y todo parecía estar apoyado de una manera precaria, a punto de perder el equilibrio.

—¿Coca cola o cerveza? —le preguntó alguien.

—Agua —pidió Martina—. ¿Ayudo?

—No, no, siéntate, que la sesión está a punto de empezar.

—¿Tienes un vaso normal? —pidió Martina.

—¿Normal? —Se extrañaron.

—De dimensiones normales.

—Ahhh. —Fue el comentario general, con risas incluidas.

Eso le llamó mucho la atención a Martina, lo bien avenidos que estaban, no solo por esa coordinación de risas, sino porque cuando ella miró alrededor, sin saber si dirigirse a la mesa o dónde, todos contestaron, a la vez:

—En el sofá, en el sofá, tú te sientas en el sofá.

—Es noche de Studio Ghibli.

—Siempre en el sofá.

—*Espanzurraos* en el sofá.

Y volvieron a reírse esos hombretones que hacían suspirar a todas las mujeres del pueblo. Se reían y se disponían a darle al play de una película de dibujos (*anime,* decían ellos) que ya habían visto mil veces. Martina eligió el asiento en el extremo del sillón azul y nadie osó ponerse a su lado hasta que llegó Ricardo y se sentó a solo dos centímetros de ella. Luego, el resto de amigos ocuparon sus posiciones. El pastor Palomar, el más grueso, el que tenía unos brazos como jamones (eso decían de él sus amigos, que no Martina, pues a ella no se le hubiera ocurrido hacer semejante comparación) cogió un almohadón, lo puso en el suelo y se desparramó en él. Fue entonces cuando dijo eso de:

—Pues tendrías que escribir sobre la vida de los pastores.

Ella se había inclinado hacia adelante, para verle mejor. Le interrogó con sus cejas levantadas.

—¿No eres escritora? —continuó él—. Pues eso, que tendrías que escribir sobre la vida de los pastores. La vida dura que nosotros vivimos a diario.

Martina no dejaba de sorprenderse de que, al igual que les pasaba a los médicos, a los que todo el mundo, cuando se enteraban de que eran médicos, les contaban sus dolencias, a los escritores les ocurría igual. No, la gente no les contaba sus dolencias, pero sí les ofrecían temas para escribir, incluso se ofrecían a sí mismos como corderos para inmolar a los dioses. Que alguien (oh, sí) escribiera sobre sus vidas, sobre lo que pasaba en sus trabajos, sobre lo que le había pasado con un vecino, con la pareja, con uno de sus hijos, sobre cualquier cosa. Sí, todo el mundo creía que vivía una vida digna de ser mencionada en las novelas. Y Martina no dejaba de sorprenderse. Menudo atajo de vanidosos, pensaba siempre.

—Tendrías que escribir sobre lo mal valorado que está nuestro trabajo —continuó Palomar tras dar un trago a su jarra de cerveza. La espuma se le quedó en la barba.

Qué curioso, cayó en la cuenta, todos tenían barba y solo Ricardo la llevaba cuidada, larga y recortada. Los demás la llevaban como podían. O sea, mal.

—¡Pero si gracias a nosotros limpiamos el bosque! —Palomar hablaba y hablaba, incluso con la boca llena. A Martina le dio asco. Dejó de mirarle y se fijó de nuevo en la lámina del puente. En los estores de las ventanas. En el leve olor a incienso del que no se había percatado cuando entró en la casa—. Y di también, cuando escribas esa novela sobre los pastores, que cada año nos recortan un tres por ciento de ayudas.

Y a Martina le llamaba la atención que ya diera por hecho que iba a escribir dicha novela. Y se fijó en el inmenso dedo índice, golpeando el plato, como si él fuera el jefe del periódico y ella la corresponsal que debía cubrir la noticia. La noticia del desánimo y/o tristeza de los pastores.

—Va, va, dile lo que realmente quieres decirle —le apremió uno de los hermanos Alcorta. Todos rieron. Sabían lo que Palomar iba a contar.

—Vale, vale. —Y estiró los brazos como hacen los oradores—. Pues que las mujeres no se casan con los pastores porque dicen que estamos llenos de pulgas.

Carcajada general. Y es que Palomar, a sus casi cincuenta años, vivía solo y no había encontrado mujer ni en el pueblo ni en los alrededores. Martina miró a Ricardo. Le preguntó:

—¿Y tú? Tú también eres pastor. ¿Por eso no te has casado? ¿Acaso las mujeres creen que tienes pulgas?

—Oh, con él se rompen las estadísticas —dijo uno de los hermanos Alcorta. Todos rieron con voz atronadora, y ella se sintió fuera de lugar. No conocía la historia de Ricardo. En verdad, apenas sabía nada de él.

—Y los corazones, también rompe los corazones.

En medio de ese escándalo de carcajadas, alguien pulsó el botón del play y la sesión Ghibli dio comienzo. Se hizo el silencio inmediato. Fuera, los truenos hacían retumbar los vidrios de las ventanas. Dentro, la maestra del pueblo pensaba que era algo un tanto surrealista lo que estaba viviendo en esos momentos y que jamás se le habría ocurrido poner esa escena en una de sus novelas. Vamos, al lector le parecería poco verídica. Ay, el lector y sus reacciones descontroladas. A veces, explicaba algo real, tal cual, sin inventarse nada, y le decían que resultaba increíble. Y en otras ocasiones daba rienda suelta a su imaginación, lo escribía en primera persona y comenzaban los bulos sobre su vida, sobre lo que hacía o dejaba de hacer en el presente o en el pasado. Y Martina se cansaba de dar explicaciones. Que pensaran lo que quisieran, se decía, y añadía que tiraba la toalla al respecto.

Martina, esa noche en la casa de Ricardo el pastor, se dejó arrastrar por una película japonesa en la que dos niñitas, dos hermanas, se van a vivir a una casa de campo y hacen amistad con un espíritu del bosque. Se acordó de su hermana Amparo, o bien de la idea de lo que para ella era tener una hermana. Y la echó de menos. No precisamente a Amparo, sino a esa idea. Miró a sus acompañantes, atentos a la pantalla mientras engullían las porciones de pizza e hizo algo impensable en ella: apoyó su cabeza en el hombro de Ricardo. Que él depositara un beso mínimo, casi enano, en su cabeza, aceleró la visión positiva de ese pueblo y de todos sus habitantes. Sobre todo, de Ricardo.

Capítulo 35

Martina se equivocó al estudiar Magisterio. Se dio cuenta el primer año y, por no oír a su madre el sonsonete de «ya te lo dije», continuó la carrera como si tal cosa, como si eso de la enseñanza fuera el gran objetivo de su vida. Lo mejor de esos años (siempre pensó eso) fue la gente que conoció, las fiestas a las que asistió, los viajes que llegó a realizar, sobre todo los viajes al extranjero para perfeccionar su inglés. Lo mejor, en aquella época, fue descubrir, como por casualidad, que podía mantener a los espíritus bajo control siempre y cuando ella perdiera el suyo gracias al alcohol que ingería acompañada de tantos y tantos compañeros y amigos. Por eso nunca consideró que estudiar Magisterio fuera una pérdida de tiempo, sino más bien una inversión de futuro (en el futuro de su propia personalidad). Y no, nunca se vio dando clases a los niños, porque estos (así, en general) le resultaban un incordio, algo que podría soportar unas horas, no cada día. No el resto de su vida laboral. Ni siquiera se imaginaba siendo madre. «Por favor, qué agobio», les decía a sus amigos. Y se reían de ello. Siempre se reían. De todo. Qué tiempos aquellos.

Luego, lo de estudiar Periodismo fue por darle el capricho a su madre, por seguir sus pasos. La psicóloga que la trató años después le habló de la necesidad de aprobación, sobre todo de la aprobación de su madre. Le decía cosas así, evidentes. Y Martina le decía a todo que sí. La leía como un libro abierto. El caso es que quiso estudiar Periodismo. Bien por ser como su madre, bien seguir bajo el ala protectora familiar: no solo se ocupaban de pagarle la matrícula, sino todos los gastos generados, incluido el alquiler compartido con varias compañeras de clase. Luego, en las vacaciones (todas las vacaciones durante cuatro años) iba a Londres, Bristol o Irlanda para estudiar inglés, al principio, luego a perfeccionarlo y a trabajar en cualquier pub o tienda que necesitaran mano de obra barata. Pero los gastos, lo que puede entenderse como gastos, siempre los tenía cubiertos.

Posteriormente, llegaron las prácticas en distintos periódicos y en uno de ellos le ofrecieron un breve contrato. Luego le fueron alargando el periodo y cuando ya la hicieron fija, justo al cumplir los treinta años, decidió que ya no le interesaba ese puesto. Acababa de saber que Felipe se iba a Londres. Lo dejó todo y se fue con él.

—¡Quedo como la madre de una impresentable! —le gritó Carmen Grande, en el salón familiar, justo cuando tomaban el postre—. ¡Y ya veremos quién te contrata después de esto! ¡Pero qué vergüenza, qué vergüenza!

Carmen dejó de comer y se fue, indignada, a su habitación, dando un portazo como punto y final a su magnífica interpretación. Pablo no dijo nada, solo carraspeó, se limpió la boca con la servilleta. «Ya se le pasará». Ese fue su único comentario. Y se fue tras ella. Como siempre. «Maldito cobarde», murmuró Martina. Su hermana Amparo no daba crédito a semejante vodevil, eso le dijo:

—Menudo vodevil.

—Serás pava... —le contestó Martina mientras recogía su bolso y salía a la calle, a caminar deprisa para apagar la ira que le recorría el cuerpo. Nunca su madre le diría que persiguiera sus sueños, por ejemplo. Nunca le diría lo orgullosa que estaba de ella. Hiciera lo que hiciera, siempre estaría mal. Su madre pensaría todo lo contrario, claro. Que era un caso perdido, por ejemplo. Que cómo se notaba que no era sangre de su sangre (y esto último se lo callaría, por supuesto, Carmen no llegó a verbalizarlo nunca, por muy enfadada que estuviera).

Quién iba a decirle a Martina que, con el paso del tiempo, tendría que desempolvar su título de Magisterio y apostar por esa profesión inaguantable que eligió como primera opción. Al principio, solo la llamaban por unos días, a veces unas semanas, y salvo los días de lluvia, en los que los niños de primaria se volvían histéricos por no poder salir a corretear por el patio, Martina lo toleraba bastante bien y nunca se quedó el suficiente tiempo en ninguna escuela para llegar al extremo de entrar en una depresión o en alguna fobia (había comprobado que muchos de sus nuevos compañeros pasaban por esos diagnósticos y no salía de su asombro. Un monumento merecía cada maestro, se decía cuando se enteraba de un nuevo caso).

Capítulo 36

Es día veintisiete. Martes. Martina está de pie en la cocina de esa cueva que es una casa y mira la hora en el reloj de pared: las ocho y veinte. Se fija, entonces, en el calendario que hay bajo ese reloj. Se fija en el día. «Mmm, día veintisiete», se oye decir mientras da sorbitos al tazón con leche y café.

—Hoy sería el cumpleaños de mi hijo Marcos —le dice al espíritu tristón que la mira desde la butaca floreada. Una butaca en la que ella no se ha sentado nunca, a pesar de que lleva en esa casa un par de meses. No puede sentarse en ese lugar que ocupa en todo momento ese apático manchurrón espiritual—. ¿Cómo se celebra el cumpleaños de un muerto, eh?

Y el espíritu que perteneció al marido de su casera la mira con ojos afligidos. Bueno, siempre tiene así los ojos, como si le flotaran en agua. Ojos alargados y tristes, como los egipcios de la era de Tutankamon. Ojos perfilados en negro, como si se los hubiera pintado con *eyeliner*. A ella le recuerdan a los de su abuela materna. Piensa que tenía los mismos ojos que ese muerto. Cuando murió su abuela, Martina contaba cinco años y ya guardaba, en su interior, muchos recuerdos de las visitas a su casa, de la comida que le preparaba, de la alegría que sentía la abuela Amparo cuando ella iba a visitarla, de cómo jugaban al fútbol en el largo pasillo de la casa mientras cocinaba una sopa, por ejemplo (y cómo esa sopa en el plato, cuando se enfriaba, dejaba una telilla que había que romper con la cuchara. Eso la dejaba fascinada. Le parecía magia. Bueno, a una cría de esa edad todo le parece magia, claro).

En verdad, nadie la cree cuando dice que en su memoria retiene imágenes nítidas de cuando tenía dos, tres, cuatro años. Imágenes, conversaciones, lugares, todo eso dentro de la cabecita de una niña tan pequeña. Incluso recuerda su genuina sorpresa al enterarse de que su hermana, nacida un año después de la muerte de esa abuela, llevaría su mismo nombre: Amparo. Un nombre de muerta para una niña recién nacida. Y fue entonces cuando cayó en la cuenta de que ella misma llevaba el nombre de otra difunta, el de su otra abuela, Martina, a la que no conoció. Amparo y Martina, dos hermanas con el nombre de mujeres tristes que ya no estaban en el mundo. ¿Cómo es que sus padres no pensaron en ello?, se preguntaba cuando ya tenía edad para cuestionarse esas cosas y muchas más. ¡Por el amor de Dios, solo eran unas niñas! Unas criaturas recién llegadas al mundo a las que ya les ponían una mochila con la carga de esas dos antepasadas de las que ellos mismos, los padres, no guardaban un buen recuerdo. Ni tan siquiera una pizca de cariño.

Así pues, lo primero que pensó Martina cuando se le apareció por primera vez el espíritu del marido de Berta la del bar fue que tenía los ojos de su abuela materna y, claro está, cómo no iba a aceptar su presencia. Cómo no iba a intentar que pasara al otro lado y tal. Cómo no escucharle, cómo no aprovechar para decirle cosas como:

—Porque mira que es pesada tu mujer, dale que te pego con los recuerdos que mantiene vivos de ti. ¡Que ya llevas muerto veinte años, joder! ¡Veinte años!

Capítulo 37

Los viernes, en el bar de Berta, es la noche del Karaoke. Ella, que es un lince para los negocios, desde hace un par de años mantiene esta práctica, porque aglutina, en un solo día, a todas las edades (los sábados también lo intentó, pero vio que la juventud, los de quince a treinta años, preferían irse los fines de semana a pueblos más grandes, con más oferta en el sentido de la diversión). Así pues, los viernes por la noche, Berta deja casi en penumbra el bar, enciende solo unos focos de colores y una bola de discoteca que suelta destellos para que sus clientes (todos aquellos que creen que llevan un cantante dentro) se den cita allí, imaginando que forman parte de cualquier programa del tipo Operación Triunfo y similares. Y se lo pasan bomba berreando las canciones de El Dúo Dinámico, Camilo Sesto o Alaska (los que ya tienen cierta edad) o canciones en inglés y más modernas, de John Legend, Miley Cyrus o Riahanna (los más jóvenes). Los hay que practican durante toda la semana para dar el do de pecho cada viernes, como le pasa al pastor Palomar (que sería uno de los primeros eliminados si hubiera participado en alguno de esos concursos televisivos, precisamente).

El caso es que un viernes cualquiera de principios de curso, Martina asistió por primera vez a una sesión de karaoke en el bar de Berta. Iba dispuesta a pasar una noche agradable, que no a cantar, porque Ricardo se lo recordaba cada semana, pero ella siempre decía que no, que no le apetecía, porque eso de mezclarse con otras personas, eso de que pudiera bajar la guardia y mostrarse tal cual la echaba para atrás. Ese fin de semana podría haberse ido a Zaragoza a visitar a sus padres, por ejemplo, o podría haber ido a la capital para quedar con alguna amiga que aún quisiera llevar esa etiqueta y que aún considerara que merecía la pena invitarla a pasar la noche en su casa. Pero no, ese viernes consideró que debía ser fuerte y reconocer que era infinitamente mejor ir a cenar unos pinchos (vino-pinchos, los llamaban) mientras sonaban los éxitos de siempre en un improvisado escenario con pantalla televisiva.

Eso, un viernes cualquiera, Martina entró en el bar justo cuando Palomar estaba destrozando la canción *Te he echado de menos*, de Pablo Alborán (su toque personal era cantarla como una jota y no, no era eso. O sí, se trataba de cantar y divertirse, ¿no?). Los hermanos Alcorta le aplaudían sin ton ni son, soltando carcajadas. En el grupo faltaba Ricardo. A pesar de que el local estaba lleno, a pesar de la oscuridad salpicada de destellos de discoteca, Martina notaba la ausencia de Ricardo.

—¿Qué te pongo? —Vino a preguntarle Berta, aunque no servía las mesas, sino que todo el mundo debía pedirle en la barra.

A Martina le gustaba esa deferencia. Aun pensando que podía levantar envidias, le gustaba.

—¿Qué me sugieres?

—¿Rabo de toro?

Martina negó con la cabeza, pero sin poner cara de asco.

—Pues algún día tendrás que probarlo, digo yo. —Y cruzó sus brazos cortos debajo de los inmensos senos, que se quedaron justo encima, como si los acunara.

—Otra cosa.

—¿Vendrás la semana que viene?

—Pues no sé…

—El viernes que viene te preparo unas gambas con gabardina.

—¡Qué bien suena!

—Estoy aprendiendo a hacerlas —se sinceró—. Ahora solo puedo traerte unas patatas bravas y un choricillo frito. O tortilla de patatas. O de atún.

Ese día, aparte de unos labios bermellones y unos ojos ahumados, Berta llevaba un vestido negro, corto y recto, con cuello baby blanco, lo cual hacía que sus anchos hombros se vieran más pegados a la cabeza. Martina la miraba sin disimulo, mordiéndose la lengua para no decirle que esa ropa le sentaba fatal. Sobre eso ya le llamó la atención tiempo atrás su psicóloga: resulta que la sinceridad no solicitada podía generar en la otra persona un golpe de violencia que Martina debía evitar a toda costa. Pero claro, se decía Martina, cómo sugerirle una cosa así sin provocar un enfado en ella. O cómo decirle que tampoco le sentaba bien el nuevo color de pelo, tan anaranjado (poco después de que Martina llegara al pueblo, se desató entre las vecinas de treinta a cincuenta años una locura por el tinte pelirrojo. Algunas acertaron. Otras, desde entonces, llevaban en la cabeza un auténtico desastre). El corte tampoco le favorecía, porque, hoy en día, ¿quién llevaba el pelo a lo Cleopatra?, se preguntaba. Y los zapatos de tacón que llevaba esa noche le hacían caminar como un ave zancuda. Martina miraba a Berta y debía hacer malabarismos para que sus palabras de desaprobación no saltaran de su boca para desgarrar a esa mujer que se esforzaba por ser amable.

—Vale, pues las bravas, pero que no sean muy bravas, y una cerveza sin alcohol.

—¿Y un choricillo?

—Y un choricillo.

—Enseguida te lo traigo, guapa.

Tras la actuación de Palomar, los amigos de Ricardo se sentaron con Martina, recabando sillas de alrededor, y mientras ponían sus vasos medio vacíos encima de la mesa, le comentaron que Ricardo no vendría porque tenía algunas ovejas de parto. El olor a sudor de Palomar, sentado a su lado, le iba a cortar la digestión a Martina.

—Mírala, ni caso —dijo él, mirando hacia la barra, hacia Berta, que iba atendiendo a unos y a otros con gran seriedad—. No me hace ni puto caso. Ya te dije que, a los pastores, no nos quieren las mujeres.

Ella estuvo a punto de replicarle, pero también se mordió la lengua. Jesús, se decía, qué duro le resultaba frenar su verborrea guerrillera, la que puede hacer daño blandiendo las espadas de las palabras. Porque Martina no creía que fuera eso, lo de la profesión. Creía que tenía algo que ver con la falta de una larga ducha diaria y de un buen desodorante, también diario. Y una camisa limpia y bien planchada y un pantalón sin lamparones, por ejemplo. Pero tampoco se atrevió a decirle nada.

Cerró los ojos, quiso no oír nada de lo que ocurría en ese bar, ni voces ni música. En ese momento, era como si tuviera dos cerebros. Uno de ellos pertenecía a la agradable y perfecta chica de buena familia que siempre había actuado para que la quisieran, para que la aceptaran, acallando su propia opinión. El otro cerebro era el de una barriobajera a la que se la traía floja (eso decía) las tremendas tonterías que decían los demás y que lo único que necesitaban eran un par de hostias (eso decía) para que se dejaran de tanta memez.

Menuda chorrada, pensó, abriendo de nuevo los ojos, viendo cómo Berta se acercaba con las raciones que había solicitado. Las buenas chicas siempre se quedan un paso por detrás de las demás, pensó en esos momentos, las que sí que se comen el mundo. Seguro que las chicas malas no tienen ni úlceras ni dolores de cabeza. Las otras, sí, claro, porque se lo tragan todo. Dio un sorbo a su cerveza sin alcohol y decidió arriesgarse:

—¡Pues claro que está por ti, Palomar! —le dijo con una sonrisa pintada en rojo y un parpadeo de largas pestañas cargadas de rímel—. ¿No la encuentras guapa esta noche?

—Pues sí, sí... —balbuceó él, mirando a Berta ya en la mesa, colocando cerca de Martina el plato con chorizo y el de las patatas bravas.

—¿Qué pasa? —le dijo al pastor—. ¿Por qué me miras así?

Palomar se quedó mudo.

—Berta —le dijo Martina—, todos pensamos que esta noche estás guapísima.

Berta se sorprendió, los miró con una sonrisa, incluso a Palomar.

—Gracias. —Les sonrió y se colocó el cabello acartonado tras las orejas. Luego, se dio media vuelta, con su paso de ave zancuda.

—¿Y por qué te crees que se ha puesto tan guapa, eh? —le preguntó a Palomar.

Él solo dio un trago a su cerveza, expectante.

—¡Por ti, hombre, por ti!

—¿Te lo ha dicho ella? —Quiso saber Palomar.

—¿Te lo ha dicho? —Quisieron saber los hermanos Alcorta.

—Una mujer entiende de esas cosas —dijo Martina, sabiendo que eso de ser Celestina le podía salir bien o mal, pero qué caramba, tenía que ser osada, creativa, mentirosa...

Todos ellos guardaron silencio, con los ojos abiertos, por si el oráculo continuaba hablando. Y sí, Martina quiso seguir tentando a la suerte para obtener información como quien no quiere la cosa:

—Pero ese dicho de los pastores no siempre se cumple, ¿no? Eso no ocurre con Ricardo, dijisteis el otro día.

Risitas y codazos de unos y de otros.

—Es que él salió del pueblo.
—Salió a ver mundo.
—En un barco de la armada española.
—Haciendo la mili.
—Luego, estuvo viviendo en Madrid y en Logroño.
—¡Y también en Irlanda!
—¿En Irlanda? —Se asombró Martina—. ¿Y a santo de qué se fue a Irlanda?
—A aprender idiomas. —comentó uno de los hermanos Alcorta, mientras se iba hacia la barra a por más bebida.
—Y a ver mundo, ya te he dicho.
—Al final trabajó allí de pastor, que experiencia tenía con las ovejas de su padre.
—Y en Logroño.
—También estuvo en Logroño.
—Diez años.
—¡Diez años!
—Allá trabajó en lo que hiciera falta.
—Mecánico, temporero...
—En madera y muebles.
—Vendiendo pisos...
—¡Diez años!
—Primero en Logroño y luego se fue a Irlanda, con el finiquito de la última empresa.
—Se echó novia y todo. —Volvió Alcorta con tres enormes jarras de cerveza que rebosaban espuma.
—¿Tuvo una novia en Irlanda? —Seguía asombrada Martina.
—En los dos sitios.

—Lo de una novia en cada puerto.
—Qué cabroncete...
Vaya, se dijo Martina.
Alguien estaba cantando *Carolina*, de M-Clan, y la mayoría de los presentes coreaban el estribillo.
—¿Y por qué volvió al pueblo? —gritó Martina, para que pudieran oírla.
—Porque no le hacían fijo.
—Porque se murió su padre.
—Y quién se iba a hacer cargo del rebaño, ¿no?
—¿Y la novia o exnovia? —Quería saber Martina—. O las novias.
—Una se casó.
—Las dos se casaron.
—Pero él va de vez en cuando a Logroño. A que ella le corte el pelo y le arregle la barba.
Risas y codazos.
—Es peluquera.
—Sí, sí a que le corte el pelo... menudo cabronazo —volvió a decir Palomar, y se levantó para ir hacia Berta, que no le hizo más caso que de costumbre y que provocó que sus dos amigos se rieran con ganas mientras le observaban.
Así pasó Martina otro viernes noche en el pueblo. Ya llevaba siete. Y aún no había huido de ese lugar.

Capítulo 38

Hoy el hijo de Martina hubiera cumplido trece años. ¡Trece!, se sorprende ella.

—¿Cómo se celebra el cumpleaños de alguien que ya no está, eh, Satur? —le pregunta al fantasma en su butaca floreada, que le contesta con un quejido—. Jesús, qué incordio eres. Ni sonríes ni tienes una palabra amable. No entiendo cómo Berta pudo estar tan colgada de ti.

Es entonces cuando Martina recuerda algo y decide buscar entre los cajones de la cocina, está segura de haber visto algunas velas en ellos. Velas de los antiguos moradores, es decir, de la dueña del bar y de su marido, el mismo que ahora la mira con ojos tristes. Y encuentra un par de cabos. También algunas balas grandes.

—¿Esto es tuyo? —Le enseña las balas.

El espíritu asiente. Parece abatido. Baja la cabeza.

—¿Eras cazador?

Vuelva a asentir.

—¿Cazador de perdices?

Y es entonces cuando le cuenta la historia. Le cuenta que Berta tenía un perro, un pastor alemán. Le cuenta que, cuando se iba con él de paseo por el monte, a veces se alejaba corriendo detrás de las ovejas de alguno de los rebaños y el pastor de turno le maldecía, porque ellas se asustaban y se les podía cortar la leche, le decían. Pero el perro no entendía nada, ni tan siquiera oía cómo Satur lo llamaba. Nunca se lo llevaba de caza, porque no era un perro como los que tenían los demás, sino que cojeaba y no ponía interés ni en el rastreo ni en nada, solo en jugar. Satur no entendía de qué podía servir un perro como ese. Un perro que tenía loquita a su mujer. No lo entendía, no. Cómo se podía querer a un animal así, de la manera como lo quería Berta.

Le disparó una tarde, a principios de otoño. Le cuenta a Martina que no sabe de dónde le nació tanta rabia ni por qué la descargó con el pobre animal. Cuando bajó al pueblo, limpió la escopeta y se hizo el desentendido cuando Berta le preguntó por Renato, por su perro. Le contestó que hacía horas que no lo veía, que él se había ido solo al monte, que seguramente Renato regresaría a la hora de la cena, que no se preocupara, que era un perro algo tonto, pero que sabría volver. Y Berta se enfadó con él. Por llamarlo tonto. Por tomarla a ella por tonta, también.

Pero no volvió, claro, Renato no volvió y Satur no entendía cómo su mujer podía preocuparse tanto por el dichoso can. Cómo pudo llorar tanto, y durante tantos días, cuando la gente del pueblo vino con la noticia de que habían encontrado sus restos cerca del hayedo, rodeado de buitres.

—Entiendo —comenta Martina cuando él acaba su relato. Se frota las sienes. Jesús, cómo le duele la cabeza. Parece como si se le fuera a partir en dos—. Y por eso estás aquí. No porque Berta no deje de pensar en ti, sino porque quieres que te perdone o qué sé yo, ¿no? Vamos, lo que se supone que hacen las almas que no encuentran la paz.

Pero ni el espíritu de Satur sabe realmente qué hace en el mundo de los vivos. Cuando uno muere y le pasan esas cosas, no se está para muchas elucubraciones.

—Bueno, pues ya veremos qué se me ocurre —le dice, cerrando los ojos. Le gustaría decirle que se vaya lejos, al bar de Berta, por ejemplo. Quiere retomar lo que estaba haciendo unos minutos antes.

Enciende con una cerilla la mecha de una de las velas que acaba de encontrar. Se hace la luz. Una luz mínima, como una esperanza cualquiera.

Se dirige, entonces, hacia el perchero situado junto a la puerta, agarra su bolso y saca del monedero una foto plastificada de Marcos. Marcos con nueve años, en plena carcajada, un día en la feria, subido en el caballito de un tiovivo en Alcalá de Henares, adonde fueron durante el puente de la Constitución. En la foto aparece con un gorro de lana en forma de oveja, con sus orejas y sus patas colgantes. Ella se compró otro con forma de gallina. Y sin complejos, lucieron ambos gorros por toda la ciudad: una oveja en una silla de ruedas y una gallina empujando dicha silla.

Martina da un beso a la fotografía, un beso en la cara blanquísima, aún más blanca por el flash, y le dice «Feliz cumpleaños, Marquitos». Observa esa imagen que la lleva hacia el pasado, a cuando ninguno de los dos sabía qué les deparaba el futuro y podían permitirse el lujo de sonreír, de pasárselo bien. Decide montar un pequeñísimo altar sobre el mármol de la encimera de la cocina. La foto. La vela. El fantasma que habita esa casa la sigue por todas partes, apesadumbrado, y la observa con ojos húmedos y tristes. Ojos de abuela, diría Martina, si fuera ella la que estuviera contando esta historia. Le enseña la fotografía:

—Mira, Satur, este es Marcos. ¿Qué te parece, eh? —Y pone la foto delante de él.

Le pregunta si es su hijo. Ella le responde que sí. Él quiere saber dónde está. Ella le contesta que muerto. Y en la cara de ese espíritu se posa una mueca de sorpresa. Le pregunta si está segura.

Y no, Martina no sabe qué contestar, porque sabe que Marcos está ahí, en esa minúscula cocina de estilo provenzal o rústico o qué nombre dar a esos muebles de madera envejecida con tiradores que se quedan en la mano, qué nombre dar a ese suelo de color negro, como la encimera de mármol... todo tan oscuro que no se pueden ver ni las hormigas ni otros posibles bichos rastreros. Al fin y al cabo (eso es lo que piensa Martina), no hay que olvidar que vive dentro de una cueva y que bichos tiene que haber sí o sí. Martina se lleva los dedos a las sienes, notando un pinchazo de dolor. Cierra los ojos momentáneamente y sabe que, al abrirlos, se encontrará a su hijo ahí mismo, de pie, entre ella y el espíritu de Satur. Tiene miedo.

Miedo si abre los ojos y se encuentra con él.

O abrirlos y que no esté.

Pero ese día quiere ver a Marcos, su cabello rizado, más largo de la cuenta (será porque se ha convertido en un adolescente rebelde, le gusta pensar). Quiere imaginárselo celebrando algo inexistente, algo como una vida de trece años.

En ese momento se abre la puerta de la calle y ella da un respingo, asustada. Tras la hoja de la puerta aparece Ricardo, el pastor, que entra en la casa dando zancadas, quitándose el gorro de lana mientras envía una sonrisa a Martina, que se ha quedado con la boca abierta. El espíritu de Satur se repliega y corre a esconderse tras la butaca floreada. Ricardo cierra la puerta con sigilo, clac, y ese tenue sonido les deja en completo silencio. Él mira hacia el sofá, a su derecha. Ella también lleva su mirada hacia ese sofá de tres piezas, floreado, algo fofo, el lugar que ha escogido Marcos para ir a sentarse tras la intromisión de Ricardo. Un sofá nada cómodo en el que se clavan los muelles como piedras, eso piensa Martina, y le sorprende que la dueña de la casa, Berta la del bar, alabe tanto esa vivienda incrustada en la montaña. Se nota que no vive en ella, que de ella solo tiene recuerdos sesgados. «Una casa repleta de modernidades», dice la del bar. ¡Ja!

—Pero... ¿acaso nadie te ha enseñado a llamar antes de entrar? —le pregunta enfadada acercándose a él. Por un momento, Ricardo no sabe si viene a abrazarle o a darle un puñetazo. Qué mujer más temperamental, opina, pero ella no hace nada de eso, ni le pega ni le abraza, sino que se dirige a guardar algo en el bolso que cuelga del perchero—. ¡Por Dios, me das unos sustos de muerte!

—Buenos días —le dice Ricardo con la mano en el pecho, sobre su chaleco acolchado. En esa mano, en el puño cerrado, sostiene el gorro que llevaba puesto hasta hacía un momento. En la otra, lleva una bolsa de papel—. No sabía si habías desayunado y si querrías compartir un café con estas rosquillas. —Y le enseña la bolsa de papel marrón.

—Vale, pasa —le dice cruzándose de brazos. No puede evitar que una mueca de dolor se le ponga en la cara.

—¿Te encuentras bien?

—La maldita cabeza me va a estallar. —Y se gira, de vuelta a la cocina para preparar café. Se queda rígida delante de la encimera, justo donde iba a preparar el altar dedicado a Marcos.

Ricardo se acerca a ella, por detrás, deja lo que lleva en las manos y toma los hombros de Martina, le da la vuelta, la coloca delante de él. Dirige sus manos a la cabeza de Martina. Ella ni se mueve. Simplemente, cierra los ojos. Le llega el olor a campo, a humo de chimenea, a la colonia Brumel que él se ha puesto. Nota las manos ardientes de Ricardo tocando su frente, tocando sus sienes. Las orejas. El cuello. Él deja las manos unos minutos en cada zona. Martina podía irse flotando en esos momentos y no la extrañaría nada. Se nota ligera, casi gas. Una nube. El mínimo suspiro de un gato.

Con una voz ronca, Ricardo le pide que abra los ojos, que salga un momento a la calle, que camine por la acera, ida y vuelta, para despejarse. Mientras, le preparará el desayuno, dice. Y ella asiente. Continúa flotando. Teme irse volando en cuanto cruce el umbral de la puerta.

—Tus manos son mágicas —le dice, a modo de agradecimiento.

Y está a punto de añadir que también su sonrisa. Que todo en él es mágico. No sale de su asombro. No sabe qué le ocurre a su cuerpo y a su mente cuando él está cerca. Piensa que los médicos deberían recetar a personas como él para la rehabilitación y mejora de según qué enfermos. Por ejemplo, a ella.

Ya fuera de su casa, Martina se fija en que el día está despejado. Menos mal, piensa, pues no había parado de llover en toda la noche. Es un corto paseo, cinco minutos, hasta el final de la calle, donde comienza el descampado, donde ve a un perro que yergue la cabeza, y las orejas, cuando la ve. Un perro que va olisqueando esa vida salvaje que se esconde entre la vegetación, entre los pliegues de la montaña, y que comienza a lloriquear en cuanto la ve, que va hasta ella, que va detrás de ella, cinco metros más atrás, que la sigue hasta su casa. Si Martina camina deprisa, el perro también. Acaban caminando, ambos, casi al trote, como si alguien les persiguiera, sombras o voces que nadie ve ni oye. Martina abre la puerta rápidamente y la cierra aún más deprisa para que al perro no se le ocurra entrar tras ella.

—Un perro me persigue —le dice a Ricardo, con la respiración agitada.

Él se asoma, mira fuera y no ve nada.

—¿Estás segura?

—¡Ya te digo!

—Pues ya no está.

Y a ella se le cuela cierto pesar. Por si es una alucinación. Ya le dijeron, en el hospital, que la esquizofrenia provocaba eso, las alucinaciones. Las suyas, las visiones de muertos, eran propias de esa enfermedad. Que debería estar medicada por mucho tiempo, le dijeron. Visitar a un profesional que le ayudara, una tal Valeria Gonzalo, psicóloga con un máster en trastorno mental. Y Martina, cuando decidió huir a Atalaya de don Pelayo, huyó también de dicha profesional y de los medicamentos. Le daban somnolencia. Le provocaban estreñimiento. Sequedad bucal. Excusas.

—¿Estaría perdido? —Quiere saber Martina.

—No lo sé. A lo mejor es de algún vecino.

—Claro, a lo mejor. —Sostiene ella mientras se dirige a la cocina con paso veloz para apagar la vela que había dejado encendida. Una vela que piensa encender, de nuevo, cuando vuelva a estar a solas. Coge su tazón y da un trago.

—No, deja —le dice Ricardo—. Te voy a preparar otro café, que ese ya se habrá enfriado, ¿a que sí?

Ella afirma con la cabeza y se desabrocha la bata afelpada. «Joder», piensa, «he salido con la bata».

Su enorme bata de color azul y con un gran corazón rojo en el lado izquierdo de su pecho. Cosas de Ágata.

—Hacía mucho frío fuera. He salido sin anorak.

—A quién se le ocurre... —Ricardo golpea en la bolsa de la basura el depósito de la cafetera para vaciarlo. Abre la puerta de un armario, mira dentro, mueve algo—. Pero siempre es mejor el frío que la lluvia, sobre todo para las ovejas y para este pastor. —Le guiña un ojo—. ¿Dónde guardas el café?

—En la nevera.

—¿Por qué lo guardas en la nevera? —le pregunta apoyándose en la encimera, sonriéndole, los brazos cruzados, la cabeza ladeada, esperando la respuesta.

Qué hombre más enorme, se sorprende Martina, y no sabe cuánto tiempo pasa entre la pregunta de él y la respuesta de ella, quizá nada, pero en ese escaso tiempo se dedica a observarle. Se fija en sus ojos azules, de mar; en la larga barba cuadrada; en su corte de pelo rasurado en la nuca y con flequillo peinado hacia atrás; en su jersey marinero o de alguien que ha sido marino en aguas internacionales, piensa; en los pantalones anchos; en las botas de montaña que le están dejando marcas de tierra por todo el suelo de gres negro...

—Lo guardo en la nevera una vez abierto —se decide a contestarle— para que no pierda todas las propiedades. Total, para qué, se conservaría igual de bien si dejara el paquete de café en cualquier repisa, porque esta casa es una nevera. Ya lo sabes.

—Y con un acto reflejo, se abrocha el último botón

de su bata y luego coge una rosquilla y le da un mordisco—. Mmm, riquísima. Gracias.

—No hay de qué, princesa.

Ricardo lo ha dicho sin volverse, mientras pone la cafetera al fuego, mientras coge un par de tazas del escurreplatos, mientras busca el azucarero. Martina ha dejado de masticar. Princesa. Hacía siglos que nadie la llamaba así. Felipe se lo decía cuando vivieron en Londres. ¡En Londres! Por un momento, eso piensa Martina, se siente como si hubiera vuelto a esa ciudad, catorce años atrás. Por el breve espacio de un segundo, ha notado esa sensación diáfana, libre, ligera, esa emoción de sentirse no solo joven, sino también enamorada, de sentirse querida o admirada. Todo eso en un segundo.

—¿Hoy no sales con las ovejas? —le pregunta.

—¡Claro, siempre! —le contesta volviéndose hacia ella, otra vez con los brazos cruzados. Su altura, en eso se fija ahora Martina. ¿Llegará a los dos metros? Sus anchos hombros. El gran abdomen bajo los brazos cruzados. Un auténtico gigante, piensa—, pero después de desayunar contigo, cuando vea que te lo has comido todo, que cada día estás más delgada.

—¿Tú crees?

—Ajá. —La observa, traspasándola con la mirada. Más que una mirada es un escáner, piensa Martina. Un escáner médico que va más allá de lo que a simple vista está y que muestra, al que observa, cualquier dolencia o malestar.

Ricardo se da la vuelta y continúa preparando el desayuno. Mientras, dice:

—Las ovejas necesitan el campo, la libertad, el sol... como nosotros, claro. —Y vuelve a reír.

Qué hombre más jovial, piensa ella. U optimista. Martina cree que a él no le cuesta nada darle a la tecla del buen humor.

—¿No es un poco rollo hacer todos los días lo mismo? Lo de salir con las ovejas al monte.

—¿Rollo? —Se sorprende Ricardo, mirándola directamente a los ojos—. No, claro que no, ¿qué te hace pensar que...?

Martina aparta su mirada de la de él, le cuesta mirarle directamente, es como si él pudiera leerla por dentro. O como si pudiera detectar no sabe qué. Piensa que él sabe... sabe algo, algo más. Baja los ojos. Frunce los labios. Carraspea.

—¿Estabas celebrando algo? —Y Ricardo le señala la vela apagada.

—No —le miente.

—¿Algo para recordar, quizá?

—Que no.

Y los dos miran, a la vez, el sofá floreado que preside el comedor.

—Tengo que irme al colegio —le dice ella con una prisa repentina, mientras se incorpora, mientras se pone el anorak, mientras coge el bolso y las llaves de la escuela—. Cuando hayas acabado de desayunar, cierra la puerta, por favor.

—Pero aún falta un cuarto de hora para las nueve y...

¡La bata y las pantuflas!, se calla Ricardo, y apaga el fuego, pues el café acaba de salir, llenando la casa con un aroma que permanecerá en ella hasta que a alguien se le ocurra abrir la única ventana para ventilarla.

Martina no oye nada, que ya ha cerrado la puerta. Hay charcos por todas partes y es entonces cuando cae en la cuenta de que lleva las zapatillas de estar por casa. Unas zapatillas de color rojo y topos negros, con antenitas y todo, imitando a un par de mariquitas. «Los niños se lo pasarán en grande cuando me vean», piensa divertida. Se estaba ganando a pulso lo de ser una maestra excéntrica. «Oh, cielos, y no me he quitado la bata», observa al desabrocharse el anorak, cuando llega al aula. Se la quita y la guarda en un cajón, para que los niños no la vean con ella. Debajo de la bata, el pijama, uno de cuadros, afelpado. Va sin sujetador y se pasa toda la mañana sentada en su silla y con los brazos cruzados, sin apenas moverse.

A la vuelta se encontrará en la puerta de su casa con el perro desconocido. Hecho un ovillo, al sol. Ella no puede resistir la tentación de acariciarle. Por la mirada, quizá. Una mirada que le recuerda a su hijo, a Marcos. Una mirada triste y llena de esperanza. Le dice que no la siga. Le ordena que se siente. Y ella entra en la casa, con la idea de buscar algo para darle de comer. En la cocina no solo hay una vela encendida, un velón nuevo y flamante de color rojo, sino también, a su lado, un ramillete de flores campestres y multicolores dentro de una jarra con agua. Martina busca en el billetero la foto de Marcos y la coloca al lado de ese ramillete y de esa vela. Desea un feliz cumpleaños a ese hijo que nunca llegó a cumplir los trece años, que se quedó en los once. «Ay, mi niño». Y rompe a llorar.

Y con ese llanto sale a la puerta de la calle. El perro la espera, de pie, moviendo el rabo como un molino, en círculos. Ella se agacha y lo abraza. Cree que es un regalo de cumpleaños. No tiene la menor duda. Permite que se quede. ¿Quién salva a quién?

Capítulo 39

Sucedió un veinticuatro de agosto, el día de San Bartolomé, el patrón de Sitges. La familia de Martina, al completo (también su insoportable hermana, el pánfilo de su marido y sus tres insufribles hijos, así los calificaba ella), la familia entera se había reservado una semana para disfrutar las fiestas en este pueblo costero catalán. Allí tenían los padres, Carmen y Pablo, su segunda residencia desde hacía décadas, una casa de dos plantas con un jardín inmenso en el que había pinos, una gran palmera, un olivo y varias mimosas, adelfas y plantas trepadoras en la fachada principal, como la buganvilla, que llenaba de color rosado la pared blanca con ventanales de madera, los cuales habían perdido su color oscuro debido al sol y al salitre de la costa.

Rosales, también había rosales cargados de rosas de varias tonalidades, rodeados de macetas con menta, lavanda o romero.

Y pájaros que habían hecho del lugar su hábitat.

Siempre que podía, Pablo se escapaba a esa casa y

a esa población, independientemente de si le acompañaba su mujer o no (que no, que no solía acompañarle argumentando que tenía mucho trabajo en la radio), pero él se iba igualmente porque en el puerto de Sitges amarraba su barco, que era su gran pasión, su gran amor, y eso lo sabían todos. El otro amor había sido la bebida, pero la había dejado diez años atrás, cuando tuvo un infarto, y desde entonces se mantenía sobrio y había rejuvenecido de una manera escandalosa, para sorpresa de sus hijas y de su mujer. Desde aquel susto con tintes funerarios, Pablo ya no lucía grasa corporal, ni resoplaba cada diez metros, ni se ponía lo primero que encontraba en el armario, sino que tenía un estilista al que de vez en cuando acudía para renovar su fondo de armario.

Eso decía, fondo de armario.

Pero nunca quiso salir de él. Del armario.

Sucedió la noche de ese veinticuatro de agosto, que era la noche en la que los fuegos artificiales explotaban en la playa, formando un precioso espectáculo, con luces arriba, en el cielo oscuro, y abajo, reflejándose esas luces intermitentes en el mar que hacía de espejo. Amparo, la hermana de Martina, con su padre, su marido y sus tres hijos, se habían ido precisamente a ver dichos fuegos al lugar privilegiado que les ofrecía el barco familiar. Martina declinó la invitación porque a Marcos el gentío le ponía nervioso y el chaval, que entonces contaba once años, prefirió irse a su lugar preferido en el jardín: una hamaca amplia, cómoda y de colores suaves que colgaban en un rincón alejado del jardín. Una hamaca enganchada a la gran palmera, que ya estaba podada y que era asiduamente tratada contra el picudo rojo y que ya no tenía la majestuosidad que Martina y su hermana recordaban de pequeñas. El otro extremo de la hamaca lo sujetaban de una argolla que había en la desconchada tapia que rodeaba la finca. Una tapia de más de dos metros de altura, de ladrillo encalado, deteriorada, pero que ya la arreglarían en algún momento y la cambiarían por una valla más moderna, comentaban año tras año. Y año tras año lo dejaban pasar. Total, para qué, se decían, para lo poco que venimos... y dejaban esos puntos suspensivos en el aire, al igual que la propuesta de reforma.

Los días estivales que pasaban en esta casa, Marcos solía pedir a alguien que le acompañara hasta allí, hasta su rincón favorito, y que le ayudara a subir a la hamaca, pues en su imaginación siempre fue algo así como un oasis en el desierto (eso decía, y a todos les hacía gracia ese comentario, porque desde bien pequeño soltaba cosas así). Allí leía sus cómics de Astérix o de Mortadelo y Filemón o simplemente se echaba una siesta (en verdad, decía que se iba a contemplar la naturaleza con sus prismáticos, o a oír el canto de los pájaros, pero siempre llegaba un momento en el que tanta contemplación acababa por cerrarle los ojos). Y luego, cuando creía que era el momento de volver a la realidad («a la vida mundana», solía decir él, para sorpresa de todos los adultos que le rodeaban, porque, ese vocabulario, ¿de dónde lo sacaba?), daba un grito para llamar, por lo general, a su madre o a su abuelo, con el que había una gran chispa (eso decía el niño) o una gran complicidad (eso decía el abuelo) y se acercaban a liberarle de esa altura, le bajaban y le sentaban, de nuevo, en la silla de ruedas para volver a la casa, para llevarlo a la playa o para quedarse en el porche si ya era la hora de comer o de cenar.

Y todo lo que ocurrió esa noche del veinticuatro de agosto tuvo lugar después de la cena, precisamente. Marcos quería ir a tumbarse a la hamaca para ver los fuegos artificiales. Todos le aseguraron que desde allí, y bajo la palmera, no vería nada. El niño insistió, diciendo que si no los veía, se los imaginaría, y como eso era algo muy común en él, eso de inventarse cosas o de tener ese tipo de pensamientos, Martina lo llevó a la hamaca, le despeinó el flequillo a modo de caricia, le dio un beso y le dijo que, cuando quisiera regresar, la llamara. Ella y su madre se quedaron en el otro extremo del jardín, recogiendo la mesa, poniendo más velas de citronela para ahuyentar a los mosquitos, haciéndose un café en la cocina, abriendo y cerrando cajones y armarios mientras comenzaban las explosiones en la playa, el gran castillo de fuegos artificiales que siempre solían ir a ver y que ese año, mira por dónde, decidieron quedarse en la casa, bien por vagancia, bien porque, a veces, nadie puede escapar del destino y de lo que nos tiene preparados. Un destino que no solo decide lo que va a ocurrir, sino que elige a los testigos o al público que contemplará su obra.

Así, con el estruendo del castillo de fuegos, Martina y su madre no oyeron que la tapia en la que se sustentaba la hamaca de Marcos cedió, de repente, debido a su antigüedad y nulo mantenimiento, sepultando al niño bajo los escombros, permitiendo que su sangre se mezclara con la cal y con el polvo del ladrillo. La oscuridad en ese lugar del jardín tampoco fue una ayuda visual y si Marcos gritó, Martina y su madre no oyeron nada debido a la pólvora que explotaba en el cielo. No fue hasta mucho después de que acabara todo, de que ya no sonara nada en el ambiente ni nada brillara o parpadeara en ese cielo oscuro y nocturno, no fue hasta que Martina y su madre ya terminaron su café y las revistas que estaban leyendo bajo la luz del porche, no fue hasta entonces que Martina dijo, mientras se levantaba:

—Voy a buscar a Marcos, que lo mismo se ha dormido y todo.

—Deja, ya voy yo —comentó Carmen, haciéndole un gesto insistente con la mano para que volviera a sentarse.

Y fue ella, la abuela, la que se encontró con esa pesadilla, la que gritó, la que tuvo que ser sedada cuando llegó una ambulancia. Pero fue Martina la que se quedó hasta que se presentó el juez instructor y la que le oyó decir, a uno de sus ayudantes, una frase que no se le olvidaría en la vida: «Muerte estúpida».

Sí, lo fue, porque nadie se dio cuenta de nada. Perdió a su hijo así, estúpidamente.

Capítulo 40

Felipe ha cambiado su foto de perfil. Aparece más gordo. Más viejo. Con unas entradas excesivas. No me gusta. Nada de nada. Me doy cuenta de lo decepcionada que estoy con él y conmigo misma, con mi absurda creencia de que él era mi alma gemela. Mi alma... ¿qué?

Y me entero, gracias a él, de que hoy es el Día Mundial de la Sonrisa. Así, con mayúsculas, porque esto es lo que él cuenta en su muro: «Hoy, día Mundial de la Sonrisa, quiero brindar por la de mi compañera, Elena, y porque hoy es su cumpleaños. Gracias a ella y a su sonrisa, mi vida cambió, iluminándola. Con vuestro permiso, voy a llenarla de besos mientras hago una foto que inmortalice este gesto de inmenso amor por ella».

Y viene, tras este texto, un *selfie* de ellos dos besándose. Una copa de cava en primer plano, en la mano de ella. Y en el dedo anular de esa mano, una sortija que brilla con el flash.

Cielos, ¿en qué momento Felipe se volvió tan

empalagoso? ¿Quizá cuando cumplió los cincuenta? Y la pregunta que me martiriza: ¿Por qué nunca consideró que yo era para él una especie de bombilla —aunque fuera de cuarenta vatios— que también le iluminaba la vida?

No le doy al «Me gusta» y sí a la pestaña que indica «Dejar de seguir a Felipe. Dejar de ver sus publicaciones, pero seguir siendo amigos». De todas maneras, me da la sensación de que él ya hizo eso conmigo tiempo atrás, eso de dejar de seguirme, pero no indicando que ya no soy su amiga. Ahora caigo que, si ya no me deja ni un triste comentario a lo que publico, ni un «Me gusta» a nada de lo que yo muestro, se debe a que él marcó esa pestaña meses atrás. Me pregunto qué dirá Marcos al respecto. Él, que tiene una visión profunda de todo lo que acontece en la vida, qué dirá de su padre, viviendo esa vida de enamorado dulzón. Un enamorado que ha acogido como propios a los hijos de esa tal Elena, la rica divorciada con la que comparte esa vida luminosa en un piso con terraza en la zona de Pedralbes. Una barcelonesa de mediana edad, abogada, rubita y elegante, de talla mínima, según aparece en algunas fotos, con hijos sanos que juegan en el parque, que corren por la playa, que esquían en montañas altas, que parecen conversadores alegres y que tienen unos dientes perfectos (fotografías con las bocas abiertas, en plena carcajada).

Y en su álbum de fotos, el de Felipe en su Facebook, no guarda ninguna de Marcos, su verdadero hijo. El Marcos serio, de ojos profundos que leen, escanean, interpretan a todo aquel que se sitúa ante él. Nuestro único hijo ya sin un lugar en ninguna parte. El hijo de dientes libres, montados unos encima de otros debido a ese problema en su mandíbula que también favorecía una pronunciación defectuosa. Cuando me negué a repararle esa dentadura para evitarle más sufrimiento, nadie lo entendió. Ellos, los otros, los amigos y familiares, hubieran continuado anestesiándole y clavándole agujas, abriéndolo con un bisturí, volviéndolo a cerrar. Ellos, los otros, le hubieran operado una y otra vez esa boca, esos dientes, la cadera, el fémur. Claro, es muy fácil juzgar y vivir una vida que no es la propia. Asumí la etiqueta de mala madre y comencé a hacerme anacoreta, sin amigos ni familia que me dieran el coñazo.

Qué diría Marcos (no, que *dirá*, debo seguir manteniéndole en el presente), qué dirá de ese padre siempre ausente que ahora es tan feliz en otro lugar y con otras personas. O que simula serlo.

«¿Joder, pero qué hora es, reputa?». Grita el vecino de abajo, como cada mañana. «¿Qué hora es, mierda asquerosa?». Y en esta ocasión no me freno, que la ira y las palabras se me han juntado, insolentes, formando un pelotón de kamikazes:

—¡Son las siete, cabronazo de mierda, hijo de la grandísima puta! ¡Deja de jodernos de una vez y vete a tomar por el culo!

El silencio. Mis puños doloridos por la presión de mis uñas al gritar. Me oigo jadear, por eso del soez aullido que acabo de dar. Las mejillas me arden y el ahogo que siento lo noto incluso cuando me dirijo al espejo de la habitación y apoyo mis manos ardientes en él, tan frío. Y la frente, también apoyo la frente y dejo que el vaho agitado que sale de mi boca lo invada todo. Antes de cerrarlos, me asustan mis ojos inyectados en sangre. No me reconozco. No reconozco a la bestia que me habita. Debería irme de este lugar. Salir de Zaragoza. Huir incluso de mí misma.

—Siempre estamos solos, mamá —me dijo Marcos unos meses antes de su accidente. «Una muerte estúpida», según el juez de instrucción.

¡Solo era un crío, no tenía ni once años y me dijo eso de que siempre estamos solos! Levantó la vista del libro que estaba leyendo para darme esa noticia. Llevaba una semana en la cama. Sus defensas habían bajado en picado y el médico dijo que tenía que guardar reposo absoluto. Sin moverse apenas. Sin salir a la calle. Sin visitas. Y una inyección diaria que él recibía como lo más normal del mundo. «Cuando llegue el verano estará al cien por cien, fuerte como un roble», me aseguró el médico. Y llegó el verano y murió. Menuda opereta, la vida.

—Quiero decir que al nacer lo hacemos solos, ¿no? —continuó—. Aunque haya doctores o enfermeras, es el bebé el que sale de la madre, ¿no? ¿Y eso no es como ir hacia la luz? La luz que está fuera, la de la vida, ¿no? Pues si se sigue la luz al nacer, lo mismo tiene que pasar cuando uno se muere, ¿no crees? Por eso digo que siempre estamos solos, cuando nacemos y cuando morimos.

Yo dejé de teclear el ordenador. Recuerdo que

estaba con una reseña del libro de Paula Bonet, *The End*, en su caja especial, con láminas y un calendario de regalo. Todo ese material lo tenía desplegado en el escritorio de Marcos, junto a mi ordenador y mis apuntes. Dije en el periódico local que me despedía, que no podía seguir yendo de un lado para otro a cubrir noticias que la mayoría de veces eran chorradas y dejar a mi hijo al cuidado de otra persona, intuyendo todo tipo de desgracias en mi ausencia. Que no podía contar con el padre, eso también les dije, y menos en esos momentos, pues se había vuelto famoso al salir en un programa televisivo y deportivo que se emitía desde Barcelona.

Y el director, D.R., se portó muy bien, y en la carta de despido no indicó que era yo la que dejaba el puesto, sino que eran ellos los que me echaban, argumentando cosas que yo había llevado a cabo y que eran una gran mentira. Mintieron para rellenar el expediente (que si era impuntual y faltaba al trabajo repetidamente, que si era indisciplinada, que si ofendía verbalmente al director de manera continua, que si era una alcohólica incipiente). Todo un bulo, claro (bueno, lo del alcoholismo me lo estaba planteando, pero es que necesitaba mantener a raya a los espíritus que veía en cualquier lugar), y cuando le conté a mi madre lo de ese documento de despido, firmado por mí, puso los ojos en blanco y lo vio como una afrenta a ella misma, a la institución que ella, la Grande, simbolizaba dentro de la radiodifusión española. Vamos, que lo que le preocupaba era lo que iban a pensar de ella, de ella como madre de una impresentable como yo, que a ver quién me iba a contratar después de eso. Eso me dijo. No era la primera vez que me lo decía.

Mi madre no se creyó en ningún momento que la mentira de mi despido fuera una mentira pactada, no se creyó que era la única manera de que yo recibiera, durante un año, el subsidio de desempleo. Hombre, me hubiera venido muy bien la liquidación que firmé haber recibido y que no, que no vi, porque el director, D.R., o el contable del periódico, se la quedó.

Por todo ello, yo había montado mi despacho de *freelance* (suena bien el nombre, ¿eh?, pues es una auténtica eme envuelta en papel de regalo) en la habitación de Marcos, para estar en todo momento con él, para estar presente si tenía algo que contar en voz alta, porque él, que hablaba poco, cuando lo hacía era para decir cosas interesantes, como si hubiera estado horas o días dándole vueltas a un tema y, cuando lo había comprendido, lo soltaba al mundo. Lo soltaba como si fueran pájaros que salían de una jaula, locos por volar. Algunos de esos pájaros llegaban lejos, otros se golpeaban con algo en su vuelo y caían al suelo, moribundos. Esa era la metáfora que yo utilizaba respecto a las palabras y a los pensamientos de mi hijo: no todas las cosas que él compartía eran comprendidas por aquellos que le escuchaban, ni todos los que le rodeaban le prestaban la debida atención, sobre todo en el colegio, por lo que esas palabras, esas frases, esos pensamientos, acababan siendo semillas pisoteadas en un terreno yermo y polvoriento.

A mí me daba una pena enorme mi hijo.

Pena por las palabras, muchas de ellas pronunciadas con cierta rotura, como si las hubiera pasado antes por un triturador y al oyente le costara deducir, o comprender, o entender, qué había dicho. Pena por las ideas, grandes ideas a las que muy pocos mostraban un interés genuino, salvo mi padre, que idolatraba a Marcos. Y sé que Marcos se daba cuenta de esa falta de interés del género humano por su presencia y por lo que hacía o decía. Siempre se dio cuenta, desde bien chiquito. Y mi lista de personas ingratas, bordes y desagradables se volvió larguísima y llegó el momento en que me vi completamente sola porque no consideré a nadie lo suficientemente digno para que ocupara un lugar a nuestro lado. Al lado de Marcos y mío. Nadie que me apoyara en mi decisión de no volver a hacerle pasar por el quirófano, por ejemplo, para alargarle el fémur o para ponerle una placa donde los médicos consideraran; nadie que no me juzgara por ello, como si fuera una madre horrible que no quiere el bienestar de su hijo, como ya comenté antes, cuando en verdad lo que quería, precisamente, era que no siguiera sufriendo con esas operaciones que no garantizaban su curación pero sí su sufrimiento. Ya, me repito.

Miré a Marcos en su cama, con el cómic que tenía en las manos, uno de Astérix. Uno cualquiera de la colección completa releída por él una y otra vez. Y siempre conseguía arrancarle risas. Benditos Goscinny y Uderzo. Marcos estaba tan delgado, tan pálido, que su cabello de color cobre y rizado destacaba, aún más, sobre la almohada blanca, sobre el embozo inmaculado de la sábana, sobre el pijama de color azul, con un Bart Simpons amarillento en su pechera. Le miré en silencio para que continuara hablando. Lo hizo sin levantar la mirada del libro:

—Y luego, para morir, igual, mamá. Solos. —Aquí sí me miró. Parpadeó. Pestañas de color naranja. Las cejas, igual. Un auténtico escocés, me dije. Los genes de algún desconocido antepasado de aquellas tierras vivían en mí y también en él—. Aunque nos acompañe alguien que queremos mucho, nos tenemos que ir solos. Persiguiendo, de nuevo, una luz —calló unos segundos—, porque tiene que ser una luz, ¿verdad? Una luz muy bonita, como la del verano, ¿no?

Volvió a mirar las páginas del libro y así, sin más, soltó el punto y final:

—Y ya está.

«Y ya está». ¡Eso dijo! Y lo dijo tan convencido que podía dar la impresión de que lo había hecho toda la vida: llegar e irse, una y otra vez. Se me llenaron los ojos de lágrimas. Intuía que quería anunciarme algo, algo importante. Y yo tenía miedo de eso que iba a decirme, precisamente. ¡Por Dios, que mi hijo no tenía ni once años!

Carraspeé y me hice la valiente. Le pregunté:

—¿Qué quieres decirme, cariño?

Calló durante varios segundos, mientras se mordía el labio inferior, quizá buscando las palabras adecuadas.

—Que en ese tiempo, entre nacer y morir —cerró el cómic—, nos vamos encontrando con personas que merecen la pena, ¿no crees? —Me sonrió y yo me sentí como una de esas personas que, para él, merecían la pena.

Tragué saliva. Me limpié las lágrimas. A la porra que me viera llorar o no.

—Bueno, a veces no somos nosotros los que decidimos qué personas llegan hasta nosotros —comenté con voz entrecortada, pensando en la fallida convivencia con su padre, en las relaciones tensas con mi hermana, en mi distante y fría madre, en los amigos que ya no tenía, en las parejas esporádicas que nunca pensaron en quedarse...

—Siempre, mamá. —Me miró muy serio—. Siempre decidimos quién nos acompañará.

¡Y no pude replicarle!

Sí, mi hijo Marcos parecía venido de no se sabía dónde. No sirve de nada quejarse ahora de si su estancia entre nosotros, conmigo, fue por mucho o por poco tiempo. Lo importante es que vino a la vida. Y que en ese paréntesis, entre su nacimiento y su muerte, me escogió a mí como madre.

Capítulo 41

No sé qué ocurrió ese día. O qué me ocurrió a mí, concretamente. O qué le pasaba al mundo. Parecía un día normal, como otro cualquiera. Me desperté temprano, encendí el radiador eléctrico y aticé las brasas de la chimenea para que ellas también se despertaran y comenzaran a caldear la estancia. Jesús, qué frío hace siempre en esta casa. Tanta modernidad de la que habla la dueña, Berta la del bar, tanto hablar de las bondades de esta vivienda, y no deja de ser una casa que ha ido envejeciendo, que se ha quedado obsoleta. Antigua y hortera, con sus figuritas y su baño de mármol rosa y todos esos grifos y pomos dorados. Una buena calefacción, eso le hace falta, tanto como una buena cerradura o una buena línea telefónica con una ADSL de los tiempos en los que vivimos.

Qué razón tenía mi madre cuando predijo que aquí iba yo a pasar mucho frío. Las brasas bostezan con mi intento de reanimarlas, pero se quedan sin fuerzas para quemar las ramitas que les pongo encima. Tendré que aprender de una vez a encender el fuego. No tiene que ser tan difícil, creo yo. No puedo esperar a que sea siempre Ricardo el que pase como de improviso y espontáneamente se dedique al fuego y a su cuidado. Porque me da por pensar que, de espontáneo, no tiene nada. Que le gusta pasar a verme, a decirme buenos días antes de irse con el rebaño. Bueno, a mí me gusta pensar eso. Ricardo me transmite calma. O fuerza. O ambas cosas a la vez.

Más, más cosas. Me transmite todo lo bueno que me falta. O aquello que algún día tuve, que era bueno y que perdí por el camino.

Me puse el mono de esquiador encima del pijama y a Astérix un chaleco afelpado antes de sacarle a hacer su pipí mañanero. Todo lo que necesita un perro se puede comprar por internet. Y te lo traen a casa. Qué mundo me ha abierto Ricardo con las compras *online*. Quién me lo iba a decir: un pastor enseñando el ciberespacio a alguien como yo. Incluso algunos días quedamos para esas compras. Le digo lo que quiero, la talla, el color, me muestra las posibles variables, marcas y precios y hala, en unos días me llega todo en perfecto estado. Ropa para mí (el mono de esquiador, jerséis de lana gruesa, pantalones de felpa, botas de agua o forradas de borreguito, sábanas de franela. ¡Todo en las antípodas del estilo que yo solía tener!), ropa y comida para el perro, libros, velas aromáticas, cremas faciales... Y Ricardo lo sabe todo, todo, sobre hacer ese tipo de compras. Dónde están las ofertas. Dónde no te cobran el transporte. Solo con un clic. Solo con un número de tarjeta. Sin tener que moverme del pueblo. Sin tener que ir a Zaragoza o a cualquier otra población más cercana. Atalaya de don Pelayo me ha engullido como si en verdad este pueblo fuera un agujero negro en el espacio. Es el triángulo de las Bermudas de Aragón.

Me llevé a Astérix fuera, a pasear y a que hiciera sus cosas con tranquilidad. Aún era de noche y mi aliento se volvía gris, una nube cuando salía de mi nariz y de mi boca. Joder, el frío a las siete de la mañana era tan intenso que parecía que los ojos se me iban a caer.

Algunos vecinos ya tenían las luces de sus casas encendidas y el aire olía a leña quemada. No solo eso, sino que por las chimeneas, las mismas que estaban coronadas con una figura en forma de bruja o por unos conos de piedra que representan brujas, salía humo, señal de que la gente comenzaba a despertarse para comenzar sus rutinas. Me daban ganas de aporrear alguna de sus puertas y pedirles que me dejaran entrar al calor de su hogar. Y fue toda una tentación querer acercarme al bar de Berta, por si ya había abierto, por si ya tenía la calefacción puesta y la sala caldeada. Yo era, en esos momentos, la cerillera del cuento. Solo faltaba la nieve a mi alrededor.

Entonces oí que me llamaban. Una mujer, a lo lejos, dijo mi nombre. Solo una vez. «¡Martina!». Y lo dijo como si me riñera. Miré a un lado y a otro, pero creo que fue fruto de mi imaginación, porque Astérix ni se volvió, no hizo caso a esa supuesta voz que me llamaba y el perro se puso a orinar, como si nada, marcando el gran cedro que hay al final de mi calle.

Estuve fuera quince minutos, quizá menos. Nada, casi un ir y volver. Las suelas de mis botas de montaña me adherían a la calzada empedrada y húmeda. Es lo mejor que me he comprado en mi vida: unas buenas botas para caminar por este pueblo de guijarros y piedras, de cuestas empinadas, de vegetación por todo su perímetro. Y me da igual si llevo pantalón o falda, las Chirucas son una prolongación de mis piernas, de mis pies. Cuando regresé a la casa, quince minutos después, arropé a Astérix en su cama y no me puse a desayunar, sino que me dio por esperar a Ricardo, por si venía a verme en plan sorpresa como hacía de vez en cuando. Tuve esa sensación, la de que vería a Ricardo y de que desayunaríamos juntos. Quizá eran las ganas de verle.

No sé.

No puedo discernir si, cuando suceden determinadas cosas, tiene que ver el deseo para que eso suceda. Quien dice deseo dice miedo, porque me parece que el miedo también atrae las cosas que tememos y acaban sucediendo por esa razón. Mis amores fallidos. Mis trabajos perdidos. Mis amistades desaparecidas. Mi hijo fallecido. Todo ello estaba contaminado por el miedo. Miedo a que me abandonaran; a no escribir una buena novela, una buena entrevista o una buena traducción; miedo a que a Marcos se le añadiera otra enfermedad, otra operación o una complicación más a lo que ya tenía.

Y ya que hablamos de la fuerza de la mente, no sé si el hecho de ser pensados por otras personas es la razón por la que aparecemos en sus vidas o en sus destinos, sin más. «Eres una persona que merece la pena», me dijo Ricardo una noche en el coche, uno de esos jueves en los que me acompañaba a casa después de la sesión de cine *anime* en su casa. Fue entonces cuando recordé las palabras de Marcos sobre el tiempo que abarcaba el nacimiento y la muerte y el ir encontrándonos con personas que merecían la pena. Y Ricardo le dio la razón a Marcos. Añadió que mi hijo era un chico con suerte, por haberme tenido como madre. Un chico listo, dijo, porque supo elegir bien.

Mi suerte también es grande, quise decirle, pero me callé. Estar con Ricardo, conocerle, es más de lo que yo podía haber esperado.

El caso es que esa mañana, recién despertada, pensé en Ricardo, en que tenía ganas de verle, y para pasar el tiempo comencé a mirar webs por internet. Me fui directamente a las páginas de protectoras de animales: perros y gatos en adopción. Animales que han sido abandonados, devueltos, animales que se han perdido y que sus dueños buscan a través de las redes sociales.

Qué pena sentí.

Todo comenzó con esa pena.

La pena de la pérdida de un ser amado en forma de mascota (ambos sufren: el que se ha perdido y el que le busca). La pena del abandono (ya no te quiero, ya no me sirves de nada), de la devolución (ídem). Todo comenzó con esa pena, instalándose en mi corazón.

Luego, leí una noticia sobre esos cazadores que,

cuando acaba el periodo de caza, allá por febrero, o cuando ya no les sirven para ello, abandonan o matan a sus perros. Galgos. Podencos. Leí sus fichas en las protectoras solicitando una adopción responsable. Lloré al enterarme de sus historias.

Todo continuó con ese llanto, al principio silencioso.

Historias sobre el maltrato y el dolor sufrido, y no hablo de la pena del animal cuando se da cuenta de que ha sido abandonado en cualquier lugar y de cualquier manera, hablo del dolor físico, infringido precisamente por el dueño, por el ser que debería inspirar confianza: no les dan de comer, los ahorcan, los disparan y los dejan en un vertedero, pero antes, si llevan chip, les rajan el cuello y se lo quitan. Aquí, justo aquí, comenzó el llanto y las convulsiones, porque, ¿cómo es posible que alguien pueda hacer daño así, de una forma tan gratuita? ¿Por qué no se penaliza, y de una manera ejemplar, a estos monstruos llamados «personas»? Entendí, inmediatamente, a Berta. Y sin pensarlo dos veces, decidí ir a su bar para contarle lo que sabía sobre lo que le ocurrió a su perro. Necesitaba decírselo, que ella lo supiera.

Entonces, al coger las llaves oí que alguien me llamaba a lo lejos. De nuevo, una voz femenina. «Martina», me dijo con calma. No venía de fuera, sino que se oía bien cerca. «Martina, hija».

¿Me había llamado hija?

¿Era yo esa Martina?

Miré hacia la puerta de la habitación pequeña, la que mantengo cerrada con los objetos decorativos que no me gustan de esta casa, y no quise ir a comprobar nada, para no encontrarme con a saber qué. ¿Y si era el pensamiento de mi madre, que, en lugar de aparecer en mis sueños, había decidido dar un salto y se materializaba de esa manera? ¿Y si mi madre se encontraba enferma? Eso fue lo que pensé.

De un salto cogí el teléfono y marqué su número. Tardaba en contestar. Claro, estaría durmiendo, pensé, pero lo cogió en el último tono:

—¿Qué pasa? ¿Por qué llamas a estas horas? ¿Estás bien?

Y me avergoncé por haberla asustado. Tenía la voz cansada y le sonaba rara, ceceante, porque no llevaba puesta su dentadura postiza, seguro, y las eses y las ces le salían libres cuando pasaban por el hueco de los dientes que faltaban en su boca.

—Es que he pensado en ti... creí que te encontrabas mal —le dije, más calmada.

Carraspeé y volví a mirar hacia la habitación cerrada. Quien fuera la que había pronunciado mi nombre se encontraba allí dentro, seguro. O tal vez en la habitación de al lado, arropada en mi cama. Me dio un repelús.

—¿Has soñado conmigo? —y pronunció la frase dentro de un gran suspiro. Mi madre está vieja, sí, eso pensé. Si hubiera podido verla en estos momentos, sin su escudo protector de maquillajes y ropa cara, vería a una mujer que entra en la tercera edad con un cansancio natural, sin artificios. Una abuelita de cuento.

—No... precisamente no he soñado contigo. Solo que... bueno, he pensado en ti.

—¿Ya has decidido si vendrás por Nochebuena?

—No, aún no. Pero lo más seguro es que no, mamá, necesito...

Mi madre no dejó que siguiera hablando. Me preguntó, alarmada:

—¿Has llorado? ¡Tu voz suena como si hubieras llorado!

—Tengo que colgar. Solo quería saber si estabas bien.

—¿Estás tomando la medicación? ¿Sigues con la medicación, Martina?

—Que sí, mamá, que sí —le mentí.

—Un beso, cielo. Y piensa en lo de Navidad, en que estaremos todos y...

Aquí la corté yo, para que no continuara con ese tema que ya rehuí el año anterior, porque fue mi primera Navidad sin Marcos y no quería ver su ausencia en los ojos de los demás ni que ellos la observaran en los míos. Corté su conversación colgando el teléfono, no solo para no seguir hablando, sino porque no sabía qué pensar de ese beso que acababa de mandarme en la distancia. Mi madre no da ni envía besos. Nunca lo ha hecho. Y jamás me ha llamado cielo.

Por un momento no sabía dónde estaba, si tal vez viviendo en una doble dimensión, atrapada en dos lugares diferentes: el real y el que siempre quise que existiera.

—¿Quién era? —pregunta Pablo a su mujer, en la cama de al lado.

—La niña —responde Carmen.

—¿Qué niña? —Y cree que se trata de una de sus nietas, lo cual sería impensable. Solo tienen cinco y siete años y no se las imagina utilizando el teléfono.

A continuación, Pablo da un gran bostezo. Un ruidoso bostezo que a Carmen le hace arrugar la nariz. Debería ser fuerte, eso piensa ella, y sugerirle, de una vez y para siempre, que se vaya a otra habitación, que lo de dormir en camas separadas, pero en la misma estancia es una chorrada, eso le dirá. Que lo genial serían habitaciones distintas, por supuesto. Sí, le diría todo eso a la hora del desayuno, sin falta.

—¿Pues qué niña va a ser? ¡Martina! —Se exaspera con él. Le agotan las continuas explicaciones que tiene que darle. Con lo fácil que sería que él pusiera algo de su parte, caramba, y le leyera la mente a ella, sin más.

Y Pablo no dice nada, para no comenzar una de sus largas y habituales discusiones. Aún es muy temprano para ello, piensa. No lo soportaría y empezaría el día tan torcido que no habría manera de enderezarlo. Y se calla. Y mira cómo se levanta su mujer, cómo se pone la bata de terciopelo verde, cómo se transforma en un tallo andante.

—¿Vendrá para Navidad? —Quiere saber él.

—¡Y qué sé yo! Sigue siendo una cabrona.

Al padre de Martina ese comentario le hace despertarse del todo, pero continúa siendo muy temprano para iniciar una discusión y él siempre ha sido un cobarde para defender a su hija. Para qué andarse por las ramas, no merece la pena discutir. Ese es su lema desde que le dio el ataque al corazón.

Cuando Carmen sale del cuarto, Pablo cae en la cuenta de que ella nunca ha llamado a Martina «su niña». Ni tampoco la ha llamado nunca «cielo». Quizá porque nunca la ha sentido como tal, ni como su niña ni como su cielo. Suspira y piensa en Herminia, ella sí que trataba a la niña como una verdadera madre. Era una hija de puta, pero una gran madre. Eso opina.

Tras la llamada, pienso en Herminia, pues no sé si se trata de ella, si es ella la que me está llamando, porque no he vuelto a saber nada de ella desde que vi su espíritu en el asiento del coche de mi madre, meses atrás. Se volatizó. Se ve que solo quería custodiar su tesoro, la herencia que me dejaba y que, cuando mi madre me hizo entrega de su neceser repleto de dinero, pudo irse (espero que en paz).

Astérix, que desde hace un rato me observa, ahora ya levanta la cabeza, alerta, con sus ojos que parecen perfilados en negro, esos ojos que me recuerdan a los ojos tristes de mi abuela materna, que los llevaba pintados con un grueso trazo negro y que a mí me maravillaban, porque ninguna abuela se pintaba los ojos como ella (ninguna abuela se pintaba, la verdad. Y ninguna, salvo la mía, se quitaba con unas pinzas los pelillos de la barbilla y se aplicaba, luego, una capa de maquillaje en polvo). Un perro que levanta la cabeza cuando la voz vuelve a llamarme: «Martina, hija». Y no sé qué madre me puede llamar, porque yo acabo de hablar con la mía y ha sido una conversación real, nada onírica.

Salgo hacia el bar de Berta, sin lavar, sin peinar, y allá en la barra, le cuento todo de un tirón. Le cuento lo que he visto en las noticias del ordenador. Le digo lo de su marido, el disparo que dio a su perro.

—Satur necesita que lo perdones, así podrá irse.

Y Berta, que no ha dicho nada en todo el rato, que continúa con la boca abierta, estira el brazo señalando la puerta:

—Vete, estás borracha.
—Pero...
—¡Que te largues!

Ricardo no viene. Ya son las ocho y media y no ha aparecido. Echo de menos que abra esa puerta, que entre sin llamar y la absurda rutina de reñirle por esa razón, precisamente, por entrar en esta casa sin avisar. Yo debería desayunar, vestirme, peinarme, hacer todo lo que hace alguien con un trabajo estable. Pero el encuentro fallido con Berta me ha cerrado el estómago. No solo eso, me incapacita para moverme. No debería haberle dicho nada. Esto del mundo espiritual pocas veces se puede compartir. Hay que callarlo. Mantenerlo en secreto.

Vuelvo al ordenador, a un diario digital. Política, economía, deportes, deportes, deportes... y de repente me encuentro con la noticia de un cazador que ha matado con un par de tiros a los dos galgos de un vecino de no sé qué pueblo, así, por las buenas, en una zona en la que está prohibida la caza, en un lugar residencial en el que hay niños y familias. Y veo la fotografía a todo color, con los perros estirados en el suelo, sin vida.

Aún incrédula y espantada, me fijo en un recuadro posterior y leo otra noticia espeluznante: una madre de Girona ha lanzado por el balcón de su vivienda (un treceavo) a sus dos hijas, una de once años y otra de once meses, y luego se ha tirado ella. Han muerto las tres, estampadas contra el suelo, junto a la terraza de un bar, y nadie entiende nada, ni los vecinos, ni la familia, ni el marido, que llegó en cuanto le informaron del suceso. Ambos eran arquitectos. Tenían otro hijo de siete años que no se encontraba en el piso, que estaba con los abuelos. Y leo que, justo unas horas antes, esa madre asesina y suicida se había cruzado con una vecina y que todo fue normal, ha contestado esta.

Normal. ¿Qué es normal?

Capítulo 42

Marcos, el hijo de Martina y Felipe, no tenía ni un año cuando comenzó a llorar por las noches. Antes había sido un bebé dormilón y tranquilo, pero llegó un momento en que todo cambió y se despertaba llorando desconsoladamente y no había manera de calmarlo. Al principio, se iban turnando en ese baile nocturno. Luego, al cabo de unas semanas, solo era Martina la encargada de ir hasta su habitación. Ella nunca supo cómo le nació esa ira. Lo achacó al cansancio. Sí, debía ser eso, se dijo minutos después, horas después... aún lo piensa hoy en día, cuando recuerda aquel momento: era el cansancio de noches y noches sin dormir más de dos horas seguidas, por eso perdió los nervios, por eso se convirtió en un monstruo.

Hoy, Martina recuerda esa noche tras leer la noticia de la madre asesina, la que lanzó a sus dos hijas por la ventana. Y vuelve a preguntarse cómo le nació a ella esa violencia. ¡Era su madre! La madre de un bebé, Marcos, que no había cumplido el año.

¿Cómo se le ocurrió pegarle? ¡Pegarle en la cuna! ¿Cómo pudo propinarle esos palmetazos en las nalgas, sobre el pañal, con tanta fuerza que podía elevar su pequeño cuerpo del colchón? «Calla, calla, cállate ya, cállate de una puñetera vez...».

Felipe entró en esos momentos en la habitación, a oscuras, la apartó con cuidado, cogió a Marcos, que hipaba, lo acunó, se lo llevó al pasillo, y Martina no supo qué pasó después, si el niño se calló enseguida, ni a qué hora Felipe se metió en la cama. Ni tan siquiera entre ellos hablaron del tema. Como si no hubiera ocurrido. Y días después, en una revisión pediátrica, la doctora le comentó a Martina que ese llanto nocturno podía provenir de la dentición. Le recetó aspirina infantil (sí, en aquella época se recomendaba la aspirina infantil) y Marcos comenzó a dormir mejor. Más horas seguidas. Tranquilo. Por fin.

Luego llegaron las consultas por el retraso en su caminar. Por esa rareza de gatear hacia atrás. Por esa falta de fuerzas para mantenerse de pie.

Las pruebas.

Pensaron que tenía parálisis cerebral.

Más pruebas.

A los cuatro años, a su hijo le realizaron una biopsia y le diagnosticaron atrofia muscular espinal tipo II. Y con esa etiqueta daban nombre a una enfermedad que impedía que los nervios del niño enviaran órdenes a los músculos, los cuales se fueron atrofiando.

Para entonces, Martina y Felipe ya no estaban juntos. Él iba y venía de ese hogar en Zaragoza a otros lugares de España, distanciando sus venidas, yéndose cada vez más deprisa a esos otros lugares a los que tenía que ir por motivos laborales (ser corresponsal tenía esa particularidad. Ya). Así pues, Felipe comenzó la separación por su cuenta, como si la pareja la formara una sola persona: él. Tal vez creía que él solo valía por dos.

—Una separación amistosa —añadió Felipe—. Porque yo a ti siempre te querré, Martina.

—¡Ja! —exclamó ella.

Y durante unos meses, esa supuesta amistad, ese supuesto amor, durmió como si se hubiera muerto.

Capítulo 43

No sé el tiempo que he pasado yendo de una noticia a otra, llorando desconsoladamente, por los perros maltratados y muertos, por las madres que asesinan a sus hijos, por tantos desplazados de una Siria de la que ya nadie habla (ya han dejado de hablar de ellos en los periódicos. Qué extraño, si continúan ahí, huyendo, pidiendo un lugar de acogida. Sobre todo ahora, que ya es invierno. Qué pueden hacer ellos y sus hijos. ¿Cómo calentarlos, alimentarlos?). Y me fijo en otra noticia, en otro punto del diario: la noche anterior, unos vándalos han entrado en un colegio de Almería y no solo han robado los ordenadores y las *tablets*, sino que lo han destrozado todo a su paso. Y por todo se refieren a todo, incluido los estuches (¡los estuches!) de los niños y los trabajos que estos tenían colgados en las paredes (¡los dibujos de papel, pequeñas obras de arte que solo tienen valía para ellos mismos y sus familias!). El huerto infantil, también. Las fotografías resultan desoladoras.

Me falta el aire. No veo nada más, mis ojos están repletos de lágrimas. La cara y el cuello, empapados.

Astérix ha notado que algo me pasa y ha venido hasta mí, apoyando su largo hocico en mis piernas. Y Ricardo. También ha tenido que notar algo Ricardo, porque justo en esos momentos ha entrado en la casa sin llamar (para no perder la costumbre), y al verme con las convulsiones del llanto ha dejado caer su sonrisa al suelo y ha acabado pisándola cuando ha venido hasta mí dando grandes zancadas. Me ha abrazado desde su altura infinita. Yo, sentada, me sentía menguada, mínima, apenas nada. Su helado anorak traía el olor de las ovejas, del campo, del humo de las chimeneas encendidas, del café que seguramente ya se habrá tomado en el bar de Berta.

—Hay tanta maldad en el mundo —le he dicho con voz entrecortada. Por decir algo. Porque, ¿qué otra cosa podía decirle?

Capítulo 44

La escuela rural de Atalaya de Don Pelayo fue, para Martina, una bendición, un auténtico regalo. Vale, estaba en un lugar remoto, tan lejos de Zaragoza que nadie en su sano juicio dedicaría tres horas de viaje para poder pasar el día por los alrededores (salvo en las fiestas señaladas en las que sus productos con denominación de origen atraían a miles de visitantes), pero para Martina resultó un regalo ese trabajo. Y como suele decirse, llegó como caído del cielo, cuando más lo necesitaba.

Es cierto, no le gustaba ser maestra, pero ¡tenía solo ocho alumnos! ¿Qué profesor no lo hubiera dejado todo (una gran ciudad, todas las comodidades, la familia, los amigos, las diversiones, la libertad de movilidad) para poder conseguir eso? ¿Quién no hubiera optado por huir en sus condiciones, sin hijo, sin pareja, sin dinero, sin credibilidad tras ser descubierta con el marido de una amiga en la despensa familiar? Pues por esa razón, porque le llegó en el momento oportuno, Martina aceptó el trabajo. Todo un curso académico. Y a pesar de que no les dejaba pasar nada a sus alumnos (era muy seria, muy estricta, una auténtica arpía) y que, cuando ella hablaba les obligaba a escucharla en silencio, haciéndoles callar con tan solo una mirada, a pesar de todo eso, se metió a los críos en el bolsillo. ¿La razón? Que sabía ofrecerles buenos momentos. Y entre esos buenos momentos estaba el preguntarles por su vida, interesándose por lo que pensaban, por lo que esperaban de esa vida que les había tocado vivir (quería buscar, siempre, a otro niño semejante a su hijo Marcos, porque estaba segura de que niños así, especiales, había en todas partes y en todos los colegios. Niños con una mente abierta y unos ojos especiales para comprender el mundo).

Sí, Martina era capaz de ofrecer buenos momentos en los que esos ocho alumnos podían hacer lo que les diera la gana, siempre y cuando no incordiaran. Así, algunos se pasaban las horas dibujando, o leyendo, o jugando a las damas o al ajedrez, o haciendo murales, o recortando lo que fuera (maquetas o los magazines del periódico), o plantando en el huerto comunitario, o...

Nadie como ella para sonreírles y decirles que lo hacían muy bien y que se merecían la mejor nota (mientras, ella leía libros ajenos, escribía pensamientos y sueños o corregía su nueva novela, la que empezó recién llegada a Atalaya de don Pelayo. Otro signo de lo acertado de su decisión). Y daba igual si el alumno tenía cuatro o doce años: todos captaban esa corriente de simpatía, ese bienestar que solo venía de ella, de cuando estaba contenta y miraba con buenos ojos el trabajo que ellos hacían (mucho mejor que la otra mirada, la de loca, que les paralizaba y que podía conseguir, sobre todo los primeros días, que a los más pequeños se les escapara el pipí).

¿Los objetivos y el temario escolar? Bueno, eso era otra cuestión. Martina pensaba que los nueve o diez meses escolares (vacaciones de Navidad y Semana Santa incluidas) daban para mucho y que ya habría tiempo para todo. El inglés, por ejemplo, era algo asiduo, continuo, desde que entraban hasta que salían del aula, pues era una lengua que ella dominaba al dedillo. Por eso, cuando una vez a la semana (los lunes) llegaba el profesor de esta asignatura enviado por Educación, este se encontraba con que esos alumnos avanzaban a pasos agigantados. Por el contrario, Martina le dejaba la Educación Física, por entero, a la profesora que los miércoles a primera hora llegaba para la sesión global de estiramientos, carreras y flexiones.

Mientras, los padres de esos alumnos no sabían cómo reaccionar ante esa maestra que no ponía deberes a los niños sino a ellos, a los padres, para que intentaran ser mejores personas (eso les decía) y pudieran trasmitírselo a sus hijos; una maestra que lo mismo acudía en pijama al colegio como vestida para asistir a una gala de entrega de premios de lo que fuera; una maestra que a veces llegaba tarde para abrir la escuela y que en ocasiones no la cerraba hasta unas horas después porque algún alumno necesitaba comprender mejor unas ecuaciones o dibujar un dinosaurio, por ejemplo. Fue Berta la del Bar, que además era la presidenta de la Asociación de Madres y Padres y la madre del único niño de cuatro años (el mismo niño al que se le había escapado el pipí en más de una ocasión en el aula, para incredulidad de la madre), fue Berta la que decidió ponerse manos a la obra y llamar a Inspección. Porque «esto no puede seguir así», comenzó a repetir a todo el mundo, cansina.

Que Berta la del bar fuera también la dueña de la casa cueva donde vivía Martina no tenía nada que ver, eso decía ella a quien quisiera escucharla, pero a nadie le contó que una vez, al entrar en la casa cuando la maestra no estaba, vio que había quitado todas sus figuritas de cerámica y otros objetos de decoración y los había dejado, amontonados, en una de las habitaciones. En la misma habitación estaban los cuadros pintados por su difunto marido y todos los cazos y cazuelas de cobre que colgaban por las paredes de piedra. Se dio cuenta de que ese hogar que ella le había preparado con todo mimo no había resultado del agrado de esa pelirroja altanera, aunque en todo momento la maestra le decía que estaba muy bien la casa, que era muy acogedora y que qué suerte había tenido.

Mentiras.

Y a Berta, que ya había comenzado su simbiosis para parecerse a Martina, la decepción se le salía por las orejas.

No, tampoco le contó a nadie lo que la maestra le dijo sobre Satur y los disparos a su pobre Renato.

Ni que Ricardo bebía los vientos por la maestra. Eso tampoco lo comentó. Ardía de celos. Mejor que la echara Inspección. Sí, era lo mejor para todos.

Capítulo 45

—¿Has desayunado? —me pregunta Ricardo, cambiando de tema, levantado mi cara hacia él, separándose para poder mirarme a los ojos. Ni se ha quitado el gorro. Su barba lleva gotitas de lluvia. Su anorak. Todas las gotitas quieren quedarse en él. Suertudas.

He negado con la cabeza, porque no, no he desayunado.

Ni ganas, con tanta tristeza como tengo encima después de leer las escalofriantes noticias.

No me atrevo a decirle que he oído a alguien, fuera y dentro de casa, pronunciando mi nombre. Por tres veces me ha llamado. No se lo puedo decir, no. Qué pensaría de mí. ¿Y yo, qué pienso yo de mí misma?

—¿Me estabas esperando? —vuelve a preguntar, con una sonrisa. Mi barbilla, aún en sus dedos.

He asentido con la cabeza.

—Bien. Esto va mejorando.

En la cocina se quita el anorak, el gorro, y comienza a abrir y a cerrar puertas y cajones.

Me he limpiado la nariz, las mejillas, los ojos. Me he vuelto a sonar. Me he peinado con los dedos, echándome el pelo para atrás. Astérix no se aparta de mi lado. Le acaricio, le digo guapo, guapo. Y otra vez, guapo. Entonces me doy cuenta de algo. Le pregunto a Ricardo, ya convertido en el rey de las cafeteras italianas:

—¿Tú crees que los perros sonríen? ¡Mira a Astérix!

Porque es cierto, el perro me está sonriendo. Y eso hace que yo estalle en una carcajada que se me bloquea al fijarme en la hora del reloj: faltan solo cinco minutos para las nueve y sé que mis ocho alumnos ya me estarán esperando a la puerta del colegio. Aun así cojo el móvil y le hago una foto a Astérix. Necesito saber que esto de su sonrisa está sucediendo, que a veces el cielo baja hasta nosotros, como la niebla, y se queda a nuestro lado, aunque solo sea por unos segundos. Y le hago otra foto a Ricardo, el rey de la niebla y del cielo terrenal.

—Venga, venga, ponte las Chirucas mientras te preparo un café con leche —me ordena—. No puedes irte con el estómago vacío. Y te llevas esto para la hora del recreo. —Y me enseña una bolsa que contendrá rosquillas o magdalenas. Me da igual, todo lo que hace la panadera está buenísimo.

Llegué al colegio con el gorro gallina presidiendo mi cabeza y abrigada con el mono de esquí. Una vez en clase, cuando abrí la cremallera, descubrí, aterrorizada, que debajo llevaba mi pijama de felpa azul, con lunares rojos. Las risas espontáneas de los niños me hicieron creer, otra vez, en lo de la niebla y el cielo y tal y tal. Esa alegría infantil era un auténtico paréntesis dentro del cual no había pecado ni perturbación, ni rastro del pecado y de la perturbación que acababa de leer en internet y que acampa en todas partes.

El caso es que nadie está libre de ello, de sentirlo, de experimentarlo (sentir y experimentar el pecado, la perturbación), y eso me resultaba aterrador.

Capítulo 46

Desde la muerte de Marcos, desde hacía dos años, Felipe ya no enviaba a Martina su manutención. Y los derechos de autor, esos ingresos que Martina recibía una o dos veces al año por parte de las editoriales, eran tan minúsculos que ella no salía de su asombro. Cuando se encontraba con otros escritores en la Feria del Libro de Madrid o en Barcelona para Sant Jordi, a veces en otras ferias del libro, como la de Sevilla o la de Alicante, y acababan tomando unas cañas o una cena rápida, siempre salía la conversación de los autores mediáticos y ella añadía, en todas esas ocasiones, que los odiaba a muerte. Y todos esos escritores con los que compartía unas cañas o una cena rápida, que no eran mediáticos, coincidían con Martina, pues opinaban que, ante esos autores, ninguno de ellos tenía nada que hacer. Añadían que, si ellos, que no eran mediáticos, vendían cuatrocientos o quinientos ejemplares al año de alguna de sus novelas ya era para festejarlo.

—¡Qué dices cuatrocientos, con doscientos me conformo! —exclamaba alguno.

Los que vendían aún menos, se callaban y se miraban las manos, rezando para que nadie les preguntara por su cantidad el último año. O carraspeaban, que era lo mismo.

—Pero además, como hay que vivir...

—No, no, hay que sobrevivir. —Y quien lo decía lo hacía sin pizca de alegría, porque era necesario estar pluriempleado y pagarse la cuota de autónomo. O no pagarse ninguna cuota y estar en esa especie de limbo en que caben todo tipo de profesionales o fracasados.

«Hay que mostrar a todo el mundo que nos va genial», opinaba Martina, mirando a unos y a otros, pero esto no lo comentaba en voz alta, no. Ella pensaba que había que colgar fotos en Facebook, hacer el máximo de presentaciones, conceder entrevistas en la radio o en cualquier periódico. «Y resulta que tu vida es una mierda», se decía, «que no llegas ni a mitad de mes». Y esto tampoco se lo contaba a nadie, para qué, pues siempre había alguien que le recordaba que ella pertenecía a una familia con dinero, o cualquier otro comentario cargado de envidia. Eso pensaba, que era envidia, «porque la envidia mueve el mundo», y era una de sus reflexiones preferidas.

—Y luego resulta que el autor mediático, ese que vende miles de ejemplares y que tiene colas larguísimas para que le firmen su libro, ni tan siquiera lo ha escrito.

Y ante esta afirmación, llueve, en esa reunión de

escritores, toda una cascada de nombres que entran dentro de esa categoría. Que si falsos escritores, que si presentadores, que si cantantes, que si... El grupo continúa pidiendo cervezas y tapas variadas y así pasan la noche, con quejas, dejando volar su imaginación hacia Nueva York, Los Ángeles, Miami, hacia esas películas estadounidenses que muestran la vida de un escritor que se pide un año sabático, que escribe una novela, que tiene una agente que le presenta a un editor, que dicho editor le llama, que salen a comer y le invita las veces que haga falta, que...

—Solo son jodidas mentiras —dice alguien—. Las películas joden la realidad.

Y todos levantan su copa o su jarra de cerveza y brindan al unísono, como los patéticos fracasados que son.

Martina, desde hace tiempo, no tiene nada nuevo que ofrecer a las editoriales porque hace siglos que no escribe una línea. Nada. Bueno, tal vez párrafos inconexos. Reflexiones. Entre las cosas que quisiera contar está el periodo de abstinencia por el que está pasando desde hace tres años (ya, parece mucho tiempo, pero para un alcohólico, para alguien al que ya le han puesto esa etiqueta en la Seguridad Social, eso de solo un año es solo una abstinencia minúscula). Podría contarlo, novelarlo, buscar personajes que la sustituyan, que sustituyan a todos los implicados, pero no sabe ni por dónde empezar, porque las cosas, eso cree ella, no comienzan un día porque sí (la primera copa de vino y que los espíritus dejaran de molestarla, por ejemplo), sino que hay todo un entramado que, de seguirlo, te lleva a otra primera causa y a otra primera. Así, según su psicóloga, su primera vez podría haber sido la visión de su padre borracho una Navidad, cuando ella tenía siete u ocho años, quizá menos. Y más veces a lo largo del tiempo. Borracho, violento, risueño en exceso, pero siempre aparentando alguien que no era él, alguien que Martina no reconocía como su padre, el protector, el amable, el paciente. Y lo que le sorprende de ese descubrimiento es que alguna de sus amigas, de esas que presumen de que jamás han probado el alcohol, si no lo han hecho ha sido precisamente porque también tenían un padre alcohólico y eso, para esa amiga, fue un rechazo natural de su propio cuerpo. Cuando Martina oyó este comentario se quedó sin palabras, porque su subconsciente podría haber optado por ese camino, eso piensa, el de la animadversión hacia el padre, no por ser su reflejo en el espejo.

Sí, hace tiempo que no escribe nada, ni tan siquiera la columna semanal que tenía en varios periódicos. No sabe por qué un buen día dejaron de colgar sus opiniones, si tanto gustaban a los lectores, que lo sabía, sabía que gustaban, ni sabe por qué esos directores dejaron de responder a sus emails preguntando por el tema. De buenas a primeras, desapareció su nombre y sus columnas y pusieron otros nombres y otras columnas de otros escritores que también daban su opinión y a los que se acabaron acostumbrando los lectores. Quizá alguien preguntó por ella, por sus escritos lacerantes, irónicos y humorísticos, pero eso no lo sabrá nunca. Lo único cierto es que dejó de tener ese espacio en esos periódicos, de un día para otro y sin ninguna nota al respecto.

A veces, Martina piensa que, entre las cosas que quisiera escribir (si tuviera ganas o inspiración o a saber qué) el primer lugar lo ocuparía lo que significó para ella estar ingresada, en contra de su voluntad, en la planta psiquiátrica del hospital. Contar lo que supuso estar atada de pies y manos a una camilla, con esa bata abierta hospitalaria que le dejaba el culo al aire y que no podía cerrársela ni llamar a nadie para que lo hiciera por ella (ay, esos Valium debajo de la lengua). Nadie que le tapara los muslos, allá en el pasillo. Qué vergüenza pasó. De eso quisiera hablar, de lo bajo que cayó, de la ira que le llevó a ese estado (no pudo sacar el coche porque un estúpido aparcó el suyo en doble fila, así comenzó su relato, cuando le preguntaron; ella llegaba tarde a buscar a su hijo Marcos; comenzó a tocar el claxon, una y otra vez, cada vez con más fuerza, más irritada. Los pitidos fueron en aumento y el tío de los cojones no venía, explicó más tarde, cuando ya la policía estaba en el lugar. Fue entonces cuando puso la marcha atrás, aceleró y se llevó por delante —más bien por detrás— el coche que le bloqueaba el paso. Ese coche y otro que pasaba por allí, que acabó arrojado al escaparate de una zapatería. Su acción pudo tener un final nefasto. Negro). De eso quisiera hablar ella. También de la amenaza de su madre:

—O cambias o pedimos la custodia de Marcos.

Y la firma que su propia madre estampó en los

impresos para que la ingresaran (y mantuvieran encerrada) en ese hospital, igual, igual, que cuando la había encerrado en aquel internado cuando tenía quince años. También había sido su madre la promotora. La odiaba. Odiaba la voz aterciopelada que modulaba cuando salía por las ondas radiofónicas. Odiaba su presencia en todas partes (una presencia que era una sombra, a la vez). Estaba en todas partes, como Dios.

Martina, desde hace tiempo, no tiene nada nuevo que ofrecer a las editoriales porque se encuentra inmersa en ese miedo viscoso de la página en blanco, que no es otro que el ser sincera con ella misma y con los demás. ¿Las traducciones? Bueno, imposible conseguir alguna: ya se había corrido la voz de su impuntualidad en la entrega, de sus errores y otras menudencias (menudencias que tenían que ver con lo pasada que iba de gin-tonics, pero a lo que ella quitaba importancia. El alcohólico, al igual que el jugador, o el drogadicto, nunca cree que sea para tanto. Suelen pensar que los demás son unos exagerados. Hasta que fue ingresada en el ala psiquiátrica. Allí sí que vio las orejas al lobo. Bueno, allí se encontró cara a cara con el lobo. Un lobo inmenso con unas fauces que le dejaron sin habla y que le agarrotó el movimiento).

Martina, empujada por su falta de ideas para escribir una nueva novela y debido a su deteriorado balance económico, decide volver a las aulas de primaria. Y lo hace por medio de las sustituciones. Un día aquí, dos allá... y tras un año dando vueltas por diferentes pueblos aragoneses, le llega una sustitución para cubrir una baja por maternidad. ¡Dieciséis semanas! No se lo puede creer. ¡Y en un colegio cercano a su domicilio, en la misma ciudad! Le parece un sueño, tanta suerte. Cuando regresa a casa tiene el impulso, justo al meter la llave en la cerradura, de gritarle a Marcos que se lo lleva a celebrar el acontecimiento, que se vista de domingo porque se van a una pizzería, al cine, a pasear por la plaza del Pilar... Esa alegría, esa revolución que siente cuando sube hacia su casa en ascensor y cuando mete la llave en la cerradura, la abandona en cuanto ve en el vestíbulo la silla de ruedas del niño, comprada el año anterior. Una silla que pesaba tan poco y que era tan manejable que se atrevían a ir con ella a todas partes. ¿Escaleras, adoquines, un ascensor minúsculo? ¡Daba igual!

—Algún día haré *puenting* o ala delta o algo así —le dijo Marcos una tarde, mientras sorbía con la pajita el líquido oscuro de su refresco. Se subió las gafas. Sonrió. Contempló unos instantes la Fuente de la Hispanidad, la gente que se hacía una foto delante de ella—. Oye, a lo mejor un día inventan una silla con cohetes a propulsión, ¿no? Jo, ¿te imaginas, mamá?

Y se rio. Marcos se rio. Él mismo hacía los chistes y se reía de sí mismo o de todo lo que veía. Su cojera (por llamarla de algún modo, pero para los médicos era una severa atrofia muscular) nunca le supuso un freno para nada, ni para moverse (vale, su movilidad cada vez era más reducida) ni para entablar nuevas amistades (vale, no era un niño con una legión de amigos). Martina solo pudo dejar una sonrisa mínima en su rostro, casi una mueca.

—¿Qué, no te lo crees? —Le acercó su cara, levantando las cejas de color naranja por encima de sus gafas. Se las subió—. ¿No crees que sea capaz?

—Pues claro que sí, cielo, ya sabes que puedes lograr todo lo que te propongas. —Porque era cierto, era algo que siempre le había dicho.

Solía decirle: una cosa es que se te atrofien los músculos, Marcos, porque tus nervios no puedan ordenarles nada, pero tu cerebro, hijo, es portentoso y te abrirá todas las puertas.

Y Martina miró a otro lado para que su hijo no viera las lágrimas que querían salir. Y es que noches atrás ya había soñado con la muerte de Marcos. A ella le hubiera gustado creer que solo se había tratado de una terrible pesadilla, que solo era su temor a que algo así, tan doloroso, pudiera suceder. Pero Martina sabía de sus premoniciones, sabía que su mundo, su día a día, era un tanto surrealista y que en él cabían ese tipo de sucesos, ese tipo de vivencias. Así pues, solo sonrió al niño y, levantándose, comenzó a empujar su silla de ruedas recién estrenada mientras le decía:

—Vamos para casa, que está refrescando.

Martina llega a su domicilio ese día en el que le han ofrecido una sustitución por baja maternal, ve la silla que había pertenecido a su hijo y decide llevársela a Cáritas, para que alguien pueda utilizarla. Se la lleva esa misma tarde, plegada, junto a varias bolsas de plástico con toda la ropa de Marcos, sus juguetes, sus colores y rotuladores, sus libros. Solo se guardó la colección de Astérix. La volvió a leer esa misma noche.

Capítulo 47

—Bueno, a veces unas cosas llevan a otras —me dijo Marcos cuando yo estaba a punto de salir hacia el segundo encuentro con Toni, el profesor de Historia, con el que había quedado para ver la exposición de Ando Hiroshige. Con aquel Toni misógino al que yo no caía bien—. Hay respuestas por todas partes, mamá.

Y la canguro y yo le miramos, muy serias, expectantes.

—¿Qué? —nos preguntó, sorprendido—. ¿Qué pasa? ¿A veces no formuláis preguntas al aire y alguien que pasa por al lado las responde?

«Formuláis», dijo «Formuláis». ¿Qué niño de diez años utiliza esa palabra, por Dios?

Continuábamos calladas, la chica y yo. Hablaba el oráculo, pensé, y no lo dije en voz alta porque sonaba a chiste. Y lo era, era un buen chiste.

—¿Nunca habéis tomado una calle diferente y en esa calle os habéis encontrado con alguien inesperado y os alegráis de verlo porque a lo mejor hacía días que estabais pensando en él?

Abrí mucho los ojos, me puse la mano abierta en el pecho, y me pregunté, escandalizada, cuándo mi hijo había podido «formularse» ese planteamiento. ¿Cuándo, a sus diez años, había ido por calles solitarias y había decidido tomar una diferente y se había encontrado con alguien inesperado? ¿«Inesperado»? ¿Qué crío de su edad tiene ese adjetivo entre su vocabulario?

—Ah, sí, a mí me ha pasado —dijo, toda contenta, la canguro. Una vecina de dieciocho años que se ahumaba los ojos y que tenía una mata de pelo oscuro, largo como una capa, y que vestía de negro de la cabeza a los pies.

A mí ella me daba cierto repelús, porque era como un fantasma de los que se me aparecían, pero de carne y hueso. Pero a Marcos no solo le caía bien, muy bien, sino que de ella le gustaba, sobre todo, que supiera jugar al ajedrez y que le ganara de vez en cuando. Y solo por eso, solo porque mi hijo tenía esa buena sensación, a mí me resultaba una canguro válida. De él me fiaba, no le ponía objeciones, como si nuestros papeles estuvieran cambiados.

Mi hijo añadió:

—Mola mucho cuando pasan esas cosas.

Y lo dijo mirándome fijamente, moviendo la cabeza, haciendo el gesto de si lo había entendido o no. Como yo continuaba muda, de pie junto a la puerta del comedor, ya con el bolso colgado del hombro y las llaves en la mano, vestida de una manera simple, con el pelo recogido en una cola, con unos vaqueros, una camiseta, una gruesa chaqueta de lana y con zapatos planísimos (y sin pizca de maquillaje, solo brillo en los labios), como yo continuaba como un pasmarote, continuó con su discurso:

—A lo mejor te encuentras, en el museo, con alguien que no te encontrarías si no fuera porque tienes una cita con ese señor que no te gusta nada.

—¡Qué fuerte! —dijo la canguro gótica, abriendo mucho sus ojos, la boca, las manos—. ¡Es verdad! ¡A lo mejor tú crees que has quedado con ese maestro que es un plasta pero no, es porque el destino te va a presentar a un tío que le da mil vueltas!

Y Marcos y ella se pusieron a reír chocándose las palmas.

—Bueno, adiós. —Lancé, sin mirarlos.

Y me fui de mi casa con la sensación de que me había perdido algo. Y a la vez recordando que yo, a la edad de Marcos, era exactamente igual que él. Era intuitiva y comprendía y veía los dos mundos en los que los humanos nos movíamos. ¿Qué me había pasado? ¿Cuándo dejé de creer en esas cosas tan evidentes?

Martina no supo si su encuentro con Toni el maestro llevaba incorporado otro encuentro del que no era consciente. Tampoco prestó mucha atención. Ni a él ni a nadie de los que la rodeaban. Y es que pocas personas son conscientes de todo lo que sucede en momentos clave de sus vidas. Momentos que aglutinan la semilla de lo que vendrá después. Meses después. Años después. Toda una vida para que se forme un jardín. Pero ella y Ricardo, el pastor que conocería cuatro años más tarde, se cruzaron en el vestíbulo del Museo de Zaragoza. Él había dejado a sus ovejas estabuladas ese fin de semana para asistir a la despedida de soltero y posterior boda del único primo hermano que tenía. No le gustaba eso de estabularlas, por el coste extra que tenía la alimentación, pero de vez en cuando lo hacía para tener un fin de semana libre e irse a una celebración como esa, o a Logroño a ver a una antigua novia, o una escapada de fin de semana a Irlanda (esto último le encantaba, volver al pueblo en el que estuvo viviendo largo tiempo, volver a ver a todos aquellos que conoció en ese período, sentir que estaba lejos, muy lejos, y experimentar esa sensación tan parecida a la de la huida).

Que Ricardo fuera a ver la exposición le sorprendió incluso a él. No contaba con ello, pero al pasar por la plaza de los Sitios y ver los carteles anunciándola en la fachada del museo, dijo que por qué no. Le daba tiempo antes de ir a la cena de despedida de soltero y nadie le echaría de menos si llegaba tarde. Y la exposición le entusiasmó. Quedó fascinado. No cabía en sí de gozo.

Al salir, en la tienda del museo decidió comprar una reproducción de la estampa más célebre del artista: *Lluvia sobre el gran puente de Atake*. Justo cuando abonaba su importe, Martina pasaba por detrás, bostezando al lado de Toni, la cita fallida, según ella. Pero según las leyes que rigen el universo, ese fue un momento clave en la relación de Martina y Ricardo: sin conocerse, ya el destino intentaba unirlos. A esa conclusión llegaron ambos años más tarde, cuando ella descubrió esa lámina sobre la chimenea de su salón, en aquella cena de la noche lluviosa:

—Mis padres tenían una igual en el piso de Madrid, cuando era pequeña.

—Me entusiasmó la colección que vi en el Museo de Zaragoza.

—¿Ah, sí? ¿Fuiste? ¿Cuándo? ¡Yo también!

Fue fácil tirar de ese hilo. Llegar a la conclusión de que fue el mismo día. La misma hora. Se lo demostró él, que guardaba el tique de la entrada. La incredulidad de semejante coincidencia les mantuvo en silencio, mirando la tormenta sobre ese río en esa lámina. Mirando las pocas personas que aparecían en ella, tapándose, quizá corriendo por el puente. El señor de la única barca en ese río, tal vez resignado. La sorpresa de ambos por ese encuentro involuntario les lanzó muy alto. Se quedaron sin respiración. Y sin voz, claro.

Capítulo 48

Hubo un sábado que acompañé a Ricardo a pastorear. A ese sábado siguieron otros, porque me gustó la experiencia. Por internet, él compró camisetas térmicas, botas de montaña, jerséis de gruesa lana para que yo no pasara frío, me dijo. Un ejemplo, como tantos otros, de lo encantador que podía llegar a ser. «Tendré que decírselo», eso pensé. En algún momento, decirle que era una estupenda persona.

Estar allí, en plena naturaleza, con el viento helado clavándose en mi cara, tantas horas caminando de un lado para otro y quedándonos quietos otras tantas, sentados en alguna roca, o al abrigo (es un decir, claro) de unos riscos, todo eso, podría haber significado un enorme aburrimiento. Y no, no lo fue. No lo sigue siendo, porque he continuado yendo los sábados al monte, acompañándole. Porque ese primer día hubo algo de inmensa gratitud y quise volver a experimentar, semana tras semana, esa sensación. Me sentía pequeña, mínima, ante tanta belleza natural, ante la grandeza de un cielo limpio o cubierto de nubes según las horas, ante el silencio que lo llenaba todo y que, a la vez, permitía escucharme por dentro (no me oí. Ese primer día no me oí por dentro. Mi voz interna estaba amordazada). Eso de mi propia pequeñez, de lo mínima que era, lo comprobé ese primer día, el primer sábado que Ricardo me lo propuso. Llegó muy de mañana, entró en mi casa y solo lo oí cuando llamó a la puerta de mi habitación. Toc, toc, muy leve.

Di un salto en mi cama.

—¡Joder, no escarmientas!

Pero lo dije en un susurro. Ni tan siquiera le grité. Era, y sigue siendo, imposible enfadarme con él.

—¿Te vienes al monte?

No le respondí, estaba procesando la información.

—Mira, te traigo el equipo.

Y me enseñó todo lo que había comprado en cualquiera de sus tiendas cibernéticas, de esas que en cuarenta y ocho horas te lo llevan a casa. Me dijo que más adelante, en pleno invierno, tendría que llevar pasamontañas, chubasquero y no sé qué más porque dejé de escucharle. No había ido ni una sola vez a acompañarle y ya se estaba haciendo la idea de que iría más veces. Qué imaginación.

Una hora más tarde estábamos a mitad de camino, con las doscientas ovejas balando, con sus dos perros guardianes, con el mío, que no es guardián de nada, salvo mi fiel lapa, con mi dolor de pies porque estrenar las botas de montaña así, con esa caminata a bocajarro, no había sido la mejor idea, creía yo.

—Sí, lo ha sido —me dijo Ricardo quitándome los calcetines cuando llegamos al primer llano, observando la ampolla reventada, colocando yodo y una gran tirita en la zona dañada, dándome un beso cálido en cada uno de mi pies. Besando, luego, cada uno de mis dedos. Diez dedos celebrando la vida en su boca. Poniéndome de nuevo los gruesos calcetines y dejando las botas a un lado, para que dejaran de incordiarme.

Que me besara los pies con esa delicadeza me dejó atónita. Que me mirara desde su limpia mirada azul me vació por completo.

Claro, claro, cómo no pensar que había sido la mejor idea del mundo. Ir al monte, a pastorear, a conocer el mundo en el que él se movía. Comprobar que era una mujer con suerte. Una mujer agradecida, de eso sí que me di cuenta. Algo había cambiado en mí. Justo en ese momento (la contemplación de la naturaleza, que Ricardo besara mis pies) me calmé por dentro: ya no renegaba por todo lo que llevaba vivido. Fue un flash, una comprensión de esas que ocurre en una décima de segundo, sin más. Comprendí allí mismo, en ese paraje, que no necesitaba nada más. Que eso era todo lo que quería. Miraba en silencio los pinos silvestres, las encinas (Ricardo las llamaba carrascas) y bueno, lo entendí todo. Lo entendí cuando fijé mi mirada en el perfil de Ricardo. La gorra visera. La extensa barba. El cabello largo que sobresalía bajo esa gorra. ¡Sus gafas polarizadas!

Estar ahí, en ese lugar y con él. Un auténtico milagro, pensé.

Capítulo 49

Sí, era dura esa vida, le confesó Ricardo a Martina un jueves, tras la sesión de cine japonés en su casa. La vida de pastor era dura, repitió. Que era mucho mejor la de un agricultor, y eso que también aparecía como una profesión ingrata y difícil.

—Muy ingrata —dijeron al unísono los hermanos Alcorta, que aunque eran pintores, trabajaban, también, en el campo.

—Siempre pendiente de todo, del clima, de que ningún bicho ataque lo sembrado. Cuidando que el granizo no lo destroce todo...

A él, a Ricardo, sus doscientas ovejas le daban para vivir, pero muy justito, quizá demasiado justo.

—Fíjate, yo tengo el doble y te digo que voy justo —comentó el pastor Palomar, contento porque creía que el interés de Martina era porque ya estaba pensando en una novela sobre ellos.

—Tenemos que concentrar los lechales en épocas de bodas, comuniones o en Navidad, por ejemplo —continuó Ricardo—, porque se pagan a mejor precio.

—En invierno te pagan por el lechal unos treinta euros.

—Pero es una vida de muchas ataduras.

—¿Qué días tenemos festivos, eh?

—Ninguno.

—Llueve o truene, haga sol o frío, ¿adónde van los pastores?

—Al monte vamos.

—¿Y si estás enfermo?

—Aspirina va, aspirina viene.

Martina quiso saber si cambiarían esa vida por la de la ciudad. Ambos contestaron con un no rotundo y los cuatro amigos (Ricardo, Palomar y los hermanos Alcorta) se rieron a la vez.

—Este ya estuvo en la ciudad —Palomar señaló a Ricardo—, trabajando y tal, y en cuanto pudo, volvió, ¿a que sí?

—Bueno, menudo estrés el de la ciudad. —Sonrió Ricardo—. Soy un hombre de campo, parece ser.

—En la ciudad uno va corriendo de un lado para otro. ¿Quién dice que eso sea mejor que andar todos los días con las ovejas, eh?

Eso. Quién. Se calló Martina. Le quedaba tan lejos esa vida de antes, la de solo unos meses atrás. La vida de años atrás, la de ir y llevar a Marcos a todas partes, a médicos, al colegio, a reuniones, a... Coger el coche. Estamparlo contra otro en un ataque de ira.

Capítulo 50

—Hay tanta maldad en el mundo —me dijo Martina en cuanto la miré.
—Es que eres muy sensible, cariño —le comenté.

Solo se me ocurrió decirle eso cuando entré en su casa y la vi temblando frente al ordenador, con la cara empapada de lágrimas. Y se lo dije acercándome hasta donde estaba, abrazándola. Desde arriba, le besé el pelo (no, no sé por qué lo hice. Por qué me di esa confianza. Ella, en ningún momento me dijo «oh, bésame el pelo, Ricardo»). Se lo olí. Tenía en él el rastro del olor de las chimeneas encendidas, pues parece ser que ya había sacado a pasear al perro y se le había adherido ese olor exterior. Olor a mi pueblo. Mi propio olor, en ella. Sentí una sensación muy agradable. De auténtico bienestar, de estar en el lugar que me correspondía, satisfecho, sin esperar nada más de la vida. Solo eso: ella. Luego le pasé la mano por la cabeza, como si acariciara a los míos, a mis perros, a mis ovejas. La acaricié con infinita calma. Diría que, incluso, con ternura. Mucha. Entonces, recordé una frase del libro que estaba leyendo y la repetí en voz alta:

—«Con todo, debemos recordar que los verdaderos responsables del triunfo del mal son espíritus...», no, no es así —rectifiqué y pensé en cómo seguía la frase—, es... cómo era... «Con todo, debemos recordar que los verdaderos responsables del triunfo del mal no son sus ciegos ejecutores, sino los clarividentes espíritus que sirven al bien».

Martina abrió sus ojos, sorprendida. Ojos incrédulos por lo que acababa de oír. Puso cara de desconfianza. De si había oído bien o no.

—Es del libro que me estoy leyendo, de Friedrich Steppuhn —le expliqué, algo avergonzado. Me aparté de su lado, temiendo... no sé qué temía. Haber metido la pata, supongo—. Se titula *Lo que fue y lo que no pudo ser*.

—¿Y te aprendes frases de memoria? —me preguntó ella pero sin mirarme, sino que se sonaba la nariz, se secaba los ojos, se aclaraba la garganta.

Yo me moría por abrazarla, por darle un abrazo de oso. Un oso que antes solía practicar con los árboles. Si hubiera podido, me convertiría en un árbol en esos momentos. O no, lo mismo un desaprensivo de los que hay por el mundo vendría con su sierra eléctrica y me cortaría, tal cual, y luego se haría un perchero con mi cuerpo. Y si eso sucediera, ¿qué pasaría con mi «no-relación» con ella?

—Sí, me aprendo frases de memoria de los libros que leo. De las películas. De las canciones. Soy un auténtico copión.

Me reí de lo que acababa de decir, que es como reírse de uno mismo, claro.

Ella solo dijo «mmm». Esa fue su respuesta, con cejas arqueadas de color naranja, como su cabello. Estaba realmente despeinada. Su trenza era un guiñapo. Los mechones se le disparaban por todas partes. Torció la boca, como valorando la explicación que acababa de escuchar.

—¡Hostia, que aunque sea un puto pastor no por eso tengo mis neuronas de viaje! —y añadí para cambiar de tema y de tono—: ¿qué vamos a hacer contigo y con tu sensibilidad extrema, eh? —Solo era una pregunta retórica y ante su silencio le pregunté—: ¿Has desayunado? —Y antes de que contestara, añadí—: ¿Llamo al médico? —No esperé su respuesta—. Sí, voy a llamarle.

Y marqué el número.

Capítulo 51

Meses atrás soñé que Felipe me llamaba por teléfono y me decía «Martina, voy a ir a verte». O que quería verme y que por eso venía. El lunes. Me dijo que vendría el lunes, que era su día libre. Y a mí no me apetecía, la verdad. En el sueño, no me apetecía nada ni que viniera ni volver a verle. Y eso era raro, porque siempre que me había dicho ven, yo lo había dejado todo, como en la canción.

Así pues, le conté a Ricardo ese sueño, mi vida con Felipe, la vida con mi hijo, con mi madre, todo lo que representó la criada Herminia para mí. Y se lo conté en plena naturaleza, bajo el sol, con cientos de ovejas alrededor, con dos perros pastores y uno que no es guardián de nada ni de nadie, salvo de mi propia sombra. Se lo conté porque a veces ocurre esa especie de milagro de encontrar a alguien que pareces conocerlo de siempre, que transmite algo parecido a la paz. Y cuando descubres algo así una decide hacer un alto en el camino para descansar a su lado, sin más. Llevo seis meses en Atalaya de Don Pelayo y parece que han pasado seis años, no porque se me haya hecho eterno, sino por la densidad que tienen aquí las cosas, por todo lo que ha ocurrido en este tiempo, por el gran camino que he recorrido.

Y porque le conté el sueño a Ricardo, desde entonces, cada lunes, él hace algo inaudito: pide al chico que en ocasiones le ayuda con las ovejas que cuide ese día de ellas. Por eso, cuando cada lunes salgo del colegio, él ya está dentro de mi casa. Ha preparado la comida, ha sacado a pasear a Astérix, ha ordenado mi desorden endémico y lo ha llenado con su presencia (y no resulta algo literal). Cada lunes, cuando entro en la casa cueva, no solo viene a recibirme el perro, sino el olor a comida casera y la sensación de que allí vive alguien más y no me estoy refiriendo ni al espíritu de mi hijo Marcos ni al del antiguo dueño de la casa. Hoy, justo en ese momento de lucidez, llaman a la puerta mientras pronuncian mi nombre.

—¿Martina? —Alguien aporrea la puerta.

Es lunes. Felipe dijo en aquel sueño que pasaría a verme un lunes. Bueno, lo dijo en mi sueño. Abro la puerta y me encuentro con él, claro.

—¿Qué haces aquí? —le pregunto sin acercarme, sin moverme, quedándome como una estatua.

Él sí se acerca, sí me da un abrazo, sí está nervioso (su voz le tiembla, el sudor le impregna la cara).

Algo me dice que esté alerta. Tenso los músculos. Mis orejas podrían moverse como las de un gato. Como las de un perro. Al acecho. Sé que estoy a punto de recibir una noticia que ya no podría calificar como buena. Una noticia que llega tarde. Muy, muy tarde.

—¿Cómo que qué hago? —E intenta sonar gracioso. Mira a Ricardo, dos pasos más allá. Se guarda las manos en los bolsillos del abrigo. Un buen abrigo, de paño, de color azul marino. Al cuello, una bufanda Burberry, de esas que valen cuatrocientos euros, cien por cien cachemira, con los típicos cuadros y de color camel—. Pues que no puedo vivir sin ti, Martina. Que no hay manera.

—Eso es de Los Ronaldos —le dice Ricardo. Y se acerca a él, tendiéndole la mano—. Hola, ¿cómo estás? ¿Eres Felipe o Mario?

—¿Quién es Mario? —me pregunta.

—Un buen amigo —le digo.

—Y yo soy Ricardo.

Se dan un fuerte apretón de manos, como auténticos caballeros.

—¿Eres el pastor?

—El pastor —confirma Ricardo, por encima de su cabeza, sin dejar ir la mano. En la otra, la tapa de una cazuela. El paño de cocina, al hombro—. Deduzco que Martina te ha hablado de mí.

Silencio.

—Me ha costado encontrar la casa —me dice, con una sonrisa inmensa, sincera, de las que antes me gustaban tanto. Antes—. ¡Sorpresa!

No añado nada. Me encuentro extraña. Es una mezcla de decepción y de hartazgo. Felipe no se quita el abrigo. Supongo que así se siente protegido. Protegido de mis miradas, de mi posible decepción, que es real. No me gusta. No así de viejo, no así de gordo. Me viene a la mente que no solo ha cambiado físicamente, sino que también ha dejado por el camino los detalles que antes me hacía creer que era todo un caballero. Así, ahora me lo imagino pasando él primero por la puerta de un establecimiento, o de un taxi. Me da por pensar que ya no me tomaría de la cintura antes de cruzar una calle, por ejemplo, sino que cruzaría él primero y me dejaría atrás, quedándonos cada uno en una acera, mirándonos, viendo pasar los coches entre él y yo; pensando él que a santo de qué no le he seguido; pensando yo que a santo de qué no me ha esperado.

Presiento, también, que mis sueños han dejado de funcionar (últimamente ya no los recuerdo. Señal de que duermo profundamente. Señal de que las pastillas están haciendo su beneficioso efecto).

—Pasa, íbamos a comer —le invita Ricardo, como si realmente viviera allí, en esa casa cueva que tengo que abandonar a final de mes. Eso me dijo semanas atrás mi casera, Berta la del bar. La noticia de mi despido llegó poco después, con un comunicado desde Educación y Cultura.

—No, gracias, estoy de paso —le dice—. ¿Puedes salir un momento? —me pregunta. Acepto. Y acepto que mi perro nos acompañe. Guardián de nada. Guardián de todo.

—Qué sorpresa —comento, con infinita amabilidad. Cosas del médico de este pueblo y su insistencia para que retomara mi tratamiento con la tioridazina. A esta amabilidad se puede añadir mi estreñimiento como efecto secundario y la congestión nasal. Al menos, no arrastro los pies ni se me han hinchado —por ahora— las manos, ni los brazos ni las pantorrillas.

Él me sonríe, algo nervioso. Porque lo está. Para mí es un libro abierto y con letra grande, para leer sin gafas.

—Elena me ha dejado. Me ha echado —rectifica.
—¿La abogada? Vaya, pues cuánto lo siento...
—Es lo único que se me ocurre. Porque es cierto, lo siento mucho—. ¿Y ahora dónde vives?
—Pues... Por ahora en un hotel. Pero como tengo vacaciones, había pensado en que sería muy buena idea hacer lo que tú hiciste cuando yo vivía en Londres, lo de dejarlo todo y...

Ah, no, no pienso acogerle en mi casa. Ni loca. Antes de que siga hablando, le comento:

—La semana que viene me caso con Ricardo.
—¿Cómo?

Yo también podría poner la misma cara, la de infinita incredulidad. Pero me lo creo. Sí, quiero compartir mi vida con él. Lo que me quede de vida, hacerlo al lado de Ricardo. ¡Se lo tengo que decir cuanto antes!

—Que te vaya muy bien —le digo con prisas, mientras le doy un beso en la mejilla, que no es más que un punto y final. Un punto y final que llega a destiempo, pero al menos es un punto definitivo. Ya era hora. Aleluya.

Llamo a mi perro y regresamos a casa.

Regresar. Preciosa palabra. Regresar a un lugar donde te quieren. Y el mío, mi lugar, está ahora aquí, en este pueblo tranquilo en el que ya no necesitan a una maestra como yo, tras el informe negativo (tan desastroso) de Inspección. Mi lugar es esa casa helada con una chimenea que ya sé cómo encender, es este perro que ya es familia y, sobre todo, sobre todo, Ricardo. Él es mi lugar en el mundo.

ÚLTIMOS TÍTULOS PUBLICADOS EN HQN

El año del frío de Jane Kelder

Las chicas de la bahía de Susan Mallery

Con solo tocarte de Victoria Dahl

La chica del sombrero azul vive enfrente de María Draghia

La viuda y el escocés de Julia London

El guerrero más oscuro de Gena Showalter

Spanish Lady de Claudia Velasco

Enamorarse: clases prácticas de Olga Salar

El viaje más largo de Sherryl Woods

Fuera de combate de Anna Garcia

A las puertas de Numancia de África Ruh

Ese beso... de Jill Shalvis

Hasta que me ames de Brenda Novak

La institutriz y el escocés de Julia London

Conquistar la luna de Marisa Ayesta

Irlanda, Luchando por una pasión de Claudia Velasco

www.ingramcontent.com/pod-product-compliance
Lightning Source LLC
LaVergne TN
LVHW040134080526
838202LV00042B/2902